Né d'un père mineur d'origine italienne et d'une mère cévenole, ***Gérard de Negri*** *a connu de nombreux exils au cours de sa carrière d'enseignant : l'Angleterre, la Savoie, l'île de Mayotte, le Maroc et la Russie, avant de « rentrer au pays ». Longtemps éloigné de cette terre cévenole sur laquelle il a grandi, il peut désormais laisser libre cours à son amour profond pour ce pays et son histoire humaine.*

LES RUISSEAUX D'OMBRE

Du même auteur

Aux éditions De Borée

La Brûlure des pierres, Terre de poche

Gérard de Negri

Les Ruisseaux d'ombre

De Borée

À mon père.

Life's but a walking shadow ; a poor player that struts
and frets his hour upon the stage and then is heard no more[1].

Macbeth (V, 5), William SHAKESPEARE

1. *La vie n'est qu'une ombre qui passe, un pauvre histrion qui se pavane et s'échauffe une heure sur la scène et puis qu'on n'entend plus…*

I

Retour aux sources

LE TRAIN FILE DANS LE BRUIT RÉGULIER, lancinant, de ses voitures qui craquent et gémissent au passage des courbes ou des changements d'aiguillage. Des souffles tièdes d'huile crasse, remontés des ballasts, se mêlent aux effluves de sueur qui flottent dans les couloirs encombrés de corps, de sacs et de valises. Des visages hébétés par l'inconfort et la promiscuité se penchent aux fenêtres grandes ouvertes et respirent l'air chaud et ranci de cet été torride. Un jeune garçon, coincé contre la fenêtre du compartiment par un gros monsieur au visage cramoisi, regarde glisser les paysages, cligne des yeux au passage furtif d'une baraque tintante de garde-barrière et fait danser ses doigts sur le rebord de la vitre tandis que son autre main passe de temps à autre dans sa tignasse de crin. Gabriel Larguier a dix-sept ans à peine mais son corps a déjà la robustesse d'un homme mûr et, malgré des traits inégaux, son visage est irradié par deux grands yeux émeraude. La lumière de son regard éclaire cette tête bourrue, un peu plus à chaque kilomètre qui passe, à chaque série de poteaux qui filent dans la vitesse de l'omnibus des vacances. Au loin, encore noyée dans un horizon de chaleur, se détache la silhouette ondulante des montagnes cévenoles et le cœur de Gabriel s'emballe. Sa respiration s'accélère et il chantonne nerveusement une petite rengaine niaise que son père fredonne en taquinant la daurade dans les calanques de Marseille. Sa famille est restée à la maison en attendant le mois d'août et les congés annuels. Avec ses camarades, Gabriel a seulement passé deux ou trois jours des vacances à pêcher ou à profiter de la plage déjà envahie par les chapeaux de paille et les Bikini. Les premiers embouteillages, les accents pointus, l'air envahi de relents de crème solaire et de friture ont eu raison de sa patience. Une seule pensée a occupé son esprit ces dernières semaines : rejoindre ses Cévennes et le mas de Cadapuech où vivent sa cousine Adeline, Augustin, le brave Victor. Il sait que ce massif sauvage, même noyé sous le déluge de feu de ce mois de juillet, vit, respire néanmoins, murmure dans le berceau de ses bois, le long de ses ruisseaux et au cœur de sa terre. Il reconnaît par la fenêtre les méandres du Gardon et arrive à Alès, dernier arrêt avant de prendre la petite Micheline de Saint-Just.

« T'as une cigarette ? »

Cette question le fait sortir de sa distraction et il louche en direction du maigre garçon assis en face de lui.

« Non ? T'en as pas une ? »

Les cheveux longs de ce grand escogriffe flottent sur un visage aux traits avachis et au sourire contraint. Un bandeau bleu cercle son front à la manière d'un Apache. Posés à côté de lui, un grand sac à dos d'où pendent un gobelet métallique et une gourde. Une vieille guitare est posée à plat sur le similicuir du siège.

« Désolé, mais je fume pas », répond Gabriel négligemment, toujours hypnotisé par le défilé des immeubles de l'autre côté de la vitre.

L'homme au visage cramoisi, à ses côtés, remue son énorme postérieur et remonte ses jambes. Son odeur de gras fondu et les relents des pieds crasseux et échauffés de l'asperge en face de lui incommodent Gabriel malgré la fenêtre ouverte et il se lève pour se diriger vers le couloir. Sur un petit transistor, deux hommes en débardeur tentent d'écouter, malgré le bruit ambiant, le Tour de France. Autour d'un grand garçon aux jambes poilues comme un orang-outang, des scouts chantonnent *Ô Vierge de lumière* tandis que les autres voyageurs regardent sans trop broncher, comme abrutis par la chaleur, les premiers faubourgs de la capitale cévenole. Gabriel s'éponge le front et sourit à l'écoute du chant un peu niais, songe-t-il, des petits louveteaux.

« Alès, huit minutes d'arrêt… s'égosille le chef de gare. Les voyageurs à destination de Florac… et de Mende… correspondance quai numéro 2 ! »

Gabriel récupère sa petite valise et un sac puis saute sur le quai brûlant. Les odeurs âcres des machines et de l'asphalte pénètrent sa gorge et il se presse vers une fontaine non loin du bureau du chef de gare. Il plonge sa tête sous le robinet et boit goulûment sous sa cascade comme si c'était l'eau miraculeuse d'une oasis.

La petite Micheline pour Florac attend patiemment ses voyageurs au quai numéro 2. Son moteur Diesel pétarade mollement et laisse échapper quelques volutes d'une fumée noire et épaisse. Le rouge et le jaune de la tôle scintillent sous le soleil accablant de cette fin d'après-midi. Un couple de paysans chargés de sacs et de paquets monte dans une voiture, à grand renfort d'injures sous le regard amusé de Gabriel déjà installé à la fenêtre d'un compartiment. Les enfants d'une colonie, piaillant comme une nuée de passereaux, courent à moitié nus sur le quai au grand dam des moniteurs, en nage, débordés par l'indiscipline des garnements. Sous un arbre, de l'autre côté des voies, le jeune homme échevelé s'est assis sur son sac et joue de sa guitare devant un petit auditoire d'adolescents aux cheveux longs.

« Plus que une heure à attendre avant d'arriver à Saint-Just ! », se dit Gabriel en regardant le bleu un peu voilé du ciel.

Au bout de quelques minutes, le chef de gare siffle et agite son signal. Le petit train s'ébranle. L'air est encore chaud et fétide comme l'haleine d'une bête. Gabriel est seul dans son compartiment, il ouvre sa chemise et se penche par la fenêtre pour voir s'éloigner la gare d'Alès encore grouillante de monde. La Micheline se dandine au sortir de la ville et pointe son nez plat en direction des montagnes. Le garçon s'assied et respire pendant quelques minutes l'air moite et incommodant de la voiture. Pourtant, déjà, des senteurs de bois et de feuillage frais le pénètrent et le font frissonner. Les paysages de plaines s'estompent et les premières hauteurs bordent la voie. Des chevalements et des bâtiments noirs courent parfois au détour d'une courbe, des maisons identiques s'alignent le long de routes qui glissent sous les arbres. Sur la ligne crénelée de l'horizon dansent les *fayards*[1] et les châtaigniers au milieu des rochers de schiste ou des granites.

« Enfin… mon chez-moi ! » dit-il tout haut, d'une voix comme noyée de vent.

Il est pris dans un vertige de sensations diffuses, sa gorge se noue, il a envie de rire et de pleurer. Il sort la tête à la fenêtre et hurle :

« J'arrive ! »

L'air est maintenant chargé d'effluves enivrants où se mêlent des odeurs de genêt, de *frigoule*[2] et de fleurs sauvages. Le chant des cigales emplit les bois et les traversiers d'un vacarme étourdissant. Dans quelques creux de vallon,

---

1. *Hêtres.*
2. *Thym.*

des cours d'eau fuient sous les arbres. Le train brinquebalant se faufile dans la montagne comme une couleuvre effarouchée. La lumière du soleil glisse sur la montagne, clignote, à travers les arbres, sur les jambes de Gabriel et dessine sur le bord de la voie ferrée des paysages dansants d'ombres et d'étoiles. Chaque village, chaque vallée et chaque rondeur de ces montagnes semblent vivre en lui, lui appartenir, et il sent que cette terre cévenole va, pour un été encore, satisfaire son âme impatiente.

* *
*

Depuis qu'il habitait Marseille, Gabriel avait su s'accommoder de sa vie de garçon des cités et manifestait une joie authentique à se mêler aux autres jeunes gens de son âge. Il y eut des moments très difficiles pour sa mère à le voir jouer et s'acoquiner à des chenapans qui, à ses yeux, ne valaient pas la corde pour les pendre mais il fallait bien que jeunesse se passe, même dans ces quartiers très colorés où le français se parlait avec toutes sortes d'accents et où la rudesse de certains comportements pouvaient inquiéter une mère trop vigilante comme l'était sa mère, Gisèle.

« Ce gamin finira mal, j'en suis sûre… Lucien, tu as vu qui il fréquente ? Des voyous qui disent même pas bonjour et qui font du bruit pas possible avec leurs Mobylettes ! répétait-elle souvent à son mari. Et, quand c'est pas ces malpolis, c'est une bande de hippies aux cheveux comme des filles qui chantent et rigolent avec lui ! C'est pas croyable, ça finira mal pour mon Gabriel, je te jure, tu verras ! »

Lucien Larguier écoutait sa femme se plaindre et ressasser les mêmes craintes. Il était trop fourbu pour répondre et ne voyait pas trop quoi ajouter à cette cascade de prédictions malheureuses pour son fils. Il le savait brave garçon avec un cœur généreux et souriait aux paroles de sa femme.

« T'en fais pas, Gisèle, il est gentil notre Gabriel, c'est un gamin comme les autres, c'est tout, et puis il travaille bien à l'école, il est premier partout, tu veux quand même pas le tenir enfermé dans notre cage à lapins toute la journée ! » répondait-il en caressant de ses mains grossières les cheveux éternellement en bataille de son fils.

Il touchait la toison broussailleuse de Gabriel avec la vénération de l'apôtre effleurant la chevelure du fils de Dieu.

Le travail de Lucien aux chantiers navals était exténuant et c'était toujours un gros effort de sa part lorsqu'il acceptait de parler des affaires du jour, du quartier ou des petites bêtises de son fils. Depuis qu'ils avaient quitté le mas familial des Arboussiers dans leurs Cévennes natales pour un travail à la ville, ils avaient connu une certaine aisance matérielle avec un appartement tout confort dans une cité neuve pour les ouvriers. Il y avait la grande ville, les magasins, les quelques loisirs mais, quand on travaille dix heures par jour à découper des tôles, frapper l'acier et respirer l'odeur âcre de l'acétylène, on n'a pas le temps de penser aux fanfreluches et au cinéma. C'est surtout Gisèle qui avait insisté pour partir, pensant que la terre du haut de ces montagnes était bien trop ingrate et sans avenir. Ils prenaient de l'âge et aspiraient à moins de servitude et de douleurs. Son Gabriel ne ferait pas le paysan et n'irait pas vivre dans ce trou perdu au milieu de nulle part, répétait-elle à l'envi. Leur existence à Marseille était, par moments, difficile mais ils ne manquaient de rien et faisaient même quelques économies.

Si Gabriel savait profiter de la compagnie de ses camarades et ajoutait son espièglerie à celles des autres gamins du quartier, il n'entrait jamais dans le domaine de l'illicite, petits larcins, drogue ou autre. Plus jeune, il avait bien un jour mis le feu à un arbre, en jouant avec un briquet, à moins de dix mètres d'une citerne pleine de gasoil. Son père lui avait infligé une telle correction sous les cris de sa mère qu'il ne se laissa plus tenter par ce genre d'aventures. Quant aux petites fauches de ses copains, il avait toujours refusé de s'y associer, craignant que la foudre du père lui arrachât sa tignasse en même temps que ses oreilles et ses yeux.

En fait, outre l'école où il se distinguait particulièrement, il avait une passion pour les livres qu'il dévorait au rythme de trois par semaine, dépitant ainsi nombre de ses amis qui auraient préféré le voir jouer aux cartes ou vagabonder avec eux sur le port. Les histoires de sa cousine Adeline sur ses montagnes et la manière dont elle racontait les sources, les fleurs et les arbres l'avaient fasciné dès son plus jeune âge de telle sorte que, lorsqu'elle venait, bien trop rarement au goût du garçon, rendre visite à sa famille, c'était une fête, un enchantement pour Gabriel et il n'avait qu'une hâte : passer les vacances d'été à Cadapuech avec Adeline, sa cousine bien plus âgée que lui, Augustin, son compagnon, et l'espèce de gros bêta de Victor, le vieux valet de ferme allemand, à la tête un peu fêlée mais doux comme un agneau. Après la guerre, ignoré de son ancienne vie, ce grand blond de Victor, aux traits taillés au couteau, avait élu domicile dans ces montagnes et avait été recueilli par le couple pour toutes sortes de travaux autour du mas. Il ne demandait en échange qu'une bonne soupe, un peu de fromage et un coin de grange, à l'abri, au-dessus des bêtes. De fait, Adeline et Augustin le traitaient comme un grand frère un peu singulier et ce robuste gaillard, aussi rustre qu'une écaille de pin, vivait au milieu d'eux une retraite paisible. Sa langue était un mélange de patois bavarois et de cévenol, agrémentée de borborygmes et de plaintes que seuls les animaux semblaient comprendre et dont Gabriel, par on ne sait quelle magie, avait réussi à en domestiquer le code.

Gisèle ne voyait pas d'un très bon œil l'attirance de son fils pour Saint-Just et ses montagnes.

« Qu'est-ce qu'il y trouve à ces *faïsses*[1] et à cette maudite terre ? » grognait-elle souvent devant son mari impassible.

Elle sentait bien l'influence qu'Adeline exerçait sur Gabriel et voyait que son fils, depuis longtemps, avait été séduit par sa cousine et son tempérament fantasque, quelque peu sauvage à son goût, dont l'âge pourtant se rapprochait plus du sien que de celui de Gabriel. Le garçon était têtu comme une mule et se contentait, agacé, de quelques mots, toujours les mêmes.

« C'est ma terre et celle des Larguier, je me sens bien là-bas, j'y suis chez moi et personne ne m'empêchera d'y retourner ! »

Cela finissait par quelques murmures et les haussements d'épaules de sa mère.

Venait enfin cette période des grandes vacances où le garçon regagnait son pays, comme il disait. Rien ne l'aurait arrêté. Gisèle en avait pris son parti et avait fini par accepter avec une pointe d'appréhension de le voir rejoindre Cadapuech chaque été. Elle pressentait qu'elle perdait un peu de son fils à chaque fois, mais elle le voyait heureux. Elle lui préparait sa valise et son sac et glissait des livres d'étude et des coquillages pour qu'il n'oublie pas sa vie de collégien et sa patrie phocéenne.

* *
*

1. *Traversiers.*

La corne de la Micheline vient secouer la légère torpeur de Gabriel perdu dans sa rêverie. Le claquement des vitres à l'entrée des tunnels, la veilleuse blafarde du plafonnier dans le compartiment vide tremblote et une légère angoisse l'étreint lorsque le train plonge dans ces boyaux humides creusés sous la montagne. À chaque sortie de ces corridors noirs, il se penche à la fenêtre, écarquille les yeux vers la lumière et puise, à pleins poumons, l'air du pays, tiédi par des heures et des jours de soleil de plomb.

Bientôt, il respire à nouveau la terre et voit défiler les paysages familiers : ici, le hameau blotti dans une oasis de verdure et de potagers dans un creux de montagne, là, des vergers ou des ruisseaux qui se perdent sous la terre. Au loin, sur sa gauche, la corniche des Cévennes déroule ses crêtes de velours bleuté, dévoile les niches sombres de ses vallées. Jusqu'à l'horizon s'étale une mer frémissante de hautes collines et de sillons, une immense étendue de bonheur à saisir sans retenue sous le ciel immaculé de juillet.

La petite gare de Saint-Just est presque à flanc de montagne au sortir du village. En passant par un petit bois de chênes verts, de la fenêtre du train, on aperçoit rapidement le clocher juché sur les faîtes des arbres comme un chapeau très pointu, puis on débouche sur un groupe de maisons de pierres brunes, à l'extrémité de la place plantée de platanes séculaires. Les volets de ces vieilles bâtisses sont encore clos pour préserver un peu de fraîcheur que les étés brûlants leur dédaignent si longtemps. L'eau de la fontaine clapote dans son bassin circulaire. Un chien erre autour des maisons et quelques hirondelles trissent frénétiquement et dessinent au-dessus des toits des arabesques folles.

Les freins de la motrice crissent un long moment et la Micheline s'arrête devant la maisonnette du cheminot de service. Le chef de gare a depuis longtemps laissé au clou son uniforme S.N.C.F. et il porte, sans scrupule, une chemise largement ouverte sur sa bedaine. Ses joues vermillon sous des yeux exorbités se gonflent et il s'exclame :

« Saint-Just, Saint-Just, deux minutes d'arrêt ! »

Une vieille femme, encombrée de paniers et de sacs, descend de voiture, suivie de son chien. Celui-là esquisse quelques pas hésitants vers les plates-bandes voisines.

« Pilou ! Viens ici ! » hurle-t-elle.

Le chien revient à ses pieds et la regarde d'un air terrorisé.

Gabriel saute sur le quai presque désert. Il salue le gros monsieur de la gare qui regagne son coin d'ombre sous une treille. Comme un plantigrade fatigué, il claudique lentement vers sa tanière en pestant dans sa barbe contre la chaleur, le travail et sans doute le monde entier. Gabriel sourit à nouveau. Il touche le parapet d'un pont en sortant de la gare. Devant lui et tout autour, la montagne, sa montagne l'attend. Une légère brise balaie le chemin et agite quelques ramures, apportant avec elle des senteurs d'herbes sauvages et de bois. Son regard suit le sentier, là-haut, sur cette terre encore éblouissante de clarté, et il imagine Cadapuech et son toit de lauzes sombres. Les pierres qui roulent sous ses chaussures, l'écho de ses pas résonnent dans son ascension comme autant de bruits intimes et tant attendus. Il traverse un bois de hêtres, tâte un arbre, caresse un rocher et mâchonne un brin de menthe sauvage cueilli au bord d'un ruisseau.

Au milieu de ce paradis retrouvé, des visions insolites et fugaces l'assiègent par instants, le port de la Joliette, les marchandes de poissons, sa mère étendant son linge sur le balcon minuscule, son père endormi sur son journal, ses amis bonimenteurs et la mer, cette immensité écartelée jusqu'à l'infini… Non, il n'oublie pas tout, il pense au bonheur qu'auraient ses parents à marcher sur ce sentier béni des fées et des dieux.

Un brusque craquement de branches et Gabriel sort comme étourdi de ces images familières. Il est maintenant dans une clairière que les fougères et les genêts ont envahie. De l'autre côté, des murettes, une haie de cyprès, un éboulis et au-dessus, sur une hauteur, le toit de la grange planté sur des murs de granite. À le voir ainsi pelotonné dans ce coin de montagne, un étranger eût pu penser que le mas de Cadapuech, coincé entre un plateau raclé par le vent et quelques vallons broussailleux, était inconnu de tout répertoire topographique, là-haut au bout du monde. La bâtisse principale, une ancienne bergerie, semblait constituer l'ultime bastion d'une guerre contre les éléments tant elle avait subi les épreuves de la foudre, des pluies et de la canicule. Les pierres séculaires avaient été arrachées à la montagne et fait barrage à toutes les extravagances du ciel.

Aujourd'hui, devant la porte de la grande habitation, un homme est assis en tailleur avec un chat au creux de ses jambes. D'une petite voix étonnante, il chante une berceuse entrecoupée de rires tandis qu'une de ses mains joue dans les poils de l'animal. L'index de son autre énorme patte fouille une de ses narines comme s'il bourrait le canon de sa carabine.

« Victor ! » crie Gabriel du bord du pré.

La lourde tête se relève et présente un sourire édenté. Un grognement en sort.

« Gabel ! »

L'homme se lève et court vers le jeune garçon d'une démarche un peu lourde. Il le presse, le secoue sans délicatesse, comme un prunier, puis l'assoit sur le rebord du mur.

« Bien… Ah, Gabel, *gross ! gross !*… grommelle-t-il en toisant Gabriel. Va bien ? »

Et il le reprend dans l'étau de ses bras.

« Oui, oui, très bien, Victor, merci, tu peux me lâcher, répond le jeune homme. Où sont-ils ? » continue-t-il, encore ébranlé par l'étreinte du grand échalas.

Même courbé et un peu maladroit dans ses gestes, il a gardé toute la force d'un chêne.

« Là, dans Espal blanche, haut, mais ritornan sofort, leu », dit Victor en bredouillant.

Gabriel marmonne à son tour puis lance au milieu d'un rire :

« Je pars à leur rencontre... *auf Wiedersehen !* »

Victor pousse un gros rire comme une toux en direction du jeune homme déjà loin tandis que le chat effrayé par cette agitation s'enfuit vers la cave. Les cigales stridulent encore, sans relâche, et leur chant sonne dans la montagne comme une scie envoûtante. Le sentier exsude de vapeurs ardentes, les plantes grésillent encore dans l'air chaud où virevoltent quelques insectes.

Le cœur de Gabriel palpite et de son front coulent de grosses gouttes de sueur, lui voilant par intermittence le regard. Voilà, il arpente maintenant le chemin bordé de rochers familiers, il se sent si léger, aérien, sautille d'un pied, comme à la marelle, lance ses jambes tel un sprinteur de légende, longe des haies de buissons secs.

L'air est chaud encore mais un souffle balaie les couloirs de fayards dans lesquels se faufile le sentier. Cette brise tiède charrie des effluves de terre sèche, de roche calcinée. Gabriel atteint le sommet d'un petit massif de rocailles et de buis. Là, il s'arrête et respire. Au milieu de la chaleur et de la lumière qui écrase le paysage, un vent léger effleure le faîte des pins. Plus haut, les châtaigniers balancent leurs grappes de verdure sur les pentes douces des montagnes. Le garçon hume l'air et ses odeurs de cades, de genêts et de fleurs. Sa Cévenne est là, devant lui, splendide et sauvage.

Plus haut se dresse un promontoire de rochers au-dessus d'une mer de maquis et de hautes futaies. Il distingue deux silhouettes immobiles, assises sur une muraille.

« C'est eux, ça y est », se dit-il en accélérant le pas.

« Adeline ! Augustin ! Ohé, c'est moi ! » hurle-t-il dans ses mains en porte-voix.

Un écho timide, noyé dans les combes et l'épaisseur de l'air, répond à son cri. Des bras s'agitent et un appel très sonore emplit à nouveau le paysage :

« Gabriel ! Viens… Allez, cours et fais marcher tes gambettes ! »

Éperonné par ce défi, le garçon bondit, saute les taillis, dévale une ravine, remonte des faïsses pour déboucher enfin, haletant comme un jeune chien, sur le petit plateau où l'attendent sa cousine et Augustin.

Malgré quelques rides précoces, le visage d'Adeline brille encore de clarté et de malice. Ses yeux parlent et disent la tendresse de revoir Gabriel, ruisselant de transpiration et d'amour.

« Quelle *estirade*[1] ! » avoue Gabriel en embrassant sa cousine.

Augustin sourit. Il est resté légèrement en retrait, loin de l'émotion de ces deux êtres dans les bras l'un de l'autre. Quand son tour vient enfin de saluer le garçon, son corps de séquoia l'enserre de ses bras puissants.

« Alors, mon *droulet*[2], tu reviens au pays ? » dit Augustin en le libérant de son étreinte. « Tu as manqué à ta cousine… Attends de voir, elle t'a préparé plein de surprises, des confitures de châtaignes et de figues que tu t'en lécheras les babines ! Et puis j'ai retrouvé un coin à truites du temps… de mon Louis… On ira dès demain, oh, pauvre,

---

1. Long parcours, long trajet.
2. Petit enfant.

elles se battent, ces bestioles, pour attraper tout ce que tu leur jettes. »

Ils se mirent à rire tous les trois et leurs éclats de voix emplirent le pays alentour d'une rumeur de fête. C'était bon de se pénétrer de l'odeur de cet homme, son coutil rêche et ses mains sentaient la terre grasse et l'herbe fraîchement coupée. Sous sa casquette, la tête d'Augustin donnait l'impression d'être sortie d'un buisson d'*arjalas*[1]. Pourtant, dans cette masse sombre, ses yeux scintillaient comme deux éclairs à travers la broussaille de ses cheveux et de ses poils. Son regard restait parfois profond et presque insoutenable. Gabriel le fuyait souvent car, plus d'une fois, il lui semblait y avoir aperçu des ombres.

Ils rentrèrent tous les trois à Cadapuech. Gabriel dansait sur le sentier de retour comme un jeune écolier, oubliait ses dix-sept ans et sa stature d'homme presque achevé.

Déjà le soir accrochait des lambeaux de ténèbres naissantes aux arbres et aux buissons, l'horizon rosissait sur un ciel immense de lapis-lazuli et, tout là-haut, quelques nuages fuyaient et se perdaient dans un pâle néant.

À l'arrivée au mas, le chien aboya frénétiquement sans cesser de sauter et de tournoyer autour de ses maîtres. Toute la soirée, à grand renfort de cris, Victor et l'animal continuèrent à faire fête à Gabriel comme s'il eût été le roi Balthazar en personne.

Gabriel s'installa à la grande table de ferme, jeta souvent des regards circulaires sur les objets familiers de la pièce et il eut l'impression de n'être jamais parti.

Cet été-là fut à nouveau pour Gabriel une source de petites joies simples ou de grands moments d'ivresse. Les nuits étaient chaudes et, par la fenêtre grande ouverte

1. *Genêt scorpion.*

de sa petite chambre, entraient pêle-mêle odeurs et bruits brassés par la montagne et l'obscurité. Les grillons emplissaient les ténèbres de leur chant magnétique, les rainettes, au loin, coassaient dans la fraîcheur des bassins ou des ruisseaux. La brise nocturne caressait les choses du monde et apportait des senteurs d'herbes et de bois. La vie bruissait dans les collines comme une symphonie de sons secrets et intenses. Le cœur et l'âme de Gabriel puisaient dans ce spectacle des sensations d'éternité.

Adeline ou Augustin lui faisaient découvrir et ressentir ces montagnes avec l'amour d'une mère nourricière et la science d'un père auprès de ce garçon sensible et généreux. Devant certains paysages, Gabriel apprenait les gestes, les regards, les silences avec l'humilité et la soif quasi religieuse d'un jeune capucin au service de grands prêtres de la nature.

Parfois, il suivait l'un ou l'autre dans de folles pérégrinations vers des lieux perdus que les cartes ou même certains anciens auraient situés hors du temps et de l'espace des hommes. Les sentiers n'existaient pas et ils gagnaient des territoires inconnus par des portes d'éboulis ou de buissons sauvages dressés comme des murs. Des vallons ou des prairies que seules des bêtes sauvages parcouraient, des ruisseaux ou de petites cascades égarés au milieu des bois, toutes ces images extraordinaires s'imprimaient à jamais dans la mémoire et le corps de Gabriel.

Il acceptait les longs moments de mutisme où s'enfermaient Augustin et Adeline. Pendant ces heures-là, le couple semblait gagner des contrées plus lointaines encore et leur visage affichait alors des signes de trouble intense, témoins obscurs de batailles intérieures que le garçon sentait gronder au fond de leur âme.

* *
*

L'été s'achève, splendide, glorieux dans cette dernière descente au village. Le chemin de Cadapuech est maintenant loin derrière lui et pourtant si proche. Une courbe puis un petit raidillon, une rangée de micocouliers et le voici à l'entrée de Saint-Just. Combien de fois a-t-il fait ce trajet dans sa tête, des centaines, des milliers de fois ? Les oiseaux s'agitent dans un buisson et pépient, fébriles, dans des grouillements infinis. Gabriel arrive sur la place du village, salue des anciens assis sur une murette, passe devant le café de la Berthe, toujours affairée à sa terrasse. Des parasols aux couleurs chatoyantes tremblotent sous la légère brise du soir, des ouvriers en bleu plaisantent autour d'un verre de pastis tandis que deux mineurs, au visage sombre, bavardent devant le journal grand ouvert sur le zinc du comptoir. Une musique syncopée et électrique sort du fond de la salle, quelques jeunes bruyants jouent au Baby-foot et esquissent des pas de danse.

Gabriel se dirige vers la gare presque déserte. La dernière Micheline pour Florac ronfle allégrement. Le chef de gare regarde sa montre et remonte ses bretelles. Gabriel grimpe dans un compartiment vide, pose ses sacs sur la banquette et s'assoit dans un long soupir de joie mêlée de regret. La fin du mois d'août est toujours capricieuse, associant lourds orages, vagues de chaleur, rosées matinales et soirées encore douces. Les vacances sont terminées et Gabriel rentre à Marseille, le cœur gorgé d'émotions nouvelles, les yeux touchés par la grâce de quelques visions jusque-là insoupçonnées, la tête pleine de souvenirs. Le lycée, les cours, les professeurs sont encore bien loin et il se voit encore courir sur les crêtes, plonger dans les *gours*[1] et s'allonger sur la berge d'un ruisseau ou sous un châtaignier

1. *Trous d'eau relativement profonds.*

dont les boules vertes, hérissées de pointes, se balancent au gré des souffles tièdes de l'été finissant.

Quand Gabriel arrive à Marseille, il est 10 heures du soir et la ville bruisse encore de mille clameurs. La circulation est fluide et les voitures passent sur les grandes avenues à toute allure. Des passants se hâtent, d'autres promeneurs solitaires ou en couple flânent devant les vitrines éclairées. Des grappes de jeunes gesticulent à la terrasse d'un café, un vieil homme attend sa navette à un arrêt de bus, et, sur un trottoir moins éclairé, à cent mètres de là, deux jeunes femmes en minijupe et talons aiguilles interpellent des automobilistes. Gabriel, chargé de ses sacs, longe une autre longue artère bruyante, descend une rue perpendiculaire et arrive enfin devant son immeuble triste, nimbé d'une lumière jaunâtre et sale.

Retrouver les montées d'escalier sonores, encombrées de vélos, de landaus ou de caisses en tout genre, les portes innombrables et l'asphalte défoncé des rues du quartier, tout cela le fait sourire.

« Alors, mon Gabriel ! s'écrie sa mère qui l'attendait à l'étage. Tu as passé de bonnes vacances, mon lapin ?

– De *belles* vacances, oui… » rectifie-t-il d'une voix discrète.

Son père est resté sur son fauteuil dans l'appartement mais il se lève maintenant et l'embrasse. Son visage gris aux petits yeux fatigués s'illumine à la vue de ce grand fils un peu gauche, à la tignasse éternellement revêche.

« Alors, mon droulet ? Tu vas bien ? Ta mère et moi, on t'a langui, tu sais… Dis-moi, tu en as fait combien, de truites ? Et des champignons, il en est sorti un peu ? s'exclame Lucien.

– Tu vois pas que tu l'embêtes avec tes questions ? répond Gisèle. Laisse-le poser ses affaires et manger plutôt que de parler de tes poissons ! »

Cela amuse Gabriel de voir ses parents s'animer et se chamailler gentiment sur son dos. Il est heureux de répondre à son père tout ragaillardi :

« J'en ai fait une de trente-deux centimètres, j'ai cru que c'était un thon ! Même que Victor en a ri toute une soirée de m'entendre raconter ma bataille pour sortir cette bête de l'eau ! C'était comme dans *Le Vieil Homme et la Mer* et la capture de l'espadon, enfin presque... »

Gabriel se met à rire avec son père puis continue :

« Pour les champignons, on a fait des girolles, des pieds-de-mouton et quelques trompettes-de-la-mort mais des cèpes, presque rien, une demi-cagette, de quoi faire une grosse omelette ! Il a fait trop chaud.

– Et comment ils vont tous, là-haut ? demande Gisèle. Toujours aussi originaux ? Ils t'ont pas embarqué dans des histoires pas possibles, j'espère ? Ah... Je continue à croire que c'est pas une bonne idée que tu ailles là-bas, chez eux, comme ça, pendant aussi longtemps. Qui sait ce qu'ils te mettent dans ta tête ?

– Rien que je n'ai déjà, man, répond tendrement Gabriel en lui prenant le visage pour la rassurer. On a découvert un coin merveilleux dans un vallon, des cerisiers et des pêchers sauvages qui font des fruits énormes comme ton poing et juteux comme jamais tu en as mangé de pareils !

– Je connais... Ce doit être en direction d'Auzillac, non ? » fait le père en se rasseyant.

Son fils enchaîne :

« Non, toi, tu veux dire la combe des Pujol. Non, c'est bien plus loin... comme si tu allais vers les Arboussiers, tu vois, puis c'est sûrement à au moins trois heures de marche, vers l'ouest !

– Non, je vois pas du tout, mais, ma foi, tu sais, cette terre, elle est grande, y a de quoi s'y perdre ! » poursuit Lucien en maugréant un peu sur les dernières syllabes.

Pendant que sa mère s'active dans la cuisine pour préparer un en-cas, Gabriel gagne sa chambre minuscule. Des affiches des Beatles, de Chuck Berry et de Martin Luther King ornent les murs, un tourne-disque et des livres jonchent la table de travail du jeune garçon. De la fenêtre, il voit une forêt phosphorescente de béton courir vers l'horizon.

« Oui, s'y perdre, repense-t-il. Oui, s'y perdre totalement, oui, goûter cette terre, s'allonger dans une clairière, regarder le ciel et se laisser ravir par mille voix, par toutes ces senteurs, par les caresses des brises nocturnes ! »

Des Klaxons et des sirènes le font sursauter et sortir de sa rêverie.

« Après un tel voyage, tu dois avoir faim tout de même ! s'indigne Gisèle. Mais tu aurais pas un peu maigri, toi ? poursuit-elle. Quand on est excentrique comme ta cousine, on pense pas toujours à se nourrir comme il faut, d'ici qu'on t'ait fait manger des *regardelles*[1] !

– T'en fais pas… Je crois que j'ai encore grandi, c'est pour ça, je m'étire… D'ailleurs, puisqu'on parle de manger, je t'ai rapporté des légumes et des fruits que jamais tu en trouveras d'aussi beaux ici !

– Toi alors, avec tes Cévennes, tu me ferais venir chèvre ! Tu sais, y a Angel, ton copain, qui comptait les jours pour te retrouver et il t'attend impatiemment.

– Oui, je sais, je lui ai envoyé un mot, et puis, pour mes montagnes, c'est comme ça, je suis bien là-bas et, un jour, j'irai y vivre pour toujours, avoue Gabriel avec un haussement d'épaules et un air de confiance.

– Mon pauvre petit, répond sa mère, cette terre est ingrate et a apporté tant de malheurs à notre famille… Et puis, qu'est-ce que tu y feras là-bas ? Si tu deviens

1. *Rien du tout à manger.*

ingénieur ou avocat, c'est pas à Saint-Just que tu pourras vivre et fonder une famille !

– Je serai instituteur de village et, de mon école, je pourrai surveiller les montagnes… De la fenêtre, j'aurai tout ce dont je rêve quand je suis ici, la lumière, les parfums, la musique, tout quoi !

– Toi alors, je me demande où tu vas pêcher tous ces mots ? Je te souhaite bonne chance, mon garçon, mais j'ai bien peur que tu te trompes, dit Gisèle en remuant la tête. Et puis tu as pas encore le bac, il faut penser à ton avenir, surtout quand j'entends tous ces jeunes qui se révoltent pour rien si ce n'est pour se faire taper sur la tête par la police !

– Tant pis… reprend Gabriel en souriant. C'est ma vie et je me referai pas… Et tous ces jeunes que tu dis, toi, eh bien ils se battent contre la guerre ou pour une vie meilleure…

– Tu deviendrais pas un peu communiste comme ton père, toi ? dit-elle en secouant la tête. Regarde où il en est maintenant, c'est pas le parti ou la C.G.T. qui lui remplissent son assiette, hein ?

– Un jour, ça pétera et notre bon Dieu à nous, celui des révoltes et de l'égalité, saura reconnaître les siens ! répondit sans réfléchir Gabriel. Bon alors, il arrive ce repas ? J'ai l'impression de réveillonner, tu as vu l'heure ? J'ai une faim de loup et une soif d'enfer ! Il est grand temps que tu t'occupes de ton fils ! Quant à l'avenir, t'en fais pas, j'ai le temps pour tout ça, et puis les Cévennes, tu sais, elles bougeront pas. »

Il ouvre le sac et des odeurs de fruits et de légumes frais traversent la salle à manger.

« Tu as vu ces tomates, Gisou ? s'exclame le père, tout en faisant un coup d'œil entendu à son fils. On dirait des courges, *té, vé* moi ça, ces aubergines ! »

D'un sac en papier, Gabriel sort un gros bouquet de thym.

« Je l'ai cueilli pour toi, man, à côté de la gare de Saint-Just ».

L'odeur forte de la frigoule emplit la pièce. Gisèle prend une branche, s'en frotte les mains puis plonge le nez au milieu de ses doigts.

« Té, mon civet de lapin dimanche, il sera un peu bon ! »

Tous les trois se mettent à nouveau à rire. La mère embrasse son fils, jalousement, avec une petite larme au coin de l'œil et ils passent à table.

Un peu plus tard, avec sa discrétion habituelle, Lucien quitte la cuisine en claudiquant un peu et va se coucher.

« Demain, 5 heures et demie… Le chef, y parlera pas de thym ou des nuages d'argent qui volent dans le ciel ! » dit-il en saluant sa femme et son fils d'un sourire.

Dehors, les bruits s'estompent un peu. De la fenêtre, le noir du ciel s'illumine par intermittence de rayons lumineux, une brise marine, chargée de sel et d'ambre, pénètre l'appartement, un enfant pleure à l'étage en dessous. Des petits balcons du H.L.M. d'en face traînent encore des mélopées africaines. En bas, des jeunes assis sur leurs Mobylettes écoutent un transistor qui joue une musique des Rolling Stones, la voisine du dessus apostrophe à nouveau son mari et appelle son chien.

Gabriel s'accoude sur la rambarde, ferme les yeux et il lui semble entendre, fuyantes et douces, les mélodies du vent dans les pins de Cadapuech et le chant des dernières cigales accrochées à la chaleur du jour, là-haut, sur sa terre, par-delà l'horizon des tours et des murs de la ville. Il croit sentir comme le bruit d'un second cœur qui bat, au fond de lui. Il se retourne, rassuré, et sourit à sa mère.

II

Le chemin du succès

« GARDE TA VESTE dans la salle d'examen, il faut pas que tu aies froid à rester quatre heures assis sur une chaise, et applique-toi, l'écriture compte, j'en suis sûre, un futur instituteur doit être un modèle, une belle écriture, c'est au moins deux points de plus !

– Man, t'en fais pas, répondit Gabriel, tout ira bien pour ça, mais pour ce qui est du futur instit, attends un peu, je ne suis pas encore à l'école normale, tu as vu combien on est à se présenter ?

– Peut-être mais tout le monde n'est pas mon Gabriel qui a eu mention très bien au baccalauréat ! » renchérit Gisèle, courant, le peigne à la main, derrière son fils pour tenter une ultime fois de corriger sa chevelure indomptable.

Elle donna une tape affectueuse sur l'épaule de ce grand jeune homme au sourire un peu crispé qui n'en finissait pas de regarder sa montre. Une larme à l'œil, elle regarda partir ce fils avec l'appréhension d'une mère poule qui voit son poussin s'éloigner de la basse-cour.

Son rêve s'était réalisé, ou presque. Gabriel était au seuil de devenir instituteur, un « maître d'école », disait-elle à qui voulait l'entendre.

Il avait échappé, grâce à ses soins, à la noyade, à la variole, au typhus des marins, aux mauvaises fréquentations du quartier et il ne lui restait plus qu'à sauter ce dernier obstacle, et là elle ne pouvait pas le protéger, se mettre à sa place. Jusqu'à ce jour du concours, elle avait veillé sur lui et sur tous les détails de sa vie de garçon, de sa manucure en passant par une inspection régulière et approfondie des oreilles et du cuir chevelu tout comme par un relevé trimestriel des mensurations du jeune homme. Les poux n'avaient eu aucune chance de survie même sur le terrain si propice à la prolifération de ces parasites que ne l'était la tête de Gabriel. Les autres maladies n'avaient eu qu'à bien se tenir. Il faut dire que les doses d'huile de foie de morue, les rations de bifteck de cheval ou les bols de tisane avaient fait de Gabriel un tel phénomène de robustesse et d'immunité que la médecine eût pu exposer ce grand adolescent à une étude étiologique de grande envergure. Ses chemises et ses caleçons sentaient bon la lavande ou l'eau de Cologne et ses souliers luisaient comme des miroirs.

« Vous verrez, je vous dis qu'il va être le meilleur de l'académie ! » répétait fièrement Gisèle.

Les commerçants du quartier, les marchands de poissons et les pêcheurs du port où elle faisait habituellement ses courses, tous savaient que le fils Larguier allait devenir quelqu'un, un enseignant sans doute, et ils n'hésitaient pas à jouer gentiment avec l'impatience et les nerfs de sa pauvre mère en attendant les résultats.

« Holà, Gisou, il paraît, peuchère, qu'ils vont annuler les épreuves du concours, on a dit qu'il y a eu une fuite des sujets, quelque chose comme ça, et ils vont devoir tout repasser l'année prochaine ! dit Popol, un familier du Vieux-Port.

– Et ta bêtise, elle a pas de fuite, elle, j'ai pas entendu ça, moi ! rétorqua Gisèle. Occupe-toi de ton poisson, t'as vu les yeux qu'il a, on dirait qu'il a la myxomatose !

– Si, je te jure, et même que je l'ai lu ce matin dans *Le Provençal* ! » continua le vieux pêcheur en essayant d'être très sérieux.

Comme si elle n'avait pas entendu la dernière phrase, Gisèle continua son chemin jusqu'au coin de la rue puis se précipita dans le café le plus proche. Elle ouvrit le journal en toute hâte, regarda chaque brève, même les petites annonces et les encarts nécrologiques pour s'assurer que son fils n'aurait pas à se représenter aux épreuves.

« Quel blagueur, celui-là ! dit-elle en souriant, il peut courir pour que je lui achète ses sardines ! »

La veille de la proclamation des résultats, la famille était en ébullition, comme un volcan prêt à exploser. Peu de conversations s'échangeaient cependant, des mots banals ou des regards furtifs suivis de gestes inutiles et gauches qui témoignaient d'une confusion sans commune mesure chez les Larguier.

« C'est bien à 11 heures ? demanda Gisèle pour la dixième fois de la journée. Il vaut mieux que tu y ailles au moins une heure avant, on ne sait jamais, au cas où ils auraient fini avant, ces bureaucrates !

– C'est inutile, man, répondit Gabriel, on aura de la chance si on a les résultats avant midi !

– Tu le sais pas, continua sa mère, et puis regarde bien la liste, toute la liste, ils sont encore capables d'estropier notre nom… En tout cas, téléphone-moi tout de suite, ah, si j'ai pas une crise cardiaque, moi ! »

Les vacances, cet été-là, furent plus courtes et Gabriel ne passa que deux semaines à Cadapuech avec Augustin et Adeline. Il lui sembla que le monde autour de lui avait changé, comme s'il était apparu encore plus vaste, comme si ces collines, bois et ruisseaux manifestaient une présence encore plus forte à ses côtés. Tout le mas fêta le succès de Gabriel avec des bonnes choses sorties des placards ou préparées avec l'amour et la science d'Adeline. Les *rostidas*[1], les confitures de baies sauvages, les beignets de fleurs d'acacia, et la *carthagène*[2], tout cela s'étalait sur la nappe immaculée des grands jours. On aurait dit que c'était une noce, même Victor avait cueilli des fleurs pour mettre sur la table et avait épousseté son seul et unique habit du dimanche. Le chien eut droit à une ration supplémentaire de caresses et de côtelettes au lieu de recevoir son lot habituel de réprimandes pour ses séances de sauts imbéciles. Victor chanta des berceuses allemandes, entrecoupées de pas de danse maladroits et de pauses pour remplir une nouvelle fois son verre de vin. Au bout de une heure ou deux, l'alcool, cumulé à l'excitation générale, eut raison du bougre et il s'effondra à même le sol, à côté du chien qui lui lécha copieusement le visage sans obtenir un quelconque signe de reconnaissance en retour.

« Nous sommes fiers de toi, fiers pour toi, Gabriel, dit Augustin avec un pétillement dans les yeux. Et tu feras un bon maître d'école. »

Ces compliments allèrent droit au cœur du jeune homme car Augustin sortait rarement de sa réserve et montrait encore moins souvent des signes de joie si ostentatoires. Cependant, quelque chose dans le regard de ce vieux solitaire s'allumait régulièrement à la vue de Gabriel sautant et gambadant sur les sentiers de leurs Cévennes. Des souvenirs d'un autre temps, d'un autre monde, des éclairs de lumière au cœur de sa vie ténébreuse. Gabriel

1. Pain perdu ou pain doré.
2. Liqueur à base de moût de vin… qui fait tourner les têtes si on n'y prend pas garde.

le savait, le sentait mais il ne voulait pas réveiller des fantômes qui hantaient cet homme depuis qu'il avait abattu, alors qu'il n'était qu'adolescent, son jeune frère Louis au cours d'une partie de chasse. Ce tragique accident l'avait brisé et le nom de son jeune frère n'était jamais prononcé. Il semblait toujours planer sur Cadapuech comme une ombre. Pas seulement sur le mas d'ailleurs, tout le pays, la terre, l'air, chaque arbre de ces montagnes et le granite de ces rochers semblaient porter le souvenir de sa douleur et contenir un peu de la fatalité qui avait frappé Augustin, âme en sursis, condamnée au supplice de vivre avec ce fardeau pour avoir tué un soleil.

Gisèle et Lucien rejoignirent Cadapuech pour une semaine de vacances. La mère de Gabriel avait pleuré de joie pendant des jours à l'annonce de la réussite de son fils, pour un peu, elle le criait du haut de l'immeuble à tous les passants et, par-dessus les toits, au monde entier. Elle avait découpé dans le journal la liste miraculeuse où le nom Larguier apparaissait, lui semblait-il, plus gros que les autres et elle caressait le papier comme s'il eût été le billet gagnant des millions de la loterie nationale. Lucien serra très fort son fils et préféra, par pudeur, sortir sur le balcon pour essuyer ses larmes.

« Je suis heureux, dit-il discrètement en enfonçant ses mains rugueuses dans la crinière de son fils, merci. »

Arrivé à la vieille maison cévenole, le père sortit de sa torpeur habituelle et s'anima un peu au cours des veillées ou des promenades dans les environs. C'était comme si un sang nouveau coulait dans ses veines, il retrouvait lui aussi sa terre, ses racines, il souriait aux choses, écoutait le monde autour de lui. Le soir, il riait parfois aux éclats avec Victor sans que l'on sache si ces deux comparses avaient réellement échangé des blagues ou s'ils se moquaient tout simplement d'eux-mêmes sans pudeur et sans vergogne.

Gisèle oubliait les quelques griefs qu'elle adressait à l'ingratitude de la terre de son enfance, retrouvait l'entrain des grands jours de lessive ou des nettoyages de printemps du temps passé et chantonnait quelques refrains guillerets, l'esprit bien loin des soucis de la ville, des carrefours et du tintamarre des voisins de palier. Cadapuech résonnait d'appels, de cris et de rires au milieu des bruits des casseroles et des verres. Cette demeure, hantée par le souvenir des malheurs familiaux, reprenait tout à coup vie et, sur cet autel de pierrailles et de buissons chétifs accablés par la chaleur d'août, semblait renaître une immense fleur de réconciliation et de paix.

Cet été-là fut splendide pour Gabriel. Il était comblé. Les êtres les plus chers au monde partageaient son bonheur et goûtaient un peu de la force que ce lieu magique savait insuffler. La montagne était là tout autour, vivante, palpitante comme un cœur. Chaque instant qu'il passait dans ces montagnes, à suivre un chemin familier ou à arpenter des serres au milieu des châtaigniers, tout cela lui paraissait magique. Il puisait sur cette terre, dans ces plantes ou au milieu de cet espace vibrant de vie une joie indicible. Tous ses sens en éveil recevaient ce monde et le transportaient dans un émoi fantastique. Les nuits pourtant belles lui semblaient trop longues et, tous les matins, il lui tardait d'apercevoir la mince ligne de lumière du jour sous la porte ou entre les volets pour pouvoir enfin se lever et ouvrir grand les yeux sur le spectacle grandiose d'un Éden ressuscité. Les premiers bourdonnements emplissaient l'espace clair-obscur de la cour, des passereaux virevoltaient autour de l'acacia et des mûriers, le chien s'ébrouait et bâillait devant la porte. Dans la cuisine, des cliquetis de vaisselle et des bruits de casseroles annonçaient les préparatifs des repas. Déjà, une odeur de café et de pain grillé remontait jusqu'à lui. Au loin, dans la vallée, les hommes et cette terre s'éveillaient aussi. Tout un monde s'agitait et s'épanouissait au jour nouveau comme une corolle d'asphodèle sous les premiers rayons du soleil.

Gabriel, Adeline et Augustin passèrent des journées entières à marcher dans la montagne, grimper sur quelques hauteurs ou descendre dans de petites gorges presque inaccessibles où l'eau froide se faufilait entre des chaos de rochers. Là, dans des trous, Gabriel plongeait et ressortait avec une truite ou des écrevisses. Adeline et Augustin n'osaient pas toujours s'engager eux-mêmes dans l'eau profonde et noire des gours, mais ils guidaient le jeune homme vers le bon rocher, sous la pierre plate ou dans un creux de berge recelant le poisson ou le crustacé qui feraient le délice du repas à venir. Tous deux restaient agiles et pouvaient marcher des heures durant sous n'importe quels cieux sans faiblir et souvent sans dire un mot, comme par respect, par humilité devant la beauté et la grandeur de ces espaces. Gabriel devait parfois demander des haltes pour récupérer son souffle, mais il acceptait ces randonnées avec la joie d'un jeune navigateur voguant sur des eaux inconnues, vers des îles au trésor. Son océan à lui s'écoulait le long des collines, bercé par la houle des cimes puis courait dans les vallons, longeait les crêtes et venait parfois mourir dans un flux de senteurs sur une clairière, un champ de luzerne ou une vigne adossée au repli d'une faïsse.

Au village, la nouvelle de la réussite du fils Larguier au concours d'entrée de l'école normale supérieure se répandit rapidement et les anciens sur la place l'appelaient déjà M. l'instituteur. Quant à la Berthe, qui l'avait vu grandir et faire les pires bêtises autour du village, elle le félicita par une embrassade qui le laissa ankylosé pendant un instant, incapable de dire un mot.

Cette brave femme, d'un ton de stentor, lui lança sous le nez :

« Alors, chenapan, tu ne croyais tout de même pas partir de Saint-Just sans trinquer à ta réussite ? Après les diableries que tu m'as faites tout petit, tu ne pouvais pas passer devant le café de la Berthe sans dire au revoir ! Tu me dois bien ça ! »

Dans le café, quelques habitués de la belote ou du comptoir levèrent les yeux en direction du jeune homme hirsute et souriant, et ils approuvèrent l'initiative de la patronne.

Elle continua :

« Vous avez vu ? C'est le petit du Lucien et de la Gisèle Larguier ? Vous savez, ceux qui sont partis vivre à Marseille ? Il va devenir instituteur... Ah, il m'en a fait voir, ce coquin, regardez-moi ces cheveux, toujours aussi ébouriffés ! »

Elle lui toucha un peu rudement sa crinière et se mit à rire.

« Alors, qu'est-ce que tu prends Gabriel ? »

Elle passa derrière le zinc.

« Un demi, merci », répondit poliment le garçon intimidé par le ton professoral de la propriétaire des lieux.

Celle-là enchaîna :

« Tu sais, mon petit, moi, je suis pas été à l'école mais j'ai travaillé dur, surtout depuis la mort de mon pauvre mari, et j'ai même fait des travaux d'homme, ma foi, c'est la vie, alors toi, quand tu seras dans ta salle de classe bien chauffée avec pour seul outil que ta craie, eh bien, tant mieux, tant mieux quand des jeunes peuvent réussir et se sortir de la misère de leurs parents... En plus, trois mois de vacances, tu vas pouvoir en profiter de la mer et voyager de partout !

– Tu sais, la Berthe, moi je suis heureux ici, dans nos Cévennes, alors la mer, je la laisse volontiers aux trempe-cul parisiens… » répondit Gabriel en souriant.

Les vieux se mirent à rire et à renchérir :

« C'est sûr, ça ! Tous ces étrangers qui nous arrivent de partout, c'est pas bon, ils achètent les vieilles bicoques, ils ont même acheté une des clèdes[1] du Georges Granier. Y en a qui font des trous, des piscines et qui se foutent à poil au soleil, *boudiou*[2], nos vieux en croiraient pas leurs yeux, tout ça, c'est du moderne, c'est pas bon… »

Un autre reprit :

« C'est vrai, ils passent quelques semaines, et puis tout est barricadé et tout ça dort pendant des mois. C'est du gâchis. En plus, ils viennent chez nous avec leur bouche en cul de poule et leur accent pointu, on dirait qu'ils viennent visiter une réserve d'animaux !

– Tu en fais un bel animal, toi, mais un âne alors ! s'écria Berthe de derrière son comptoir. Et le commerce, qu'est-ce que tu en fais ? Si j'ai pas quelques touristes qui passent à Saint-Just, c'est pas les sous que tu me laisses chaque jour qui vont me faire vivre ! En plus, tu vois bien les mines, elles ferment les unes après les autres et les gens partent !

– C'est à cause de la piquette que tu nous sers, la Berthe, dit un des joueurs de cartes en éclatant de rire, c'est pas que le charbon des Polacks !

– Espèce de gringalet de Gonzalez ! Tu en es pas un d'étranger, toi ? reprit la patronne en faisant mine de prendre le manche à balai. Viens ici le dire que mon vin est pas bon ! »

Quelques jours après, Gabriel quitta Cadapuech et Saint-Just avec les mêmes soupirs que les autres étés où il fallait

1. *Petite cabane où l'on fumait les châtaignes.*
2. *Bon Dieu.*

se résoudre à partir et laisser ce territoire et les siens, là-haut, sur la montagne. Il devait reprendre la route du retour avec le sentiment d'un exilé en chemin vers l'autre bout du monde. Chaque année un peu plus, il apprenait à reconnaître les nouveaux lieux, les bois et les sentiers sauvages, les points d'eau et les grottes. Il connaissait les nids, les terriers, tous les trous de bêtes et possédait le nom de centaines de plantes et de fleurs. Il prenait plaisir à trouver parfois leur nom latin ou grec ou la famille à laquelle elles appartenaient. En se moquant de lui-même, à la manière d'un professeur Nimbus, il énumérait les familles des labiées, caryophyllacées ou autres papavéracées, ce qui troublait le pauvre Victor, persuadé d'avoir affaire à un magicien des mots. Quant à Adeline et Augustin, ils restaient maîtres des lieux et possesseurs d'un savoir que les livres, fussent-ils latins ou grecs, n'avaient pas répertorié. Ils souriaient de voir Gabriel jouer à l'alchimiste ou au savant un peu fou et avaient tous deux le même regard attendri que porteraient une mère et un père sur leur fils. Par instants, néanmoins, Augustin semblait à nouveau perdu dans un songe et ses traits grimaçaient comme si une douleur déchirante mais apprivoisée taraudait son âme. La vie reprenait ensuite ses droits sur son visage apaisé. Pendant une seconde, on eût dit qu'il avait aperçu un fantôme, l'image fugace d'un autre jeune garçon beau comme un petit ange éclatant de rire au milieu des coquelicots. Adeline aussi gardait au fond d'elle-même un mal secret, une douleur que le temps, la jeunesse de Gabriel, la paix des montagnes cévenoles, le retour des belles saisons ne sauraient effacer de son regard. Parfois, son regard se perdait dans des pensées furtives, distantes. Elle pouvait rester des minutes entières, en silence, à regarder les flammes danser dans l'âtre de la grande cheminée. Elle évitait comme le diable le chemin des mineurs de retour de leur journée ou de leur nuit de labeur. Elle avait perdu, elle aussi, un peu de sa vie dans la mort de son amour de jeunesse, Giovanni, tué par les entrailles de la terre et un coup de grisou.

III

L'apprentissage

Quand il fut nommé, après les années d'école normale et son service militaire, à son premier poste, dans un quartier du nord de Marseille, la mère de Gabriel fut comblée. Il pouvait prendre le tram ou le bus le matin et rentrer le soir presque en même temps que son père.

Pour le jeune instituteur, ce détail lié aux transports n'eut guère d'importance et les premiers mois de son apprentissage du métier furent difficiles. Beaucoup d'enfants des quartiers nord vivaient les heures de classe comme un supplément de jeux et de dissipation. Malgré leur jeune âge, ils ne voyaient dans le maître d'école aucun symbole d'autorité mais seulement un autre adulte dont ils ignoraient souvent les remontrances et devant lequel il leur semblait normal de se disputer, de s'invectiver ou de se battre.

La plupart des parents étaient ouvriers sans qualification, parfois immigrés de fraîche date, vivant d'allocations diverses ou de petits travaux précaires. Pourtant, certaines familles parvenaient à préserver tant bien que mal une structure équilibrée et à éduquer leurs enfants correctement mais les cités H.L.M. qui s'élevaient comme des fleurs de béton autour de la petite école où travaillait Gabriel représentaient le seul univers de ces quelques garnements, une jungle propice à tous les écarts et mauvaises actions. Il avait parfois l'impression d'être devenu, avec les autres enseignants, l'ultime rempart d'ordre et de raison face au dérèglement social de ces quartiers.

Pendant près de cinq ans, Gabriel Larguier connut des heures d'abattement mais il vécut aussi des moments d'encouragement et de joie. Il amenait aussi souvent que possible ses classes en promenade vers les Alpilles, le mont Victoire, et là il leur parlait de la nature, des arbres, des plantes et des animaux, sans oublier Marcel Pagnol ou Cézanne. Il lui arriva même d'organiser un ou deux voyages, avec une dispense spéciale de l'inspecteur d'académie, dans ses montagnes à lui, dans les Cévennes et, malgré quelques sottises de certains de ses galopins sur le trajet, les enfants étaient revenus à Marseille totalement transformés. Ces petits vauriens se révélaient finalement sensibles à la beauté des choses, leur cœur et leurs yeux d'enfant avaient pris le dessus sur leur inconduite et ils étaient restés calmes, attentifs et doux comme des agneaux. À leur retour, et pendant des jours encore après leur voyage, ils n'avaient plus à la bouche que drailles, châtaignes, champignons, rivières ou noms d'animaux des montagnes. Bien sûr, la réalité rattrapait trop vite ces jeunes garçons et, quelques semaines après, la magie de leur odyssée au pays des moutons, des vaches ou des genettes avait disparu et beaucoup d'entre eux retrouvaient un comportement de refus qui affligeait Gabriel. Il faisait de son mieux et son directeur appréciait ce jeune homme résolu à sa tâche de conduire le plus grand nombre d'entre eux vers un autre destin que celui de la maison de correction. Lorsque des écoliers passaient en sixième sans difficulté et suivaient, un peu plus tard, une scolarité normale, il était rassuré et avait l'impression d'avoir gagné des victoires contre une forme de misère humaine.

Il avait adhéré au parti communiste et militait localement et à sa manière pour transformer le monde, car ce monde, pensait-il, en avait bien besoin. Toutes ces années difficiles, à regarder, à toucher la détresse de ces familles et ces enfants sans avenir l'avaient rendu sombre et avaient durci légèrement ses traits. Ses yeux clairs avaient néanmoins conservé l'éclat et la candeur du petit garçon qui, à chaque séjour sur la corniche des Cévennes, dans la Vallée Borgne ou plus haut encore, retrouvait la même émotion naïve devant le spectacle de la nature. Par son absolu de vérité et l'ordre qu'elle inspirait, cette nature le confortait finalement dans sa foi en l'homme et en sa capacité de tirer des leçons d'humilité devant un modèle universel et immuable.

Lorsqu'il apprit que la vieille institutrice de Saint-Just, Mme Fabre, prenait sa retraite, il fit tout de suite une demande de mutation pour ce poste sans trop vouloir croire à ce possible bonheur que lui accorderaient les cinquante-cinq années de cette dame. Après tout, il n'avait que vingt-cinq ans et il savait que l'inspecteur d'académie ne voudrait pas lâcher, comme il disait, « un si bon élément pour la communauté éducative de l'arrondissement de Marseille ». Il écrivit au recteur, alla voir ses anciens maîtres de l'école normale et, lorsqu'il reçut le 18 juin de cette année-là une lettre officielle lui annonçant sa nomination à Saint-Just, il courut sur le balcon minuscule de l'appartement et ne put retenir ses larmes de joie. Les rayons du soleil glissaient encore sur l'horizon, quelques nuages lointains se perdaient dans l'infini d'un jour dont il eût voulu retenir, à jamais, ses moments de bonheur. Il lui sembla qu'une étoile filante traversait le bleu profond du ciel pour plonger dans la mer distante, puis il se retourna et, regardant en direction du nord, au-dessus des toits, il lui sembla apercevoir l'ombre des premières montagnes. Il devinait que son pays là-bas s'ouvrait encore à la chaleur du jour, palpitait comme un immense cœur. Telle une promesse enfin tenue, il savait que sa terre cévenole l'attendait maintenant pleine et entière sur chaque chemin, à chaque ruisseau et qu'ils allaient vivre tous les deux enfin sous le même ciel.

Cette lettre officielle de l'Éducation nationale venait de sceller désormais un pacte de vie entre lui et ce rude et beau pays. Cette union de sang d'ailleurs pulsait déjà dans ses veines et le souffle de tout un espace familier enflait ses poumons comme un zéphyr magique. Il entendit le chant désuet d'une mélodie napolitaine au fond d'un couloir, tout en bas, loin dans les entrailles bétonnées de l'immeuble et, repu d'images et de sensations, il rentra dans la salle à manger où ses parents l'attendaient, gênés et incapables d'émettre une seule parole.

« Alors, ça y est, dit Gabriel, je la tiens cette place dans mes Cévennes, maintenant que je l'ai, ça me fait presque peur, un bonheur et une chance comme ça, ça m'angoisse un peu. Allez… dites-moi quelque chose, quoi, ne me laissez pas seul à goûter ce bonheur !

– C'est ta vie, mon fils, répondit le père, tandis que Gisèle, encore accrochée à lui, essuyait une larme. Nous sommes fiers de toi et on restera, tant que nous vivrons, à tes côtés pour t'aider, mais les décisions sont les tiennes… et puis, si jamais tu oublies, une seule fois, de m'apporter des cèpes ou un plat de mes châtaignes préférées, mes *pellégrines*, ça risque de barder ! »

Lucien l'attrapa en riant et fit semblant de passer un shampooing dans sa tignasse.

« Et puis tu me couperas ces cheveux, on dirait un nid d'*agasses*[1] ! Tu vas faire peur à tous ces petits des montagnes, ils vont croire que la *Roumèque*[2] s'est installée dans leur école, au premier étage ! »

Gisèle ne fit pas trop de commentaires sur cette nouvelle, elle l'avait vu parfois rentrer abattu ou terriblement en colère de l'école et avait compris la difficulté de sa tâche. Elle le voyait aussi devenir de plus en plus révolté, parler de capitalisme, de communisme et de révolution, et ne voyait pas d'un bon œil son engagement militant avec d'autres jeunes pour préparer des banderoles, défiler dans les rues ou distribuer des tracts à la sortie des usines. Les réunions qu'il tenait dans l'appartement familial ne lui plaisaient pas non plus et elle avait l'impression qu'ils complotaient et préparaient un assassinat tant les propos échangés étaient vifs et le vocabulaire politique impénétrable pour la simple Cévenole qu'elle était. Lucien observait avec une certaine satisfaction la prise de conscience politique et l'ardeur militante de son fils. Il se battait lui-même depuis des années avec les autres ouvriers sans grade pour obtenir des conditions de travail plus décentes et regardait, chaque jour un peu plus, se dégrader sa vie, incapable de lutter, à armes égales, contre un patronat indifférent et sans scrupule. Sa retraite pourtant si proche semblait s'éloigner chaque jour à mesure que sa santé déclinait.

Gabriel passa les quelques semaines qui lui restaient à mettre tout en ordre pour son successeur et prépara ses affaires afin de s'installer dans la petite école de Saint-Just où il avait connu ses premières joies d'écolier

---

1. Pies.

2. On ne devrait pas avoir à présenter la Roumèque : c'est le loup-garou, l'ogre, le dragon, bref, tout ce qui impressionne les petits et devrait leur faire peur. Elle est partout où les enfants ne doivent pas aller et elle sort le soir, à la nuit tombante, heure où les enfants doivent rentrer ou penser à dormir.

et ses premières bêtises. Ce détail le fit sourire. Sa mère le regardait plier et ranger chemises, pantalons et autres chaussettes. Elle retenait ses pleurs, rectifiait la manche ou les plis d'un vêtement tout en secouant la tête. Son fils ressentait une telle excitation qu'il en oubliait, par moments, sa gêne et le pincement au cœur à la pensée de laisser l'appartement exigu de son quartier. Il s'en voulait même d'être si heureux et d'abandonner sa famille entre ces quatre murs étriqués au papier peint fané et aux photos d'un autre temps. Même si sa chambre d'adolescent était devenue trop étroite pour le grand gaillard qu'il était, il ressentit, en refermant la porte de cette pièce, la solitude d'un orphelin et eut le sentiment de laisser un peu de sa vie derrière lui, toute une histoire de chaleur et d'amour.

Saint-Just était la destination des songes les plus fous de sa jeunesse. Aujourd'hui, alors que la grande porte s'ouvrait sur l'aboutissement d'un rêve si longtemps caressé, Gabriel ressentait une terrible angoisse, la même appréhension qu'il pouvait éprouver avant de se jeter du haut d'un rocher dans un gour ou un *rajol*[1] tourbillonnant.

Il les tenait, ses Cévennes. Il ne serait plus le vacancier de Pâques ou l'estivant du mois d'août. Il allait bâtir sa maison, plonger ses racines dans sa terre natale. Il frissonnait à la pensée de cet engagement pour la vie, sans contrainte de temps ou de calendrier scolaire. Il allait vivre pour toujours au cœur de cette ivresse et, dans sa tête, tout se précipitait et s'entrechoquait, le plaisir, la peur et le ravissement.

Jusqu'au marchepied du train qui l'emportait loin de Marseille, il resta plongé dans ses pensées mais les odeurs

1. *Ruisseau.*

de cambouis et la rumeur des passagers se pressant sur les quais le firent sortir de sa torpeur.

« Je viendrai vous voir aux vacances de Noël, dit Gabriel à ses parents venus l'accompagner. À Toussaint, j'en profiterai pour m'installer correctement et refaire l'appartement de l'école. Je sais… je sais… je vous téléphonerai toutes les semaines, ne vous en faites pas, et puis préparez le frigo car je vais vous en rapporter de bonnes choses du pays !

– Fais bien attention à toi et pense à ton travail, répondit Gisèle. Tu sais, Adeline et Augustin, ils ont leur vie, et toi tu as la tienne, et puis ils vieillissent comme nous ! Tu as une responsabilité dans le village maintenant, penses-y plutôt que de faire le *nèci*[1] dans la montagne !

– Et vive la révolution ! dit Lucien en lui tapant sur l'épaule. Pense aussi un peu à nous.

– J'ai l'impression que vous me voyez parti pour le Guatemala, gronda Gabriel en voyant la mine déconfite de ses parents. Saint-Just est à quelques heures d'ici. On pourrait presque se voir si je monte sur le plateau de la Mamette et toi sur la Madone. Il suffit de faire de grands gestes et tu auras les dernières nouvelles de ton fils ! »

Il se mit à sourire en s'imaginant tout à coup gesticulant comme un télégraphe Chappe sur la montagne. Il fit semblant de secouer ses parents pour les éveiller. Sa mère, amusée, répondit :

« Tu serais pas de Marseille, toi, pour exagérer comme ça ? »

Gabriel poursuivit :

« Et puis vous viendrez plus souvent. Je suis sûr qu'il y a moyen de vous loger à l'école si vous ne voulez pas monter à Cadapuech ! »

---

1. Fou.

Le chef de gare siffla et les portières se refermèrent. Une foule bigarrée se pressait encore dans tous les sens. Les haut-parleurs crachotaient des informations inaudibles entre deux bruyantes sonneries. Il embrassa pour une dernière fois ses parents et grimpa dans la voiture. Il trouva une place libre à la fenêtre et put encore dire au revoir de la main à son père et sa mère, restés comme pétrifiés sur le quai. De derrière la vitre, il comprit les mots affectueux de sa mère et vit, pour la première fois en public, son père prendre la main de sa femme et la serrer contre lui.

La gare Saint-Charles et les faubourgs de Marseille disparurent rapidement. Gabriel pensait maintenant à son école du quartier nord. Il l'avait laissée avec une certaine tristesse et même les plus durs de ses élèves avaient tenu à lui dire qu'ils l'aimaient bien. Ses amis, malgré les promesses échangées, savaient qu'ils ne le reverraient pas de sitôt au milieu des tours, des embouteillages et du bruit des voitures. Gabriel pensait aussi à la mer, à son ciel immense et à l'odeur de sel qui montait souvent jusqu'à sa chambre. C'était un autre monde, une autre vie. Devant lui, une autre existence où tant de choses restaient à voir, à sentir, à comprendre. Cette terre, là-haut, à des dizaines de kilomètres de là, devenait son avenir, son destin. Il se sentit l'esprit conquérant d'un La Pérouse ou d'un Bougainville en route pour une terre encore vierge. Sa passion et la jeunesse de son cœur allaient défricher ces territoires pour en extraire des trésors et nourrir son âme.

IV

Les retrouvailles

DEPUIS DES ANNÉES qu'il empruntait ce même train omnibus pour se rendre à Saint-Just, il connaissait les moindres courbes de la voie où la motrice ralentissait ou bien, au détour d'un virage un peu plus serré, il savait qu'une sapinière couvrirait sur sa droite tout le paysage. Plus loin, ce serait un rocher en forme de chapeau melon qui attirerait son regard ou une crête filant vers les sommets. À mesure que la Micheline avalait les kilomètres, les montagnes se tapissaient de forêts aux couleurs profondes, les sillons des vallées se faisaient plus noirs. Sous la brise légère de cette fin de journée, les arbres agitaient leur ramure et les champs de blé, en attente de la fenaison, se balançaient comme caressés par une main invisible. Gabriel pouvait, les yeux fermés, reconnaître les sonnettes particulières des passages à niveau et deviner à quelles gares minuscules elles appartenaient. Il souriait par avance à l'idée qu'à la sortie d'un tunnel la montagne lui apparaîtrait encore plus belle qu'avant.

Dans les derniers kilomètres, on eût dit, ce jour-là, que la Cévenne, avertie de sa venue, s'offrait dans toute sa splendeur, s'épanouissait comme une hôtesse enjôleuse.

Ses parfums se répandaient dans tout le pays, la terre exhalait des senteurs de musc, de lavande et de foin coupé, la lumière déclinante effleurait la campagne de teintes d'orange et de safran. Quelques nuances d'or et de cuivre se posaient par touches fortuites sur le faîte des arbres et le versant des collines.

De la fenêtre ouverte, Gabriel admirait les courbes douces des montagnes et les différents étages du chêne vert puis du châtaignier et du hêtre, il aspirait la première fraîcheur du soir venue à sa rencontre du fin fond des *valats*, même s'il sentait encore sur sa peau le frôlement tiède de quelques souffles de la journée finissante. Il arriva à la gare de Saint-Just vers 7 heures du soir. Deux autres personnes descendirent du train en même temps que lui et se hâtèrent en direction de la place du village. Il se retrouva seul sur le quai, même le chef de la petite gare avait disparu rapidement dès qu'il eut récupéré pour la consigne les deux énormes valises du nouvel instituteur. D'une fenêtre, une émission de variétés à la télévision déversait des applaudissements incongrus dans le silence alentour. Gabriel décida de s'asseoir à quelques pas de là, sur un banc de pierre, près d'une corbeille d'hortensias. Il regarda autour de lui les serres et les faïsses. Des cigales continuaient à chanter sans trêve dans la pinède au-dessus des voies. Il savait que désormais il n'aurait plus à compter les jours qui le séparaient de ce village, de sa montagne. Chaque heure, chaque minute de sa vie seraient liées à ce pays. Il savoura cet instant de bonheur comme Ulysse de retour sur sa terre d'Ithaque.

À la sortie de la gare, déserte maintenant, il vit une silhouette sur le chemin rocailleux qui grimpait vers les hauteurs et Cadapuech. C'était sa cousine Adeline, les cheveux défaits, avec un petit bouquet d'œillets sauvages à la main. Il courut jusqu'à elle et la serra contre lui comme s'il étreignait la montagne elle-même. Elle sentait les pierres des sentiers, les feuilles et la terre meuble des dolines. Il était enfin arrivé chez lui, dans son royaume. Il poussa un grand soupir de contentement, prit la main d'Adeline et lui déposa un baiser de reconnaissance. Elle lui répondit par une courbette comme si elle eût été une dame d'honneur devant son preux chevalier. De nouvelles petites rides couraient sur son front mais son visage lui semblait être resté lumineux, comme touché par la grâce de quelque bonne fée des montagnes.

Il resta deux jours à Cadapuech avant de descendre au village et rencontrer le maire pour son installation dans l'école communale. Mme Fabre, l'ancienne institutrice, était une vieille fille dont la vie s'apparentait à celle d'une carmélite. Elle ne logeait que dans deux pièces à l'étage de l'école de Saint-Just et avait refusé par économie, disait-elle, d'occuper les autres mètres carrés mis à sa disposition. Quand Gabriel entra dans le petit appartement, il eut l'impression de pénétrer dans un placard aménagé, il faut dire que sa carrure lui donnait toujours une proportion réduite des choses. En plus de l'exiguïté du lieu, il fut saisi par l'odeur d'encaustique et de violette qui y régnait encore. En poussant le buffet vers un autre endroit de la pièce, il fit tomber une photo noir et blanc, jaunie par le temps et la poussière et oubliée par l'ancienne locataire. C'était la photographie d'une jeune fille d'une vingtaine d'années au bras d'un garçon en uniforme. Il reconnut le visage de Mme Fabre et se demanda ce qu'il était advenu de ce jeune homme à la si belle allure. Au dos du cliché sépia, une écriture parfaite avait laissé une courte dédicace : *À ma Jeannette adorée, Henri, avril 1932.*

Ainsi donc, celle que l'on surnommait la « vieille gimère », du fait de ses colères légendaires, celle que certaines méchantes langues décrivaient comme « un remède contre l'amour », avait probablement eu sa part de bonheur, son jardin secret, loin des médisances du village.

En deux semaines, l'appartement de fonction du jeune instituteur fut repeint, retapissé et des meubles récupérés ici et là firent parfaitement l'affaire pour les prochains mois de l'année scolaire en attendant une installation plus permanente.

De sa fenêtre, il voyait la cour de l'école, bien sûr, et, au-delà de la grille, la place du village et ses gros platanes. Au-dessus des toits, la montagne et, plus loin encore, il devinait aisément les plateaux des Causses. La Cévenne était là, devant ses yeux, il pouvait la toucher du regard, la sentir, la tutoyer, recevoir d'elle toute sa lumière et entendre les battements de son cœur.

Quel changement par rapport à son arrivée à son école de Marseille ! Ici, les enfants arrivaient à pied des hameaux alentour, tranquilles, et s'alignaient tout de suite en rangs impeccables devant la porte de la classe. Les grands rigolaient bien un petit peu et se bousculaient gentiment avant de pénétrer dans la grande salle aux murs constellés de dessins et de cartes diverses. Les petits se tenaient par la main, glissaient entre les bancs et s'asseyaient en silence, les bras croisés, après un bonjour sympathique prononcé à l'unisson.

« Maître, c'est vrai que tu viens de Marseille ? » demanda l'un d'entre eux, le premier jour. C'est comment, dis ? Tu pourras nous parler de la mer ?

– Bien sûr », s'empressa de répondre Gabriel, ravi de cet accueil de rêve.

Ils étaient tout de même nombreux à être allés à Florac, Alès et même au Grau-du-Roi en excursion scolaire ou en colonie de vacances, mais ils ne connaissaient pas un vrai port et une immense ville comme celle de Marseille.

Oubliant les considérations pédagogiques et le programme, Gabriel passa la matinée à raconter la cité phocéenne, la Canebière, le Vieux-Port et la Madone de Notre-Dame-de-la-Garde.

Du plus grand au plus petit, ils écoutèrent l'histoire de la ville, les anecdotes sur ses habitants et leur façon de parler, les vieux quartiers. Après la leçon de choses et les récits historiques, il leur parla de la mer, des bateaux, du sable et des vagues.

« Maître, on ira un jour à Marseille ? dit l'un des plus jeunes du groupe en essayant de citer les mots utilisés par son nouvel instituteur. Moi aussi, je veux m'allonger sur le sable, fermer les yeux et écouter le chant des vagues qui viennent mourir sur le rivage ! »

Le bonheur de Gabriel fut total. Au bout de seulement quelques jours, il sautillait du groupe des grands pour plonger au milieu des moyens en pleine lecture, puis retournait vers les petits sur lesquels il veillait comme une mère pour leurs menus besoins et sur leurs légers chagrins. Il consolait l'un, grondait gentiment l'autre, applaudissait un beau dessin et félicitait un groupe pour son application et sa patience modèle.

Il n'y avait pratiquement que la cour à traverser, un pré ou une draille et toute l'école de Saint-Just se retrouvait dans un sous-bois de châtaigniers ou non loin d'une lande de callunes et de genêts en boule. Quelques centaines de mètres, et tout ce petit monde se penchait au bord d'un ruisseau à observer les ajoncs ou les abarines quand ce n'étaient pas des tritons ou des minuscules têtards. Les séances d'observation de la flore et de la faune locales s'agrémentaient souvent de passages poétiques tirés de Rousseau, Giono ou Lamartine. Les enfants adoraient Gabriel et lui apportaient parfois fruits, légumes ou fleurs sauvages qu'il s'empressait d'exposer pour une leçon sur les graines, la germination, les pédoncules, calices, pistils ou autres termes anthologiques. Certains lui dédiaient des bouts de poème et de beaux dessins de soleil, poissons volants ou de créatures extraordinaires.

Un an passa ainsi dans cette école où il travaillait, dormait, vivait avec la joie et la sérénité de l'homme comblé. Il montait chaque semaine ou presque à Cadapuech pour voir Augustin, la cousine Adeline et le bon vieux Victor. Ils partageaient un repas, parlaient du jardin, du passage des palombes, de la saison trop sèche ou du printemps tardif.

Il accompagnait souvent le couple dans ses randonnées sauvages. À leur passage, certains bergers se signaient parfois à la vue des visages d'Augustin et d'Adeline, fermés et livides comme des masques. Ces excursions dans le pays étaient sans but, ils longeaient des pistes, marchaient droit devant eux sans dire un mot et Gabriel se demandait toujours quels tourments impitoyables pouvaient à ce point inlassablement tarauder leur cœur.

Bien sûr, ils savaient cacher leurs fantômes, souriaient, riaient même, surtout avec Gabriel qui leur apparaissait comme l'antidote à ces cauchemars qui revenaient trop souvent. Ils fuyaient vers la quête impossible d'un oubli, d'un répit dans leur existence hantée par le souvenir de la mort.

Ils couraient devant eux comme pour libérer la violence des souvenirs macabres et faire fuir ces ombres autour d'eux. Le retour définitif de leur Gabriel, le découpage des heures de la journée en autant de tâches routinières, l'ardeur aux travaux, les liens qui unissaient leurs vies tragiques, leur tendresse réciproque les soulageaient de leur fardeau et les faisaient continuer à vivre. Marcher ainsi jusqu'à l'épuisement leur apportait une paix physique qui apaisait momentanément le désordre de leurs pensées. Ils finissaient par accepter, de guerre lasse, le destin brisé qui était le leur. Aucun refuge lointain, aucune île du Pacifique, nulle terre brûlée d'Afrique ni la banquise des pôles n'eussent pu les soulager vraiment de leur peine. La mort de Giovanni, le mari d'Adeline, au fond d'un trou de mine alors qu'il n'avait pas vingt-cinq ans et le dernier soupir du petit Louis dans les bras de son frère Augustin qui venait, par accident, de l'abattre d'une décharge de chevrotine ne pouvaient s'effacer au cours d'une seule existence. Augustin avait transgressé l'ordre du monde en tuant un des bonheurs de sa vie. Adeline avait trop donné d'amour et puis versé trop de larmes.

Gabriel espérait, au fond de lui, que sa jeune présence et son entrain panseraient leur âme meurtrie, aideraient peu à peu à soulager leur peine expiatoire, apaiseraient des dieux offensés par l'absurdité du destin de ces deux êtres.

Il était redescendu pour Noël à Marseille et avait revu ses parents. Il n'avait cessé de donner les détails de sa nouvelle vie, de son travail et de parler de ses enfants. Il avait rencontré ses camarades communistes au cours d'une réunion houleuse. On parlait de grève générale, d'occupation d'usine et de séquestrations. Gabriel écoutait d'un air distrait les analyses et les mots d'ordre vindicatifs avancés par ses anciens amis. Il ne pouvait s'empêcher cependant de se sentir détaché de ces conversations militantes. Sa vie et son engagement se trouvaient désormais dans la petite école de Saint-Just, au cœur des Cévennes, loin des piquets de grève, des gendarmes mobiles, des manifestations et même de *L'Internationale* ou de la dictature du prolétariat. Il revint à son village, impatient de retrouver son bureau de maître, l'odeur des livres, de l'encre et des pupitres.

En partant, sa mère lui lança un petit coup d'œil et lui dit :

« Tu sais, mon Gabriel, que tu deviens un bel homme. En plus, avec ta bonne situation, les filles vont pas tarder à tourner autour de toi, te courir après et patin-couffin... C'est pas à Saint-Just que tu trouveras une femme qu'il te faut ! À part quelques veuves un peu séniles, des bergères moustachues ou des vieilles filles laides comme des poux, tu sais, c'est le bout du monde, là-bas ! Et je veux pas que les touristes parisiennes, peinturlurées comme des perruches, viennent lorgner mon beau et grand garçon ! »

Gabriel lui fit un immense sourire.

« Ne t'en fais pas, c'est vraiment pas ma préoccupation du moment ! Entre mes enfants et mes montagnes, j'ai de quoi faire et je vois pas où je pourrais caser du temps pour une fille, même sans moustache ! »

V

L'intruse

Un taxi noir fit le tour de la place, longea le bâtiment de la mairie, ralentit puis descendit dans un chemin adjacent à la petite fabrique abandonnée. Gabriel, qui remontait du ruisseau, vit de loin l'énorme malle sur la galerie de la voiture et pensa :

« Tiens, les touristes arrivent bien tard pour la saison… »

C'était septembre, à une semaine de la rentrée des classes, le ciel était gris et la lumière terne du jour donnait au paysage un relief diffus, sans vie, comme si tout le pays était entré dans une époque de transe et d'immobilité trompeuse. Quand la voiture passa, à vive allure, à quelques centimètres de lui, Gabriel eut néanmoins le temps de voir, à l'intérieur, en plus du chauffeur, une jeune femme et une fillette entourées de sacs et de paquets divers.

« Je me demande où peuvent bien aller des gens si pressés, pensa le jeune homme. Vers là, je ne vois rien d'autre que la vieille baraque du père Bonnal. »

Il poursuivit son chemin en haussant les épaules.

En passant par la place du village, Gabriel vit le maire en grande conversation avec un paysan. Quand il s'approcha des deux hommes, le ton changea et le vieil homme en colère ôta sa casquette pour saluer le nouvel arrivant.

« Bonjour, monsieur l'instituteur, dit l'homme avec déférence.

– Bonjour, monsieur Gascuel, appelez-moi Gabriel et, je vous en prie, vous n'avez pas besoin d'enlever votre chapeau à chaque fois que vous me voyez.

– D'accord, monsieur l'instituteur... répondit confusément le brave homme.

– Bien, monsieur le maire, et vous ? Comment allez-vous ? Le temps, c'est pas ça, hein ? On risque d'avoir un hiver précoce, dit Gabriel en se tournant vers lui.

– Ma foi, ça va... et ton appartement, tu t'y plais ?

– Oui, c'est très bien, enchaîna l'instituteur tandis que le père Gascuel prenait congé d'eux. Dites-moi, vous qui savez tout ce qui se passe ici, j'ai vu une voiture, chargée comme un bourricot, prendre la direction de la maison Bonnal, y a-t-il une autre propriété vers là-bas ?

– Non... euh... répondit le maire en changeant brusquement de ton. Alors elle est vraiment arrivée ?

– Qui ? demanda Gabriel, intrigué par l'air sérieux de son interlocuteur.

– Claire... Claire Bonnal, la nièce du père Bonnal qui est mort l'année dernière. Le vieux avait une sœur, une pauvre fille, elle s'appelait Mireille, un peu bizarre et sauvage, qui n'avait pas inventé la poudre du reste... Peuchère, à seize ans, elle s'était fait « croquer », soi-disant par un de ces vagabonds qui se louaient pour la saison des foins ou des châtaignes, et elle avait accouché dans la montagne, comme une sauvage, de peur de prendre un coup de fusil. Elle était redescendue quelques semaines après, avec le marmot, avait pris ses cliques et ses claques, le premier train avec quelques sous, et hop ! Disparue. On a découvert qu'elle était partie à Paris, et, ma foi, plus rien... jusqu'à il y a trois mois… une lettre atterrit chez le notaire de Florac. La fille, la bâtarde, hérite de la maison…

– Vous voulez dire Claire ? continua Gabriel.

– Exactement ! Enfin quelle maison ! Tout s'écroule ! Le toit a dû passer à travers, sans parler des vitres, je crois qu'il n'y en a plus ! Et, en plus, tiens-toi bien, elle veut s'installer à Saint-Just ! C'est le notaire qui me l'a confié.

– Oh, ma foi, ce doit être une maison pas si en ruines que vous le dites, alors… Et la petite fille avec elle ? demanda Gabriel.

– C'est sa fille, une autre petite bâtarde elle aussi, le père a filé sans laisser d'adresse ou il est mort. Tu me diras, on peut le comprendre quand on voit le style de cette femme, je l'ai vue qu'une fois quand elle est descendue pour voir la maison le mois dernier, et ça me suffit !

– Qu'est-ce qu'elle a de si spécial ? s'étonna Gabriel.

– Elle est, comme on dit, artiste, musicienne ou peintre, un peu hippie, un peu tout quoi… Je sais pas, bizarre quoi, elle porte des robes indiennes, des rubans sur la tête comme Geronimo et des babouches d'Ali Baba ! Et sa gamine aussi, un vrai carnaval !

– Vous savez, les gens font ce qu'ils veulent du moment qu'ils ne dérangent pas les autres, et puis, à Marseille, on en voit de partout comme ça… répondit Gabriel, un peu agacé.

– Oui, mais pas à Saint-Just ! rétorqua sèchement le maire. D'accord pour quelques vacanciers, des gens de passage, mais non pour y vivre, non… En attendant, si elles s'installent ici… Enfin, tu me diras, je leur donne deux mois avant qu'elles repartent vers leur capitale, dès que les mauvais jours arriveront, hop, tout le monde s'en va !

– Hé… ça me fera une élève de plus… en attendant ! », répondit Gabriel avec un sourire et l'intention de mettre fin à cette conversation déplaisante.

Le maire salua l'instituteur à la manière d'un militaire et prit la direction du café. Gabriel s'arrêta un moment à l'épicerie du village puis remonta chez lui terminer sa préparation de la rentrée scolaire.

Ce fut le lundi suivant qu'il vit arriver à l'école Claire Bonnal et sa fille. Devant la porte, les enfants chuchotaient un peu et l'un d'entre eux tira la langue à la fillette.

« Allez, entrez les enfants et soyez sages… Sortez vos affaires, en silence, et attendez-moi ! Je suis à vous dans un petit moment, dit Gabriel d'une voix sévère, puis il s'adressa à la jeune femme : Bonjour, soyez les bienvenues à Saint-Just et dans notre grande institution de la République française. Je suis Gabriel, Gabriel Larguier, et, vous l'avez compris, l'instituteur, le gardien de cette noble maison.

– Enchantée, répondit la jeune avec un sourire. Je suis Claire Bonnal et j'habite depuis très peu de temps dans la maison moins prestigieuse d'un vieil oncle décédé près de…

– Je sais, l'interrompit-il, Je vous ai vues arriver le premier jour avec le taxi et que même vous avez failli écraser l'une des rares personnes de moins de trente ans de ce village !

– Ah, c'était donc vous ? fit-elle avec un petit rire discret. Le chauffeur était un nerveux et pressé, en plus, de décharger son toit et ses clients, je suppose, et je n'ai cessé de le gendarmer tout le long du trajet depuis Alès pour le faire rouler plus lentement ! »

Elle avait des cheveux noirs, soyeux, tenus au sommet de la tête par un bandeau de soie noué négligemment. Ses yeux brillaient sur un visage parfait comme deux améthystes derrière de fines lunettes à monture ronde.

Elle possédait un cou d'une délicatesse et d'un maintien digne d'une danseuse étoile.

Gabriel ressentit une gêne à regarder cette femme droit dans les yeux tant son regard était intense et profond. Il dut, à plusieurs reprises, se retourner et prétexter un coup d'œil dans la salle de classe où des bruits divers se faisaient entendre.

« Voilà donc Suzette, continua Claire. Elle a eu six ans en avril, elle sait déjà bien se débrouiller avec la lecture et adore écrire ou dessiner, mais vous le verrez, c'est bien vous le gardien de cette grande et noble institution, n'est-ce pas ? »

Ils se mirent à rire tous deux puis Gabriel prit Suzette, un peu inquiète, par la main et la fit entrer par la grande porte de l'école.

« Viens, ne t'en fais pas, je vais m'occuper de toi et puis c'est une jolie école, tu verras. À tout à l'heure, je suppose », dit Gabriel à Claire qui, d'un geste gracieux, lança un baiser en direction de la petite fille.

Il eut le temps de se retourner et de voir la jeune femme descendre les trois marches du perron. Elle avait la démarche souple et élégante d'une ballerine et, dans sa robe longue de fin coton blanc, on eût dit une apparition, une source lumineuse dans la pâleur du jour.

Il présenta Suzette à l'ensemble de ses sections en leur priant d'être particulièrement gentils car elle venait d'arriver au village, de Paris, la capitale, et avait besoin d'amis.

« C'est toujours un peu effrayant quand on quitte sa maison et qu'on va habiter dans un autre pays que le sien, insista-t-il. Je compte sur vous pour lui faire le meilleur des accueils ! »

C'était un petit bout de fillette, calme et silencieuse, avec de jolis yeux en amande et de longs cheveux châtains. Elle s'installa tranquillement à l'endroit désigné par le maître, croisa les bras et attendit que Gabriel lui donnât de la lecture et un exercice de mots à compléter. Les enfants la regardèrent comme si elle venait d'arriver de Mars. Elle portait une minuscule jupe rose avec de grosses fleurs rouges imprimées et un foulard en crêpe en guise de ceinture. Pour certains de ces enfants des hameaux avoisinants, habillés souvent de manière sommaire de culottes courtes, d'un gros chandail tricoté et de solides chaussures aux pieds, cette fillette, aux manières graciles et à l'accent pointu, parut étrange et ils n'osèrent pas l'approcher tout de suite. Même à la récréation, elle se retrouva toute seule, dans un coin de la cour, un livre à la main, jusqu'à ce que Gabriel vînt lui parler et la rassurer un petit peu.

Les visites de Claire pour récupérer la petite Suzette à la sortie de l'école, deux fois par jour, mettaient Gabriel dans un état de trouble intense et il en venait à regarder sa montre presque toutes les cinq minutes quand la fin de la journée approchait. Il trouvait stupide de se mettre dans un tel émoi mais il ne pouvait résister à cette bouffée de chaleur qui le gagnait chaque fois qu'il la voyait.

Elle changeait souvent de toilette, non par minauderie, elle adorait simplement les couleurs, les étoffes différentes et aimait jouer avec les tons et les arrangements de tenues et d'effets. Elle portait des colliers pimpants, des sandalettes de corde ou des bottines vernies, des rubans ou des foulards, au gré de sa fantaisie. Pour Gabriel, dans ces matins d'automne, vernis de cuivre, du vermillon des feuilles des châtaigniers de la cour de l'école, Claire apparaissait tantôt comme une divinité sortie tout droit d'une saga islandaise, tantôt comme une déesse des bois, drapée des couleurs de l'automne.

Les autres mamans du village, habillées de la simplicité et de la rigueur cévenoles, jetaient des regards étonnés et, pour certaines, sévères sur cette femme vivant seule, dans une maison isolée, à moitié démolie, et paradant sur le perron de l'école dans des accoutrements frivoles avant d'aller peindre des êtres à tête d'artichaut ou écouter des musiques insolites.

« Alors, Claire, ces travaux sur la maison, ils avancent ? demanda Gabriel, un après-midi, à la fin des cours.

– Lentement… Il ne fait pas bien beau, j'ai bien arrangé trois pièces pour l'instant et la *magnanerie*[1] en grande partie, le reste attendra le printemps. Il y a la grande cheminée, pour le chauffage, ça, c'est bien, et du bois plein la cave, alors tout va très bien, nous sommes prêtes pour l'hiver ! Qu'il vienne !

– En tout cas, si vous avez besoin d'un coup de main, je suis libre pendant les vacances de Toussaint, dit Gabriel, s'étonnant de la liberté avec laquelle il venait de faire cette proposition.

– Eh bien, puisque vous en parlez, répondit Claire, tout aussi directe et avec un petit regard malicieux derrière ses lunettes, vous seriez gentil de m'aider à réceptionner un camion de déménagement qui doit arriver ce samedi matin de Paris. Il va sans dire que vous êtes mon invité pour partager mon jambon-beurre et quelques cornichons à midi…

– Pas de problème, je me permettrai d'apporter quelques pommes succulentes de Valleraugue pour compléter ce grand festin ! » déclara Gabriel en riant et en passant furtivement sa main dans ses cheveux ébouriffés comme à leur habitude.

Il était impressionné par avance à l'idée de pénétrer dans cette maison d'artiste. Il avait appris qu'elle avait exposé, à Paris, des tableaux et même des sculptures et que, pour

1. *Bâtiment servant à élever les vers à soie.*

vivre, elle avait donné aussi des cours de musique et de peinture.

Les cancans allaient bon train dans le village, on prétendait qu'elle avait été la maîtresse de nombreux peintres, qu'elle se droguait et certains ragots allaient jusqu'à dire qu'elle était une prostituée qui fuyait ses souteneurs. Il faut avouer que sa présence, pourtant limitée à quelques courses deux ou trois fois par semaine, ne passait pas inaperçue. Sa silhouette élancée, son visage aux traits réguliers, son sourire immense et rayonnant, ses mains fines et ses tenues singulières la distinguaient tout de suite des autres villageoises et même des quelques visiteurs qui s'aventuraient jusqu'à Saint-Just. Claire était devenue le sujet de conversation sur toutes les lèvres du pays. Les hommes n'étaient pas en reste non plus. Ils passaient en revue de détail les contours et le vestiaire de la Parisienne, insistaient sur la démarche provocante de cette femme de trente ans, sans mari et un enfant en bas âge, venu d'on ne sait où.

« Té, vé la Parisienne, aujourd'hui, elle est verte sa jupe, je suis sûr qu'elle porte rien dessous ! » fit remarquer le vieux Maurice, l'un des clients du café de chez la Berthe.

Du coup, deux ou trois autres hommes se levèrent de leur table de belote pour rire et venir voir les hanches de Claire.

« *Fan de chichoune*[1]... On dirait que vous n'avez jamais vu de femmes de votre vie ! » s'exclama la Berthe de derrière son comptoir.

Étienne, un vieux du village, tapa sur l'épaule de son compagnon, le menuisier, Antoine, un homme taciturne au visage à moitié caché par sa casquette grise. Ce solide gaillard leva les yeux vers Étienne et secoua la tête. Étienne continua d'une voix pleine de commisération :

1. *Locution exclamative marquant la surprise, l'indignation. Ici, correspond au français « enfant de petite chienne ».*

« C'est sûr, mon pauvre, qu'elle n'est pas comme nos femmes, hein ! Leurs derrières sont aussi gros que la porte d'Aix ! Et encore, la mienne, elle a fait son temps, et moi j'ai depuis longtemps monté les outils au grenier… Mais toi, la tienne, elle est encore jeune, elle doit encore servir !

– Attendez que je les voie vos femmes ! lança à nouveau la cafetière. Je leur dirai deux mots… En tout cas, vous pouvez toujours regarder cette jeunesse, même si *elle vous fait lègue*[1], c'est tout ce que vous pourrez faire ! Vous êtes trop laids et, comme de vieux yogourts, vous avez passé la date limite de consommation !

– *Et ta mamette*[2] ? répondit Étienne. Tu as quelque chose à dire, toi ! On dirait un char d'assaut ! »

Et il se mit à rire, longuement même lorsque la Berthe lui expédia le chiffon poisseux de la plonge sur la tête. Le vieux Maurice, Étienne et quelques clients ne disaient rien et suivirent du regard la silhouette gracieuse de Claire disparaître au coin d'une rue, deux ou trois sortirent sur le seuil du café pour savoir où elle allait.

L'Antoine reprit :

« En tout cas, aussi, il y en a un qui tourne autour d'elle comme une mouche sur un pot de miel.

– Qui ça ? demanda la Berthe en secouant la tête.

– L'instituteur, le Gabriel, il est toujours fourré chez elle, il lui porte des paquets, ramène sa petite fille de l'école. On dirait mon Tobby à l'arrêt devant un faisan !

– Ma foi, c'est leur affaire, dit la Berthe, ils sont jeunes tous les deux, c'est bien…

– Oui, mais elle fait sa belle et elle est plus vieille que lui ! D'ici qu'elle nous l'ensorcelle, notre jeune instituteur, avec tout ce qu'elle faisait à Paris, qui sait ? »

Le livreur de limonade prit la parole :

---

1. *« Elle vous fait envie. »*
2. *« Et ta sœur ? »*

« C'est vrai ça, l'autre jour, je passais pas loin de sa maison et il y avait de la musique de partout, on l'entendait à cent mètres, y avait des machins, des violons, des trompettes, enfin tout ça quoi ! Et puis, dans sa cour, des caisses avec des ferrailles dedans, je sais pas moi, on aurait dit des squelettes, des bouts de tôle ! Je vous dis que cette femme elle est un peu excentrique, c'est pas bon pour la tranquillité de votre village.

– Oh, les hommes, on se calme ! *Langues de pétas*[1] ! Laissez donc vivre cette pauvre femme, c'est une artiste et puis elle doit avoir assez de mal à élever sa petite fille toute seule… Et y a toute cette maison à retaper, c'est pas rien ! »

Elle continua d'un ton en colère :

« Et puis chacun ses goûts et chacun sa vie ! Maintenant, allez ouste ! Et vous rentrez à l'intérieur, espèces de satyres ! »

Tout le monde obéit et retourna à ses occupations en bougeant la tête et haussant les épaules.

Le samedi suivant, à 8 heures sonnantes, Gabriel était devant la maison de Claire. C'était une grande bâtisse de pierres, certes dévorée par les ans mais encore solide, bien située au milieu de magnifiques mûriers avec un ormeau centenaire et à une centaine de mètres seulement du ruisseau. Une partie avait cédé aux intempéries et au manque de soins et s'était détériorée, mais cette ancienne filature possédait un charme discret et certain. Une glycine courait sur une tonnelle et on distinguait un petit passage dans une haie de buis. Même envahie par les armoises, cette allée serpentait jusqu'à un abri de jardin dont les vitrages des côtés étaient restés intacts comme par miracle.

---

1. *« Mauvaises langues. » Un pétas est un morceau de chiffon pour raccommoder des vêtements usagés. Ici, ce sont des bouts de paroles, des rumeurs qui circulent.*

Seule la porte avait souffert et battait, le cadre démembré, au moindre souffle de ce petit matin de novembre. À quelques mètres de là, des fleurs de chèvrefeuille ornaient une charmille en demi-lune et un parterre de rhododendrons refusait d'abandonner le terrain aux orties ou aux ronces.

« Bonjour, monsieur l'instituteur, dit une douce voix derrière Gabriel. Bienvenue chez Claire et Suzette Bonnal, heureuses propriétaires de ce domaine ! »

Il se retourna et il lui sembla voir un esprit. Il ne l'avait pas entendue arriver, sans doute était-elle restée un instant à observer ce grand jeune homme, planté devant sa maison à contempler les arbres et à humer le parfum de quelques fleurs vivaces. Quelques rayons de soleil à travers les branches détachaient Claire du fond de verdure encore sombre du jardin et elle lui apparut, à contre-jour, comme nimbée d'aurore et de lumière tendre.

« C'est magnifique ! » répondit Gabriel, en laissant douter Claire sur la destination de ce qualificatif.

Elle portait un gros pull-over un peu décousu aux manches, un jean délavé, très seyant, et de vieilles chaussures de sport. Un très léger maquillage faisait ressortir ses yeux noirs derrière ses lunettes rondes et ses cheveux défaits qu'elle repoussait délicatement derrière ses oreilles dégageaient un visage d'ange sorti de quelque missel de première communion.

Alors qu'ils montaient l'escalier de granite de la maison, ils entendirent un bruit de branche cassée non loin du jardin.

« Tiens, vous avez même des sangliers qui s'invitent ! » dit Gabriel en plaisantant.

Elle lui offrit un café et une tranche de cake qu'il avala sans trop réfléchir tant son attention était fixée sur Claire. Elle allait et venait dans le petit salon, déplaçant un objet par-ci, rectifiant un cadre par-là. À chaque passage devant lui, il sentait le parfum vanillé de son corps et se contraignait à détourner le regard pour taire son émotion.

« Et maintenant, suivez le guide… » dit Claire.

Il se leva, l'air un peu gauche, avec des miettes du gâteau encore à la bouche. Il se redressa, rangea sa tenue puis suivit son hôtesse.

Les pièces qu'il visita étaient rangées avec beaucoup de goût en utilisant les meubles laissés par son oncle et en ajoutant ici et là des tableaux, des dessins ou de petites sculptures. Elle avait repeint les murs à la chaux blanche, installé des tapis, des gros poufs et des dizaines de coussins aux teintes pastel sur les canapés et fauteuils. De nombreux bougeoirs, disséminés dans les moindres recoins, sur le rebord des fenêtres, donnaient à l'ensemble une touche de douceur et de raffinement.

« Normal, pensa-t-il un peu naïvement, c'est une artiste, quelle classe ! »

Il s'assit à nouveau dans une chauffeuse profonde en buvant un café, l'air absent, comme envoûté par le lieu et la maîtresse de maison, lorsqu'un coup de Klaxon retentit au-dehors et le sortit de ses songes. Le camion était là.

Il fallut toute la journée pour décharger le contenu du véhicule. Le piano prit, à lui seul, trois heures, pour le descendre du camion et le transporter jusqu'au salon. Le reste du déménagement parut une promenade aux deux livreurs et à Gabriel. Quand le camion redémarra, Claire et Gabriel s'assirent au milieu des cartons et des caisses, épuisés mais ravis de leur effort partagé. Gabriel regarda le piano et dit en s'épongeant le front :

« Après toutes les calories dépensées aujourd'hui pour cet instrument majestueux, j'aurai droit un de ces jours, je pense, à un concert particulier, non ?

– Tu seras même l'invité de marque », répondit Claire en saluant son convive d'une révérence.

C'était la première fois qu'elle le tutoyait et son visage rosit légèrement. Gabriel ne répondit pas et se contenta d'applaudir le geste.

Il ne se passait pas trois jours sans que Gabriel ne passât voir Claire après l'école pour s'assurer, disait-il, que tout allait bien, qu'aucune fuite au toit ne se fût déclarée ou que les problèmes électriques qu'elle avait connus à son arrivée fussent définitivement résolus.

C'étaient des prétextes qu'ils savaient trop faciles et qu'il n'osait pratiquement plus invoquer. Il se sentait bien avec Claire comme avec Suzette. Il observait la fillette en classe avec le sentiment un peu coupable de chercher les traits de la mère à travers elle, il guettait une attitude, un geste, une parole de cette enfant, autant de détails qu'il avait discernés chez Claire. Il admirait aussi Suzette pour sa sensibilité et son intelligence précoces et sentait presque inconsciemment que beaucoup trop de son attention se portait sur elle et, à travers la petite fille, sur Claire.

Depuis quelques semaines, des comportements désagréables vis-à-vis de Suzette se faisaient jour et certains enfants de l'école la chahutaient dans la cour. Gabriel les réprimandait sévèrement. Ils avaient droit à des leçons de morale et de tolérance, dès que l'un d'entre eux s'en prenait à un cheveu de la petite fille, qu'il la traitait d'étrangère ou de vilaine Parisienne en la poussant dans le couloir.

« Parisienne, tête de chienne, Parigot, tête de veau ! » chantaient certains d'entre eux.

Une fin d'après-midi, à la sortie de la classe, une mère était même venue l'attendre pour lui faire remarquer qu'il n'avait pas à gronder son fils pour des raisons si ridicules et surtout pour une gamine qui n'en valait pas la peine. Le comble se produisit lorsque, après avoir semoncé un garçon de la grande section pour des remarques méchantes envers Suzette, ce dernier se retourna et lui répliqua :

« Mon papa a dit que c'était ta chouchoute parce que tu couchais avec sa mère ! »

Il faillit le gifler mais préféra l'envoyer au piquet pendant une heure et se remettre lentement de cette remarque perfide. Il ne voulut même pas relever l'incident, cependant, lorsqu'il revit la mère du jeune garçon, il lui déclara :

« Vous direz à votre mari que je couche avec qui je veux, que s'il trouve un problème à mes fréquentations, qu'il vienne me le dire en face… En plus, vous feriez mieux de faire réviser d'autres histoires beaucoup plus instructives à votre fils, notamment l'histoire de France qu'il a tendance à négliger au vu de ses résultats scolaires ! »

À ces mots, elle pinça les lèvres et tourna les talons.

Il ne montait plus à Cadapuech que toutes les trois semaines. Adeline et Augustin ne posaient aucune question mais comprenaient que ce n'étaient pas les préparations de leçons ou les aménagements de l'appartement de l'école qui occupaient ses fins de semaine.

Quand Gabriel se rendit au mas après une longue absence de près de un mois, il se sentit heureux, en cette saison magnifique, de retrouver les drailles, les forêts de hêtres et de grands pins, le long des chemins tortueux qui grimpaient jusque chez sa cousine Adeline. Il traversa des ruisseaux déjà grossis par les violentes pluies d'automne et respira les odeurs lourdes et fortes de la terre. Il recouvrait ses sensations, mille perceptions de bruits familiers et de senteurs ordinaires mais tellement intimes à son être. Son cœur battait fort en harmonie avec la montagne vivante et le souffle du soir qui emplissait ses poumons lui provoqua une forme de vertige. Il dut s'asseoir et reprendre ses esprits. Au bout de quelques minutes, sur le fond empourpré du ciel, la silhouette élancée puis le visage rayonnant de Claire lui apparurent comme dans un mirage. Ses grands yeux noirs plongeaient en lui telles des flèches d'un feu tendre et son sourire le transportait dans une sorte d'apesanteur. Cet éblouissement ne dura que quelques minutes et il comprit à quel point Claire lui était devenue indispensable et qu'il ne pouvait plus vivre sans elle.

En arrivant à Cadapuech, il fut accueilli par tout son monde avec la même joie que s'il les avait quittés la veille. Ils se régalèrent de la *bajanat*, la soupe de châtaignes, et de pélardons frais.

« Alors, mon jeune cousinou, tout va bien en bas ? demanda Adeline. Ça fait quelque temps qu'on t'avait pas vu.

– Un peu le travail mais, la vérité, c'est que j'ai une amie qui vient de s'installer au village, la nièce du vieux Bonnal qui est mort l'année dernière. Elle est très sympathique, un très bon peintre, et musicienne par-dessus le marché, répondit Gabriel, les yeux rivés sur la soupe.

– C'est la petite… de la Mireille », se contenta d'observer sa cousine.

Elle se tourna vers Augustin qui hocha la tête.

« Tu la connais, cousinette ? demanda Gabriel, à son tour intrigué.

– On a connu sa mère, Augustin et moi, c'était pas du tout la folle qu'on disait, c'était une femme magnifique, belle comme un astre, un peu solitaire et sauvage, c'est tout…

– Sa fille s'appelle Claire et, c'est vrai, elle est belle comme un soleil. Elle a une petite fille adorable, Suzette, que j'ai en classe. Je les aide un peu à s'installer car la maison du papé était dans un piteux état !

– C'est bien, je te reconnais bien là, mon Gabriel… Enfin, pour sa mère, ce sont de vieilles histoires bien tristes qu'il ne faut pas trop remuer mais… regarde-moi, Gabriel, tu serais pas tombé amoureux, toi ? » dit Adeline.

De l'autre côté de la table, son compagnon, Augustin, esquissa un sourire.

« Mais non, euh… c'est une amie… gentille… douce et qui a beaucoup de talent, j'apprécie sa compagnie, tu sais, à Saint-Just, ça court pas les rues, les gens d'une telle richesse, et puis plutôt jeune… Par contre, des méchantes gales, tu en veux ? On dit beaucoup de choses sur elle et il y a aussi des regards que je n'aime pas.

– Tu fais ce que tu dois faire, Gabriel, ce que tu penses être juste et ne te préoccupe pas de ces mesquineries, de ceux qui *cherchent la rougne*[1], intervint tout à coup Augustin tandis qu'Adeline présentait une belle tarte aux myrtilles sur la table.

– Je ne voudrais pas qu'on lui fasse mal, c'est tout, répondit le jeune garçon.

– Tout ira bien, va ! ajouta Adeline. Allez, mange maintenant, ça, c'est pour ton retour chez les anciens ! »

Victor se secoua un peu et tendit aussi son assiette. Il avait eu récemment des petits problèmes de santé et avait dû calmer ses appétits de cochonnailles et sa consommation de vin. Adeline le purgeait avec des herbes, des tisanes et des rasades de lait de brebis. Il avait eu droit, en supplément, à une série de ventouses qui lui avaient fait prononcer tous les noms des dieux de Valhalla et de la chrétienté. Des cataplasmes de camphre lui avaient fait retrouver un peu de sa vitalité même si ce coup de semonce du temps, ce rappel à la fragilité des corps,

1. *Chercher des ennuis. La rougne étant une espèce de gale. Au sens figuré, cela signifie la haine, chercher noise.*

l’avait touché et avait éteint pour un temps sa fabuleuse exubérance.

« Je vous les amènerai un de ces jours, c’est promis, dit Gabriel. Vous verrez, elles sont toutes les deux formidables ! »

Il finit sa phrase avec une excitation qui fit hocher la tête d’Augustin. L’homme se retourna, alluma sa pipe près de la cheminée accueillante où brûlait une énorme souche de châtaignier.

VI

La peur et la rage

QUAND IL RENTRA le dimanche après-midi à Saint-Just, il trouva sur sa porte une courte note de Claire le priant de passer chez elle quand il le pourrait, sans préciser de quoi il s'agissait. Il posa son sac et courut jusqu'à la maison. En arrivant, il vit deux sculptures métalliques de Claire renversées puis, un peu plus loin, un moulage de statue éventré.

« Merci d'être venu aussi vite, Gabriel, dit Claire, tremblante.

– Que s'est-il passé ? s'écria Gabriel, haletant.

– Viens voir là-haut… »

Elle le conduisit vers la chambre de Suzette. Un trou énorme dans le carreau laissait entrer un air froid et, au pied de la fenêtre, gisait un gros caillou au milieu des débris de vitre.

« Et, en plus, ma Suzie a été touchée par un bout de verre, là, sur la joue, c'est une légère coupure sans gravité mais ça aurait pu être l'œil ! »

Gabriel ne savait que répondre. Il s'assit sur le lit sans dire un mot mais sentit rapidement la rage lui étreindre la gorge. Claire continua bientôt avec des sanglots dans la voix :

« Qu'est-ce que je leur ai donc fait ? Ils peuvent pas nous laisser tranquilles ? Pourquoi ? Je sens leur méchanceté, leur haine parfois. Mais moi, je m'en fiche, c'est Suzette, je veux pas qu'on lui fasse mal. Tu sais, je crois qu'ils tournent autour de la maison, qu'ils nous espionnent ! Pourquoi ils font ça ? Parce qu'on est pas comme eux ? »

Gabriel la prit dans ses bras et elle resta ainsi de longues secondes accrochée à lui, si faible, si vulnérable, tel un petit animal blessé. Il lui caressa machinalement la tête, le front puis la regarda dans les yeux avec le feu de toute sa colère à peine contenue.

« Ils vont le payer, je te le promets ! J'irai voir la gendarmerie et le maire dès ce soir. Il faut que ça cesse ! Ça a assez duré ! dit-il, tremblant de rage.

– Non, non, ça ne ferait qu'envenimer les choses ! répondit Claire en relâchant Gabriel. Si ça se trouve, ce n'étaient que des gamins !

– Quoi ! Non ! J'accepterai pas qu'on te traite de la sorte ! » s'enflamma à nouveau le jeune homme.

Le lendemain matin, Gabriel était chez le maire et donnait tous les détails de l'incident.

« C'est un attentat... une véritable tentative de meurtre ! J'exige une enquête de votre part avant celle de la gendarmerie et je veux des réparations, des coupables ! »

Le maire le regardait avec un léger rictus au coin de la bouche puis, après l'avoir écouté, dit cyniquement :

« Quels coupables ? Où sont-ils tes coupables ? Et les preuves, elles sont où ?

– La gendarmerie en trouvera sûrement, elle, répondit Gabriel en colère.

– Si j'étais toi, je m'exciterais pas trop avant d'aller voir les gendarmes... Et puis, si j'ai un bon conseil à te donner, Gabriel, te mêle pas trop de ça, prends un peu de distance avec cette femme, elle a un passé qui n'est pas très reluisant, à ce qu'on dit, il y a des rumeurs sur elle et sur sa vie, là-bas, à Paris, et y a pas de fumée sans feu. Il faudrait pas que ces histoires nuisent à ta carrière, mon petit, tu es jeune et l'inspecteur d'académie, que je connais, ne serait peut-être pas content de voir un de ses instituteurs s'embarquer avec une femme à histoires et des affaires de drogue, peut-être, ou de mœurs collées à elle.

– Je crois rêver, c'est fou ! s'exclama Gabriel. Cette pauvre femme arrive de Paris, tranquille, avec sa petite fille, pour prétendre à ses droits sur la maison de son oncle, s'installer paisiblement sans rien demander à personne, et, tout à coup, c'est le déchaînement, on la traite de tous les noms, la rejette comme une pestiférée, nous sommes civilisés, monsieur le maire, plus à la Libération où on tondait les femmes ! »

Sur ces mots, il tourna les talons, claqua la porte de la mairie et partit, fulminant, en répétant les paroles du maire : « … Attention à votre carrière, mon petit… », puis il dit tout haut :

« Qu'il aille au diable, lui… et son cher inspecteur d'académie ! »

L'affaire fit le tour du village. Certains s'indignèrent, d'autres, plus discrets, en comité restreint, affirmèrent qu'elle l'avait cherché. Le curé du village, dans son sermon, mentionna l'incident et exhorta ses fidèles à plus de tolérance, à accepter les gens avec leurs différences.

Il fit surtout cette intervention publique plus, comme il le dit, pour la fillette que pour la mère dont il n'avait aucune preuve de moralité. Il voulut aussi faire l'effort pour Gabriel qu'il considérait comme un gentil garçon, compétent dans son métier, même s'il regrettait son engagement communiste et l'affichage fréquent de ses principes laïques et républicains. Le maire se contenta de parler de l'incident en conseil municipal et n'alla même pas voir Claire pour lui témoigner un peu de sympathie.

Néanmoins, un mois après, les esprits s'étaient calmés et la routine s'était peu à peu réinstallée à Saint-Just.

Claire, à part les quelques visites à l'école ou à l'épicerie du village, restait cantonnée chez elle à ranger ou à restaurer sa maison avec les modestes moyens dont elle disposait.

Elle vivait d'une petite rente qu'elle tirait d'une série d'expositions et de ventes de tableaux. À Paris, elle avait aussi pu mettre un peu d'argent de côté pour les moments difficiles, comme ceux qu'elle vivait aujourd'hui à Saint-Just, en donnant des cours particuliers de musique. L'argent, même dans ce village, filait vite et les maigres économies souffraient des travaux d'urgence qu'elle avait dû engager et des factures qui tombaient d'un mois sur l'autre.

La bonne vieille Berthe lui proposa de travailler chez elle pour le nettoyage des nappes et serviettes de la cantine et pour un peu de comptabilité. Elle lui acheta aussi une toile abstraite, par gentillesse, sans trop savoir ce qu'elle représentait, et l'accrocha dans son café, entre une publicité de Picon bière et une affiche de Dalida, pour, disait-elle, donner un peu de classe à son estaminet. Les clients ou les pensionnaires se demandaient ce que les carrés et les cercles colorés représentaient. Berthe traitait les curieux d'ignorants et d'analphabètes et tentait de leur expliquer, tant bien que mal, le sens caché de l'œuvre, sans toutefois convaincre, à chaque fois, son auditoire.

Claire put trouver aussi deux ou trois élèves pour des cours de musique, des vacanciers lyonnais lui achetèrent une toile ou deux et une sculpture, et puis il y avait Gabriel qui lui apportait, tous les deux jours, légumes et fruits, châtaignes et champignons avec le plaisir et le dévouement d'un jeune épagneul pour sa maîtresse.

Gabriel finit par suivre l'avis de Claire et décida de ne pas porter une plainte officielle à la gendarmerie de Florac, non qu'il n'eût pas voulu le faire ou qu'il fût intimidé par les sous-entendus du maire mais il sentit un peu moins d'animosité autour de lui. Les mauvais jours aussi arrivaient et les gens restaient plus longtemps chez eux à préparer l'hiver dont on percevait les premiers frimas. Quelques semaines après l'incident, Claire invita Gabriel, comme promis, à sa pendaison de crémaillère. Elle se sentait bien mieux et avait retrouvé son magnifique sourire. Certes, les travaux de la maison étaient loin d'être achevés mais la restauration déjà effectuée était remarquable pour une personne sans réelle expérience de la maçonnerie ou de la menuiserie, et cela méritait bien une petite fête.

Gabriel avait mis, ce soir-là, une belle chemise blanche, avait troqué, pour une fois, son éternel gros pull de camionneur pour une veste bleue légère. Il avait réussi à coiffer ses cheveux habituellement indomptables et leur avait donné un pli plus civilisé. Ainsi habillé, ce grand jeune homme avait de l'allure et ses grands yeux émeraude éclairaient un visage sans doute massif mais non dépourvu d'un certain charme. Son nez n'était pas aussi gros que ses anciens camarades de l'école normale le disaient et sa bouche était plutôt fine dévoilant, à chaque sourire, de superbes dents blanches.

Pour l'occasion, il avait même mis un peu de lotion d'après-rasage, chose qu'il faisait rarement, lui préférant la fraîcheur de l'eau, comme il disait, qui descendait de ses montagnes mais, en cette circonstance, devant une si belle femme, il avait estimé qu'il fallait laisser ses habitudes un peu rustres à la maison, comme son chandail en grosse laine.

Il arriva devant la porte de Claire, à l'heure exacte, avec, à la main, un bouquet d'orchidées sauvages qu'il était allé cueillir sur le Bougès et, enroulée dans du papier journal, il tenait dans l'autre main une bouteille de carthagène. Claire l'accueillit en ouvrant en grand l'énorme porte de châtaignier.

« Bonsoir Gabriel », dit-elle avec une certaine majesté et une petite révérence.

Elle déposa un baiser sur la joue de cet homme légèrement embarrassé par sa taille et le rose soudain de ses joues. Elle portait une jupe en lin d'un beige tendre et un corsage de soie coralline. Un collier de perles ornait son cou délicat, ses yeux noirs derrière ses lunettes cerclées avaient été maquillés avec discrétion et ses cheveux de jais brillaient d'un éclat intense.

Il entra dans le salon, illuminé par des dizaines de bougies dans tous les recoins de la pièce. Des cadres de différentes formes étaient accrochés aux murs blancs. Il y avait là des tableaux classiques de paysages mais aussi des toiles insolites avec des couleurs vives et des formes abstraites. Pour plaisanter un peu et se détendre, Gabriel lança, en désignant une dizaine de cercles bleus sur un fond orangé et rouge :

« Ça, c'est un coucher de soleil sur la cathédrale de Strasbourg ?

– Te moque pas, répondit Claire en riant, en fait, je l'ai intitulé *Avenir*...

– Il faudra que je revienne pour de plus amples explications ! » dit Gabriel en haussant les sourcils et se tenant le menton.

Ils se mirent à rire à nouveau.

La table était dressée avec de la porcelaine fine mais sans ostentation. Un large candélabre trônait en son centre, diffusant une lumière safranée. Une douce mélodie flottait dans la maison, en accord parfait avec la sérénité du lieu et le déclin du jour. C'était un air de piano, une douce respiration, des notes délicieuses tourbillonnaient autour de lui.

Un peu surprise par l'attitude de Gabriel suspendu à ce morceau de musique, Claire se plaça devant son invité et murmura :

« Écoute bien cet air, c'est bien plus que de la musique, c'est Jean-Sébastien Bach, mon maître… »

Sa main balaya l'espace sonore comme pour indiquer sa présence invisible. Elle avait, en prononçant ces mots, le regard d'un gourmet devant une tarte aux griottes ou un navarin de veau. Elle continua :

« Ce que tu entends là, c'est *Le Clavier bien tempéré*, une merveille de concision, la perfection, du divin, la beauté, le génie à l'état pur ! »

Gabriel resta silencieux comme subjugué par ces paroles, l'atmosphère de la scène et du lieu. Claire comprit que la présentation quelque peu exaltée du Cantor de Leipzig avait laissé son invité un peu pantois et elle enchaîna de manière plus prosaïque :

« Tu sens bon, dit-elle en souriant.

– Merci, mais pas autant que toi », répondit Gabriel en s'asseyant sur un large canapé de cuir.

Il continua :

« Mais c'est ce cher canapé de trois tonnes qui nous a fait tant suer pour le transporter ! »

Et il s'enfonça avec délectation dans la souplesse de ses coussins. La petite Suzette vint s'asseoir à ses côtés, l'embrassa affectueusement et lui montra son livre.

« Qu'est-ce que tu lis ? » demanda Gabriel, intéressé.

La petite lui montra fièrement son ouvrage illustré de nombreux dessins.

« Des histoires de Robert Desnos, c'est drôle et ça fait rêver.

– Je sais, mais n'oublie pas de lire ce que ton maître t'a donné pour jeudi prochain ! répondit Gabriel en lui caressant les cheveux.

– Oui, je sais, c'est déjà fait ! rétorqua Suzette d'un ton un peu impertinent.

– Allez, au lit maintenant ! » dit une voix ferme de la cuisine d'où se dégageait une odeur exquise.

Suzette fit un baiser à Gabriel et disparut dans sa chambre aménagée sous le toit.

La musique dansait toujours, virevoltait. Les notes couraient à travers les pièces en vagues légères, glissant dans l'air tiède de la demeure, emplissant le cœur de Gabriel de mille sensations agréables, voluptueuses. Gabriel n'aurait jamais imaginé pouvoir communier, en dehors de ses montagnes, avec cette passion, cette force transmise par le sautillement de doigts sur un clavier. Il y avait là tout un monde inconnu qu'il découvrait aujourd'hui, si éloigné des fanfares du 14 Juillet ou des hit-parades des transistors qu'il entendait sur les plages de la Joliette ou des balcons de sa cité marseillaise. La musique classique, chez les modestes Larguier, c'était pour les riches, un autre univers.

L'arrivée de Claire de la cuisine avec deux verres le sortit de son indolence.

« À quelle autre ivresse me prépares-tu ? demanda Gabriel.

– C'est un petit meursault de mon immense cave particulière qui doit comporter, à ce jour, au moins... une demi-douzaine de bouteilles. C'est pour ouvrir l'appétit », déclara Claire en riant.

Elle s'assit près de Gabriel.

« À notre santé ! continua-t-elle. Et au diable tous ces minables, ces imbéciles ! Nous vaincrons leur bêtise, crois-moi !

– J'aimerais te croire, dit Gabriel en trinquant. Ces gens-là peuvent être bons comme le pain et odieux comme la peste ! »

Le repas fut délicieux. Un gigot d'agneau des Causses au romarin suivi d'une tarte aux myrtilles et tout cela agrémenté d'un gigondas servi dans des verres aussi grands que la main de Gabriel. Après le repas, le jeune homme se sentait transporté et oubliait sa timidité, son admiration pour cette femme qui allait et venait, souriant et dansant comme un léger insecte autour de la table. Il parlait de tout, de Marseille, du marché aux poissons, des sources et des avens, et tout, dans sa tête, se mêlait un peu, les vagues et la terre, les bateaux sous la houle et les pins ondulant au sommet des collines, le ciel et l'eau, l'odeur du sel et le parfum du lilas sauvage.

Au moment du café, quand elle revint de la cuisine, elle effleura son épaule et le regarda longuement. Gabriel se passa la main dans les cheveux dont la discipline n'avait résisté ni à la chaleur du côtes-du-rhône ni à la tiède atmosphère de la pièce. Les flammes de l'âtre entretenaient paisiblement ce lieu devenu magique dans un crépitement que seule la musique survolait dans un concert d'arpèges et de fantaisies. Il sentit en lui un bien-être total et écouta Claire lui parler de sa vie.

VII

Paris

« MA MÈRE, MIREILLE, se retrouva seule à Paris, après avoir quitté Saint-Just et les foudres de sa famille. Elle se mit tout de suite à la recherche d'un travail. Elle commença par de la plonge jusqu'à des heures impossibles pour un salaire ridicule, puis trouva un petit job dans un atelier clandestin de confection pour des Chinois jusqu'à ce qu'elle rencontre Bohdan Poraj, un jeune peintre polonais juif, fuyant les persécutions politiques de son pays. Tu sais, maman et moi étions très liées et elle m'a raconté sa vie avec tous les détails, alors Bohdan... Eh bien, ce garçon qu'elle avait rencontré, mince comme un passe-lacet et à la peau d'albâtre, s'était installé dans un petit hangar du Quartier latin.

« Ce bâtiment lui servait d'atelier et de logement. Je me souviens encore, j'étais petite, mais je vois encore de grandes tentures qui en séparaient les pièces, des caisses, des pots de peinture de toutes tailles, des cadres vides et des toiles jonchant le sol de cet édifice où l'air s'engouffrait par les crevasses des murs et quelques trous dans la toiture. Bohdan était relativement pauvre mais cherchait un modèle pour des séances de pose et, lorsqu'il rencontra maman dans le métro, il comprit, par ses vêtements et sa mine triste, que cette belle fille était aussi déracinée que lui dans la jungle de Paris, un Paris indifférent voire sans pitié pour les gens de leur espèce. Elle accepta son offre et, en échange des heures passées à garder la pose, le peintre nous hébergea dans ce qui devint notre maison et le lieu où je me mis à frotter des toiles avec mes premiers pinceaux et appris à aimer la musique. Bohdan fréquentait le milieu artistique des quartiers alentour et, presque tous les soirs, défilaient barbouilleurs en tout genre, portraitistes, avec ou sans talent, mais aussi des grands noms de l'époque qui venaient passer quelques heures devant une bouteille ou deux de bourbon.

« Passionné par la musique et pianiste lui-même, Bohdan profitait de ses accointances pour assister à tous les grands concerts parisiens. Un ami très proche enseignait au Conservatoire national de musique et lui obtenait des cartons d'invitation sans qu'il ait à débourser un centime. Ainsi, Bohdan ne manquait guère les grands événements musicaux de la capitale. Maman devint, presque naturellement, sa maîtresse, comme par reconnaissance au départ puis par amour, j'en suis sûre, et elle le suivit dans toutes les salles de concerts et auditoriums de Paris comme dans toutes les galeries de peinture. Dès que je fus en âge d'assister à un spectacle, j'accompagnai partout ma mère et Bohdan. Nous devînmes, tous trois, inséparables et les directeurs de galeries ou des salles de concerts s'habituèrent à nous voir déambuler dans les couloirs des expositions ou applaudir des opéras ou des orchestres de chambre.

« J'allais bien à l'école de quartier mais avec une assiduité toute relative. La première du *Requiem* de Verdi ou le vernissage d'une expo l'emportaient sur l'apprentissage de mes calculs algébriques ou de la lecture. Je pense que j'étais tout de même une enfant assez éveillée pour que l'instituteur fermât plus d'une fois les yeux sur mes absences et sur notre vie de bohème. Seules la peinture et la musique m'intéressaient et je pouvais passer des heures devant un chevalet à dessiner ou à peindre avec, en fond sonore, tu vas deviner Gabriel, la musique de Bach, mon compositeur préféré.

« Bohdan connut un certain succès et ses toiles se vendirent relativement bien pendant au moins dix ans. Nous restâmes dans l'atelier du Quartier latin mais nous fîmes quelques aménagements avec des cloisons et des pièces dans ce pauvre hangar.

« Bohdan acheta un piano droit. Il passait des heures à jouer tout en buvant, hélas ! de nombreux verres de pastis ou de whisky. Il en délaissa même sa peinture au point de créer, pendant quelques mois, de gros soucis financiers à toute la famille. J'étais encore jeune, fascinée par la dextérité de Bohdan au clavier et par les sonorités qui sortaient de ce grand instrument au bois poli. Je me revois collant mon oreille sur le côté à écouter, subjuguée, les petits marteaux de feutre frappant harmonieusement les cordes. Il ne fallut pas longtemps pour que je grimpe sur le tabouret, pianote mes premières notes et que je fasse mes premières gammes pour le plus grand plaisir de maman et de Bohdan. Le professeur de piano du conservatoire avait sans doute remarqué quelque talent chez moi et vint me donner des cours gratuits de solfège et de pratique musicale. Quant à la peinture, mes premières toiles semblaient beaucoup plaire autour de moi, surtout chez les amis de Bohdan. Ils disaient que j'avais un style, une aisance et, surtout, mes couleurs avaient une audace, voire une insolence rare. »

Claire s'arrêta de parler pour rire doucement de cette histoire, surtout lorsqu'elle prit le ton et la voix des artistes, amis de Bohdan relevant le talent précoce de cette petite fille. Gabriel sourit aussi de cette légère autodérision qui lui prouvait bien le peu de vanité qui habitait Claire. Il n'en demeurait pas moins étourdi, rêveur en écoutant le récit de Claire.

« Continue, insista-t-il en lui caressant la main.

– D'accord… Bohdan grillait trois paquets de Gitanes par jour et buvait au moins trois litres de pastis ou de whisky chaque semaine. Non seulement ces excès plombaient le budget familial mais ils dégradaient aussi sa santé à une vitesse inouïe. Les privations et les mauvais traitements subis au cours de sa jeunesse en Pologne accéléraient l'aggravation de son état. Il passait parfois des journées entières au lit à tousser, cracher puis il se levait, se mettait au piano ou devant sa toile, une bouteille de bourbon près de lui. Maman ne trouvait plus les mots pour le convaincre de ne plus boire et de cesser de fumer. Il pouvait se mettre dans des colères noires, briser des cadres et insulter tout le monde. Je crois que j'étais la seule à pouvoir un peu le calmer en jouant ses mélodies préférées, je le vois encore s'enfoncer dans son fauteuil, gémir un peu et m'écouter. Dans ces moments seulement, il pouvait m'appeler “ma fille”.

« Ce ne fut une surprise pour personne, notamment pour ses amis qui avaient, petit à petit, déserté sa compagnie, d'apprendre qu'un coup de sang l'avait emporté un petit matin. Il nous fallut très longtemps, à maman et à moi, pour nous remettre de la perte de Bohdan. Il nous avait ouvert la porte d'une vie si riche et si trépidante. On conserva quelques relations dans le milieu artistique et maman, encore jeune, put aider d'autres peintres à organiser des événements ou des expositions. Pour boucler les fins de mois, elle vendit aussi quelques toiles de Bohdan, retourna faire quelques heures de ménage dans les quartiers chic et confectionna, à domicile, des centaines de vêtements de poupée pour une entreprise du nord de la France. C'est ainsi que le temps passa. À dix-huit ans, je quittai l'école et me lançai dans la peinture. Au départ, je connus un petit succès d'estime auprès de certains milieux artistiques mais la vie resta difficile pour nous deux, désormais seules.

« Puis survint la maladie incurable de maman. »

Claire s'arrêta un instant comme pour reprendre son souffle. Elle ferma ses beaux yeux noirs et, lorsqu'elle les rouvrit, Gabriel crut voir une larme couler sur sa joue. Il lui prit cette fois la main et la conserva bien serrée au creux des siennes.

« Arrête-toi là si tu veux, Claire », lui dit Gabriel, profondément ému.

– Non, je continue, cette histoire, tu es le premier à qui je la raconte, je ne l'ai jamais racontée, même pas à ma petite Suzette, et ça me fait du bien de parler de tout cela en fin de compte…

« Le cancer de maman l'emporta en trois mois à l'âge de quarante et un ans. Les derniers soins que je pus lui apporter au cours des dernières semaines furent à peine soutenables tant maman changeait physiquement. J'avais insisté pour garder maman à la maison. Je tenais à ce qu'elle conserve jusqu'au dernier instant les images du hangar où elle avait connu des peines mais aussi des moments si heureux. Il y avait encore les odeurs de peinture, des toiles immenses couvraient toujours les murs et il y avait le piano, ah ce piano !… Je jouais les airs préférés de Bohdan et je lui faisais écouter des morceaux que nous avions aimés tous les trois dans les grands concerts dcs grandes salles parisiennes. Il me semblait que le rappel de ces moments, ces souvenirs heureux apaisaient momentanément sa douleur autant que la morphine.

« Quelques heures avant de mourir, elle eut la force de me reparler de son enfance à Saint-Just, le petit village des Cévennes, au sud du Massif central. Elle évoqua une fois encore cette montagne et son frère Bertrand avec des mots que je n'avais jamais entendu prononcer auparavant. Elle me raconta, bien sûr, à plusieurs reprises, les circonstances de notre départ précipité vers Paris mais, malgré sa douleur et au cours de moments de répit que voulait bien lui offrir sa terrible maladie, je remarquai qu'elle n'avait jamais exprimé cette exaltation et décrit avec autant de joie ces vieux souvenirs, toutes ces images que sa région de naissance lui inspirait. "C'est très beau, me disait-elle, un petit paradis…"

« Elle me suggéra de retourner, un jour, à Saint-Just et d'aller voir Bertrand Bonnal, son frère, dont elle n'avait pas eu de nouvelles depuis plus de vingt ans. Je le lui promis, ce qui sembla la contenter et lui ramener un menu sourire. Au cours de cette évocation des Cévennes, elle semblait même retrouver une énergie nouvelle même si son visage se fronçait aussi par moments en parlant de ce pays. Elle avait aussi vécu de terribles épreuves.

« Une semaine plus tard, ce fut la fin. Ce jour-là, un dimanche, je me souviens, elle eut tout de même le temps de m'embrasser en me serrant très fort avec les dernières forces qui lui restaient, puis sombra dans l'inconscience. Elle mourut deux heures après, toujours en me tenant la main. La maladie l'avait finalement vaincue. »

Claire arrêta son récit, leva les yeux en direction de Gabriel. Ils étaient brillants de petites larmes qu'elle n'avait pu retenir. Elle continua :

« Ce ne fut pas si simple pendant les années qui suivirent. J'eus des succès et des échecs que ce soit pour ma peinture ou pour ma musique. Je ne suis pas une vraie concertiste, une star, tu sais… Je n'ai pas pu percer dans ce métier difficile. Pour la peinture, je vendais quelques toiles, donnais des cours de musique à des enfants de riches et je survivais passablement. Puis c'est au cours de ces années que j'eus une relation aussi courte que passionnelle avec un sculpteur, il était belge, venait de Namur. Je voulais me raccrocher à quelqu'un, j'avais sans doute besoin d'affection, d'amour. Ce fut une histoire sans lendemain, mais ma petite Suzette naquit de cette relation et elle vint combler ma vie de bonheur. Son père disparut pour aller rejoindre une autre femme, je crois, au Mexique, sans laisser d'adresse et surtout en refusant de reconnaître Suzette. Mais ce n'était guère important en fait, je n'étais plus seule maintenant, j'avais ma fille et il n'y eut plus qu'elle qui comptait. Le départ de cet homme pour d'autres cieux permit de me recentrer sur le travail et je me remis à la tâche. Quelques toiles se vendirent très bien et mes cours marchaient aussi très bien. Je donnai même des petits concerts dans les églises… mais je dois dire que je pensais et repensais à toutes les images, les paysages que me décrivait maman à propos des Cévennes et je me disais que la vie en province serait sans doute plus agréable que la vie trépidante de Paris. J'avais même décidé d'aller voir le frère de maman en Cévennes quand j'appris par Me Balme, le notaire de Florac, que ce brave oncle venait de mourir et que je devenais par là même héritière de sa maison. Je mis bien peu de temps à prendre ma décision de quitter Paris. Je tenais la promesse que j'avais faite à maman sur son lit de mort et j'allais enfin rencontrer ces montagnes qui avaient, répétait-elle, de la magie en elles. »

VIII

La musique des sens

Il était 1 heure du matin lorsque Claire finit le récit de sa vie. Gabriel avait écouté presque en silence, avait pu lire sur son visage les peines et les joies tandis qu'elle parlait et évoquait son passé. Plus elle racontait ses malheurs et plus il se sentait proche d'elle, s'attendrissait sur cet être, ballotté par un destin si singulier et si triste à ses yeux. Il ne cessait de regarder ses cheveux, sa bouche, ses lèvres et la peau fine de ses joues ou de son cou. Il se sentait si proche d'elle qu'il éprouvait, à chaque instant, la sensation de caresser ce visage ou bien était-ce le désir quasi compulsif de le faire ? Toujours est-il qu'il avait l'impression que ses propres yeux, sa bouche suppliaient Claire de venir à lui, de le toucher. Gabriel en oubliait ses inhibitions et cette sorte de vénération qui le paralysait chaque fois qu'il se retrouvait à quelques centimètres d'elle. Il pensait côtoyer une déesse inaccessible. Lui qui ne croyait ni aux diables ni aux bons dieux découvrait un être sublime, une muse pour laquelle il était prêt à céder son âme sans discussion. Dans la conversation, il lui fallait, à maintes reprises, détourner son regard du visage de Claire. Il avait la certitude qu'elle lisait en lui comme dans un livre ouvert.

Il contemplait ses mains et imaginait ses longs doigts d'artiste sur une toile ou un clavier mais il les voyait surtout toucher son corps, le frôler, le caresser.

La musique, pendant tout le temps de l'histoire de Claire, n'avait cessé de jouer et ajoutait à l'enchantement de Gabriel. Le champagne et la carthagène avaient été débouchés et rendaient les prunelles sombres de Claire encore plus belles.

Elle se leva, tituba un petit peu et dit sur un ton presque ferme :

« Bouge pas ! »

Elle arrêta le tourne-disque puis elle se mit au piano.

Après avoir réglé son siège, elle remonta ses petites lunettes et regarda Gabriel avec un large sourire puis plongea le regard sur le clavier que ses doigts effleuraient déjà.

Sans tourner la tête, elle expliqua :

« C'est Claude Debussy qui a écrit ce morceau. Il s'appelle *Clair de lune,* tu vois, il n'y a pas que Jean-Sébastien Bach en musique, quoique… »

Elle émit un petit rire d'enfant.

Les premières notes sortirent de cet instrument comme une incantation, tantôt elles filaient telles des étoiles, tantôt se transformaient en soupirs, en ondes aériennes. Gabriel ressentait comme une touche d'éternité à chaque accord, à chaque arpège. C'était le même souffle harmonieux qu'il puisait dans ses montagnes, il entrevoyait à chaque phrase mélodique le même chatoiement de couleurs que celui de ses forêts de hêtres ou de châtaigniers en automne, là-haut sur la corniche des Cévennes ou au sommet du Liron.

Quand elle finit le morceau de musique, Gabriel resta sans voix, immobile, comme envoûté. Il regarda Claire se lever, revenir vers lui, s'asseoir à ses côtés. Il ne bougea toujours pas, pensant vivre un de ces rêves éveillés que l'alcool arrive souvent à créer, mais non, elle était bien là tout contre lui, son corps frôlait le sien. Il frissonna.

Quand elle quitta ses lunettes et l'embrassa tendrement sur les lèvres, il ne put que céder à toutes les forces qu'il avait tenté de contenir en lui et il étreignit cette femme sirène avec des larmes dans les yeux.

Ils s'aimèrent jusqu'au matin sans retenue. Il laissait enfin son corps parler et s'abandonner aux jouissances de Claire avec le sentiment, dans cette folie des sens, d'insuffler une nouvelle force à cette femme céleste.

À chaque instant partagé de grâce, à chaque plainte, à chaque soupir de Claire, il retrouvait aussi un peu plus de lui-même. Pendant si longtemps, il s'était perdu dans ses fantasmes mais maintenant cet ange était bien une femme faite de chair, de sueur et de vie. Son ventre s'ouvrait sans mesure à la vigueur de cet homme jeune, si heureux, qui jaillissait en elle et s'offrait totalement sans réserve ni tabou. Dans ces moments d'extase, il se sentait au sommet du monde et eût aliéné son âme au diable sans aucun scrupule.

Il répéta mille fois « je t'aime », à chaque regard, à chaque caresse, à chaque souffle et, les yeux fermés, il goûtait au corps de Claire ruisselant, plongeait la tête, éperdu, dans ses cheveux, entre ses cuisses, buvait à sa source de vie jusqu'à ce qu'elle s'agrippe à lui intensément dans un long râle de plaisir.

Avant de quitter la chambre, il contempla Claire une nouvelle fois comme pour s'assurer que ce n'était pas un rêve. Entre leurs moments d'étreinte, au moment où les corps s'apaisent et soupirent, il était resté éveillé, de longs instants, à la regarder dormir et à caresser ses cheveux.

Il déposa un baiser sur le front et les mains de son amante. Elle entrouvrit les yeux et lui fit un petit sourire complice. Il lui chuchota à l'oreille :

« Pas question que ces mains-là barbotent encore dans la lessive de la vieille Berthe ou touchent une truelle de chaux ! C'est de l'or pur, je vais veiller dorénavant sur ce trésor comme sur toi. »

Elle sourit à nouveau, se retourna légèrement mais Gabriel lui fit signe de ne pas bouger et de se taire. Alors qu'il poussait la porte de la chambre, elle put lui dire à voix basse :

« À plus tard, bel ange ! »

Quand il fut dehors, le froid vif du petit matin lui fit remonter son col et accélérer le pas. Sur le chemin, il sautilla entre des flaques d'eau et sifflota quelques notes de musique. Devant lui, les premières lueurs du jour embrasaient l'horizon. Les crêtes se découpaient plus nettement et, déjà, des châtaigniers ouvraient leurs ramures d'ocre et de vermeil. Bien plus haut, la robe cuivrée des forêts de hêtres tressaillait sous les assauts du vent d'automne. Une compagnie de perdreaux se perdait dans une combe. Il lui sembla entendre au fond de l'aube naissante un des préludes de Bach qui l'avait enchanté la veille et à nouveau son cœur se mit à battre fort aux sons de ces accords et arpèges.

Tout se bousculait dans sa tête, la montagne, la musique, le corps de Claire. Comme il s'approchait des premières habitations, dans la confusion des images où son esprit s'égarait, il eut soudain des visions fugaces d'éclats de verre, de bouches grimaçantes. Quand il arriva sur la place, il plongea sa tête dans l'eau fraîche de la fontaine et se hâta vers le seuil de sa maison. Au bord d'une murette, un chien reniflait la terre grasse sous un tas de feuilles mortes et sur un platane presque dénudé, au-dessus de lui, un rossignol chantait, solitaire, une suite de notes rieuses.

Apaisé, Gabriel ouvrit sa porte et s'engouffra dans le couloir obscur de l'école.

IX

Visite du royaume

La classe, ce matin-là, fut très singulière et la routine très perturbée. Gabriel, distrait, n'arrivait pas à se concentrer. Il donnait de l'algèbre aux tout-petits et des fleurs à colorier pour les grands du C.M.2. Il oublia l'heure de la récréation et leur accorda, sans le savoir, un bon quart d'heure supplémentaire un peu plus tard.

Claire était venue, comme d'habitude, amener Suzette à l'école comme si de rien n'était et, devant les autres parents qui se souhaitaient le bonjour et bavardaient, elle n'avait voulu rien laisser transparaître de son état d'agitation par un quelconque signe de sa nuit sans sommeil. Pas un geste ou regard trop insistant ne se manifestèrent en direction du jeune instituteur, lui aussi passablement décontenancé. Elle eut seulement, pendant quelques secondes, l'opportunité de s'approcher de Gabriel au point de le toucher. Il sentit à nouveau son corps. Elle avait gardé la chaleur de leur nuit. Il put, une nouvelle fois, pendant les quelques secondes de ce contact furtif, raviver le souvenir de sa peau, de son odeur de femme dont il s'était abreuvé sans limites.

Elle lui fit un signe discret avant qu'il ne referme la lourde porte de l'école sans savoir qu'il allait au cours de cette journée particulière ressentir le plus grand bonheur de sa jeune vie au point d'en perdre un peu le nord et de passer dans son cours de l'euphorie béate à l'étourderie cocasse, pour le plus grand plaisir de tous les enfants de l'école.

Les jours qui suivirent furent moins troublés et Gabriel parvint à reprendre un peu ses esprits comme sa routine scolaire même s'il revoyait Claire, chaque jour, avec la même folie dans les yeux et des millions de pensées dans la tête.

Lorsque la petite Suzette resta quelques heures, le mercredi après-midi, chez une amie de classe, Gabriel et Claire purent se retrouver chez lui, enfin tous les deux. Les jours et heures qui les avaient séparés depuis la nuit de ce merveilleux dimanche furent gommés en un instant.

Ils ne purent attendre d'être dans la chambre de Gabriel et ils firent l'amour à même le sol du vestibule, derrière la porte, autant pour exprimer un besoin quasi primitif d'unir leurs corps que pour s'accrocher l'un à l'autre, à cette chance unique que le sort leur accordait. La vie avait appris à Claire combien les instants d'une telle félicité pouvaient être éphémères et elle savait que le destin consentait rarement l'immortalité au bonheur sans y mettre le prix.

L'hiver arrivait à grands pas. Les aubes de soie de cet automne-là devenaient moins vaporeuses et le jour peinait à traverser les rideaux de nuit ou de brume longtemps attachés à la peau moite de la terre.

Gabriel profita cependant d'un samedi ensoleillé pour monter à Cadapuech avec Claire et la petite Suzette. C'était un de ces jours de trêve dans le mauvais temps, un jour qui laisse présager, selon les anciens, des heures sombres et tourmentées pour l'hiver, comme si, dans une mansuétude toute provisoire, la mauvaise saison consentait une brèche dans l'opacité du ciel, un répit dans la période d'orages et de froid.

Ils prirent le chemin de Cadapuech vers 10 heures. L'air était vif et sec, le soleil s'était installé durablement, semblait-il, dans son vaste espace au-dessus du pays. La légère brise qui soufflait et rosissait le nez et les joues des trois marcheurs chassait les moindres nuées de l'azur du ciel.

Gabriel ouvrait la marche, se retournant constamment pour indiquer une roche proéminente ou un léger à-pic à Claire et à Suzette. C'étaient des prétextes futiles. En fait, il ne pouvait résister à la tentation de regarder cette femme superbe qui le suivait, un immense sourire sur le visage, sautillante, resplendissante comme le jour. Suzette lui tenait la main et toutes deux chantonnaient ou sifflotaient le long du chemin. Parfois, tous s'arrêtaient et Gabriel commentait alors la forme ou le parfum d'une fleur, l'amoncellement singulier d'un chaos granitique ou indiquait discrètement un coin à bolets ou un ruisseau à écrevisses.

Arrivés sur un éperon rocheux, au sommet d'un petit col, il invita Claire et Suzette à s'approcher de ce belvédère. De ce point de vue, leur regard embrassait la Vallée Française d'un côté et la Vallée Borgne de l'autre. Tout un relief de serres et de valats s'étalait devant eux comme des vagues bleues immobiles.

« Je vous présente mon univers, ce qui était il y a peu de temps mon unique maître à moi… en un seul coup d'œil ! dit Gabriel en souriant à Claire.

– Je suis née dans ces montagnes, tu sais, et quelque part je ressens un je-ne-sais-quoi de familier… même si je suis partie de cette terre toute jeune, fit remarquer Claire en respirant l'air de la Cévenne, océan coloré d'or, de carmin et de vert.

– Alors, bienvenue à la maison… » répliqua Gabriel en s'inclinant.

Il mit ses mains en porte-voix et cria par-dessus les collines, les bois et les vallons.

« Claire est revenue… Claire est de retour ! »

Plusieurs échos leur revinrent. On eût dit qu'ils venaient de partout, comme si de la plus petite combe, du moindre piton rocheux, de la crête la plus lointaine, des génies ou des fées, réveillés par ce cri du cœur, avaient répondu à l'appel de Gabriel.

Les cheveux de Gabriel, pris dans le léger vent des vallées, avaient repris leur aspect de broussailles mais ses yeux, à ce moment-là, dégageaient une telle lumière et sa voix portait une telle passion que Claire le trouva d'une beauté d'éphèbe grec sur le mont Olympe.

« Pourquoi "qui était" à propos de ton univers ? » reprit-elle en riant.

Il la prit dans ses bras et dit :

« Parce que maintenant c'est toi qui es ma vie ! »

Ils rencontrèrent, en contrebas d'une draille, dans un champ d'herbes rases, une gardienne de chèvres et son troupeau. Elle était assise sur un mur et caressait son chien paisible. Elle salua le groupe en soulevant son gros bâton tandis que les bêtes paissaient dans un bruit de bêlements et de sonnailles familiers.

Bientôt, ils aperçurent le mas de Cadapuech. Il était adossé à la montagne et, tout autour, quelques terrasses cultivées, bordées de murets de pierre, rayaient la pente qui descendait jusqu'au ruisseau.

Adeline, Augustin et Victor les attendaient devant la porte. Ils avaient entendu le chien aboyer depuis déjà de longues minutes et tenaient à accueillir presque cérémonieusement Claire et Suzette. Ils les embrassèrent pourtant en toute simplicité comme si elles eussent été leur propre fille et petite-fille. Victor porta l'enfant à l'intérieur du mas où crépitait déjà un grand feu de bois dans la cheminée immense. Ils s'assirent tout autour de la table sur laquelle du sirop de mûres sauvages, du vin de noix et des oreillettes attendaient les soifs et appétits des nouveaux arrivés.

Adeline regarda à nouveau Claire et lui dit :

« Tu es très belle, ma fille, et tu ressembles tellement à ta Mireille ! »

Claire répondit avec sa douceur coutumière :

« Alors, c'est vrai ? Gabriel m'a appris que vous avez connu ma mère ?

– Oui, Augustin et moi, on croisait assez souvent ta mère dans le pays. Elle adorait courir les prés, les drailles, un vrai cabri, une petite sauvagine, peut-être… mais tellement gentille… Elle détestait un peu le monde mais, nous, elle nous aimait bien, je crois. Elle nous apportait des pêches de vigne, des framboises sauvages et même de la tomme de vache des fermiers chez qui elle allait de temps en temps, des gens des Causses, aussi bourrus que des Gavots mais avec le cœur sur la main, ils l'adoraient…

– Et comment vous avez su qu'elle était morte ? demanda Claire.

– C'est son frère, ton oncle Bertrand, qui nous l'a appris. On aurait pas dit comme ça, mais il se tenait au courant de la vie de sa sœur à Paris, je sais pas comment… Il aurait tellement voulu la revoir avant qu'elle meure, je crois qu'il nous avait expliqué, un jour, que le facteur avait une tante parisienne et qu'il avait des informations comme ça… Elle était belle, ta mère, tu sais…

– Et mon grand-père et ma grand-mère ? Qu'est-ce que vous savez d'eux ? demanda Claire, tout émue.

– Ma fille, le vieux Bonnal, ton grand-père, était une brute, une vraie souche, un gros travailleur mais sans cœur. Il maltraitait tout le monde, ta grand-mère et ta mère. Mireille nous disait souvent qu'elle le tuerait si elle pouvait… Elle se contentait de fuir la maison dès que possible, de rentrer quand elle était sûre qu'il cuvait son vin. Il est mort rongé par le clinton et le crétinisme quelques années après que ta mère et toi êtes parties… Ta grand-mère avait aussi trop souffert dans sa vie et elle l'a suivie un an après. »

Il y eut un long silence puis Claire se leva, alla vers le grand feu sonore de l'âtre, tendit les mains comme pour les réchauffer d'un froid qui venait de la parcourir tout entière. Elle posa les mains sur le rebord de la cheminée et resta un long moment à contempler les flammes.

« Comment ça va, en bas, ton école ? demanda Augustin pour briser l'atmosphère trop lourde de la conversation. Ils apprennent bien ces petits ? Dis-moi, il y a toujours ce vieux squelette dans la classe, celui que le père Bonnet utilisait pour son cours de sciences ? »

Gabriel répondit avec un sourire :

« Non, il ne reste plus que le crâne qui trône sur mon bureau… Je m'en sers presque plus, si, à part pour leur réciter la fameuse tirade d'*Hamlet.* Gabriel fit mine de regarder le creux de sa main avec un air inspiré. “Être ou ne pas être… *To be or not to be, that is the question…*”

– Boudiou ! fit Augustin. Déjà que je parle pas français, si tu me parles *estranger,* alors… ! »

Ils parlèrent un peu du temps et des châtaignes. Victor s'ébroua un peu et entraîna Gabriel vers la remise pour lui montrer les sacs de bajanes et les paniers en éclisses de châtaignier qu'il avait confectionnés.

Ils revinrent à la cuisine, escortés du chien collant comme un caramel mou. Ils mangèrent les oreillettes auxquelles Adeline ajouta des crêpes à la farine de châtaigne.

Suzette se léchait le sucre des doigts et se régalait de jouer avec le gros nez de Victor. Le chien n'en finissait pas de japper de plaisir autour de la table malgré les mises en garde jusqu'à ce qu'Augustin l'expédie dehors avec un morceau de couenne de cochon.

« Et mon père ? » continua Claire qui était revenue du coin de la cheminée pour s'asseoir autour de la table. Ma mère m'en a très peu parlé... »

Adeline lui fit une caresse sur le visage et répondit :

« Personne ne sait trop ce qu'il est devenu. Il est parti comme il était arrivé. C'était un journalier, il se louait pour les saisons, les châtaignes, la fenaison... Mireille est partie, un soir, avec lui et on ne l'a revue que quelques semaines après, enfin, c'est ce qu'on dit. Le garçon avait fait sa malle et lui avait laissé un souvenir... Ta mère était sauvage mais un peu naïve aussi, elle s'est laissé faire. Elle était jeune, l'autre était beau garçon, voilà...

– Et je suis née neuf mois plus tard... ? ajouta Claire.

– Non, tu es née avant terme, vers huit mois, je crois, corrigea Adeline. Ta mère avait caché sa grossesse le plus longtemps possible, surtout à ton grand-père qui l'aurait tuée, puis, quand c'est devenu trop voyant, malgré les prières de ta grand-mère, elle est partie vers le causse Méjean, chez ces fermiers... »

Claire écoutait en silence. Ses yeux noirs derrière ses petites lunettes rondes trahissaient difficilement sa peine. Adeline ajouta :

« La pauvre fille. Elle m'avait raconté peu de choses en fait, qu'elle avait été heureuse dans la montagne mais qu'elle avait dû partir. Peut-être voulait-elle m'épargner ces détails sur son père, ça a dû être si dur pour elle ! Elle aurait tellement été heureuse aujourd'hui avec nous tous.

– Tu sais, elle a eu des moments de bonheur aussi à Paris, bien sûr, c'était si différent, la vie était un peu folle mais riche, elle a connu avec Bohdan, son compagnon, de grands moments de joie, moi aussi d'ailleurs, mais tout cela me semble bien loin déjà. Elle aurait en tout cas aimé retrouver ses montagnes avant de partir… Elle aurait adoré me voir heureuse comme je le suis aujourd'hui avec ma Suzette et… Gabriel, et vous bien évidemment. »

X

La morte-saison

LE FROID S'ÉTAIT GÉNÉRALISÉ dans tout le pays épargnant quelques lieux mieux protégés comme au pied de l'Aigoual, à Valleraugue ou vers Anduze. L'hiver était bien là. Les premières gelées matinales figeaient les terres dans une blancheur spéculaire que le soleil rasant de ce mois de décembre parvenait tout de même à faire resplendir sous ses rayons. Des fleurs de glace émergeaient, solitaires, de la *barbaste*[1] et tendaient leurs corolles blêmes vers cette lumière laborieuse, l'herbe craquait sinistrement sous les pas, des passereaux virevoltaient, comme égarés, dans l'air vif et se réfugiaient dans les buissons parfois recouverts des premières neiges.

Les hommes se hâtaient dans leurs tâches quotidiennes, ils sortaient les bêtes des étables ou des remises afin qu'elles broutent les dernières touffes des prés, ils coupaient du bois, puisaient l'eau des puits ou réparaient quelques lauzes qui avaient glissé du toit.

L'heure était au repli, à la lente attente au creux des mas. Dehors, le vent, la pluie ou la grêle s'abattaient sur la terre

1. *Gelée blanche.*

parfois pendant des jours entiers. L'eau ruisselait, bondissait et transformait des rivières anodines et inoffensives en torrents impétueux. Neige et tourmentes plongeaient les hauteurs dans un isolement total et les chemins ou drailles disparaissaient sous la poudreuse, dans les brumes ou les temps de chien.

Les cheminées fumaient dans un ciel prisonnier des nuées et des pluies. Dans les âtres, les grosses bûches ou les souches brûlaient sous le chaudron noirci, la vie à l'intérieur des mas sentait la suie et la cendre. Les anciens se repliaient vers la cheminée avant d'affronter les froides alcôves de la nuit, certaines familles écoutaient la radio, d'autres avaient un poste de télévision dont la réception des chaînes restait très aléatoire et fonction des conditions climatiques. Les épouses épluchaient quelques légumes tandis que les enfants finissaient leurs devoirs sur un coin de table.

Noël approchait aussi et les vacances de la fin du premier trimestre allaient enfin donner à Gabriel la possibilité de se rendre à Marseille pour les fêtes et voir son père dont la santé s'était dégradée récemment. Il recevait deux fois par semaine un coup de téléphone de sa mère pour le tenir informé de son état. Lucien Larguier avait eu une angine de poitrine et s'en remettait très lentement. Cela faisait presque un mois qu'il était en congé maladie et le bourreau de travail qu'il était, même affaibli, eût souhaité jeter pilules et autres sirops pour reprendre le travail. Le médecin l'avait mis en garde contre cet entêtement. Il avait tenté de lui faire peur en parlant de crise cardiaque, d'embolie ou d'autres misères. Seule Gisèle, son épouse, avait réagi face à l'inquiétude du docteur et avait mené la vie dure à son mari jusqu'à ce qu'il capitule et accepte repos et traitements.

Gabriel avait promis à Claire et à Suzette de passer une partie des vacances avec elles. Claire eût même souhaité accompagner Gabriel à Marseille mais l'exiguïté de l'appartement et la mauvaise santé du père l'avait convaincue d'attendre les beaux jours.

À l'heure de son départ, le premier jour des vacances, elle avait décidé de faire à pied, avec Suzette, les quelques centaines de mètres entre l'école et la gare, au bras de Gabriel, et de traverser le village, au grand jour, au nez et à la barbe de tout le monde.

« Ce sera le cadeau de Noël pour toutes les langues de vipère de la paroisse ou bien d'ailleurs ! avait-elle dit à Gabriel.

– De toute façon, ajouta Gabriel, ils n'apprendront rien de plus qu'ils ne sachent déjà… mais fais attention à toi, tout de même, et téléphone chez mes parents tous les jours, tu entends ? Tu n'as qu'à venir chez moi, à l'école, pour passer le coup de fil…

– Non, c'est inutile, répondit-elle, il y a une cabine à deux cents mètres de la maison, c'est plus romantique… de te téléphoner d'un frigo et de faire des dessins sur la buée des vitres ! »

Ils se mirent à rire tandis qu'ils traversaient la place. Quelques rideaux bougèrent sur leur passage. Ils se rapprochèrent encore plus l'un de l'autre en passant devant le café de la Berthe. La petite Suzette avait réussi à se glisser entre Gabriel et sa mère et tentait, avec ses petites jambes, de marcher au même rythme que les deux grandes personnes soudées l'une à l'autre. Les quelques clients près de la vitre regardèrent le couple en secouant la tête.

« C'est de la provocation, une femme de son âge ! Vous vous rendez compte ? s'insurgea le vieux Maurice. Elle a pas attendu longtemps pour lui mettre le grappin dessus à notre jeune instituteur ! »

Un autre client renchérit :

« Je vous dis que c'est une vicieuse, cette femme, je l'ai compris dès le premier jour !

– Oh, les hommes, vous avez fini avec vos mauvaises langues ? On dirait des pipelettes, intervint la Berthe en haussant la voix. Laissez-la vivre… Après tout, c'est quand même la nièce du vieux Bonnal, pas tout à fait une étrangère… Et puis on peut pas dire qu'elle nous embête dans le village, on la voit presque jamais. Je vais même vous dire, je les trouve mignons tous les deux, ils vont bien ensemble ! »

L'Antoine et son compagnon continuèrent à fixer le couple blotti sous leur montagne de manteaux, de capuches et de foulards et le second ajouta presque en marmonnant :

« C'est une garce, sans vergogne… »

– Allez va, laisse tomber, dit Antoine, je te paye un calva… à la santé… de sa petite culotte…

– Espèces d'obsédés, si vous continuez, je vous sers plus et vous irez boire à la fontaine, si vous voulez ! » gronda encore une fois la Berthe du bout de son comptoir.

Sur le quai de la gare, Gabriel embrassa longuement Claire sous les yeux d'une paysanne et de son petit chien. C'était la même vieille femme qu'il avait vue à son arrivée à Saint-Just au mois d'août dernier et le même vilain caniche qui arrosait, la patte en l'air, les plates-bandes du chef de gare.

« Viens, mon Pilou, ne regarde pas ça ! » dit-elle à son chien indifférent.

Les deux amants tirèrent la langue en même temps à cette rombière des montagnes et à son toutou, ce qui la fit fuir à l'autre bout du quai et éclater de rire Gabriel et Claire. Cachée entre les jambes de son instituteur préféré et de sa mère, Suzette ignorait totalement le motif de cette hilarité, trop occupée qu'elle était à se soustraire aux assauts du vent et à la peine de voir partir l'ami de sa maman.

Dans le train d'Alès, Gabriel eut le loisir de réfléchir et de comprendre combien sa vie venait de changer en quelques mois.

Après l'immense bonheur, quasi miraculeux, de retrouver pour toujours ses montagnes et de vivre enfin au milieu d'elles, comment aurait-il pu imaginer, un instant, qu'il doublerait cet enchantement par la rencontre d'une telle femme ?

Qui était-il, lui, pour avoir mérité une telle chance ? Gabriel Larguier, le petit instituteur de Saint-Just, minuscule village de l'une des régions les plus oubliées de France et de Navarre, fils d'un modeste ouvrier des chantiers navals… Il était certes grand et fort mais il possédait la tête ingrate d'un taureau de Camargue et des cheveux si incorrigibles qu'ils lui mangeaient le visage et lui donnaient l'apparence d'un curieux buisson à deux pattes. Et elle ? Elle était belle, intelligente, sensible, douée pour tous les arts de la création…

Il avait bien son royaume à lui, sa richesse, son trésor, ses montagnes… et la vie saurait sûrement lui donner le temps d'offrir à Claire les clés de cette terre et de ses joyaux. Il pensait en souriant : « Je lui ferai partager, à mon tour, la symphonie, la grande pastorale des saisons, elle verra tout ce que ce pays renferme de chants, de festivals de couleurs, d'harmonies… »

Bercés par la musique du train et cette rêverie matinale, il avait fait un petit cercle clair dans la buée de la vitre et, à travers ce hublot humide, il regardait les paysages défiler, les vallées sombres, gorgées de brouillard, les montagnes resplendissantes il y a quelque temps encore, mais aujourd'hui assoupies, en cette fin décembre, dans l'espace étroit de froid et d'eau.

Gabriel n'appréhendait pas l'hiver. La vie était toujours là, en repli, en attente. Il savait que cette saison n'était pas un monde mort, les aurores attendaient certes longtemps dans leur écrin de nacre les premiers rayons du soleil. Oui, certaines nuits semblaient interminables et, dans les matins froids et cristallisés, de larges étendues d'ombre hantaient de longues heures les valats, les gorges ou les sous-bois. Bien sûr, la rosée laissait sur la terre et les herbes ses larmes de pluie. Il aimait ce repos, cette pause silencieuse du monde. Il savait qu'un jour viendrait où les bourrasques printanières emporteraient ces gouttes tristes et ces matins laiteux, que la chaleur de la terre resurgirait comme le phénix de ses cendres.

Il vit une noria solitaire tourner dans un canal près de la rivière et il pensa à ce flot continu d'eau et de temps. Il savait que ces froids, ces pluies puis la neige, dont les premiers flocons avaient été annoncés pour la semaine prochaine, céderaient, tôt ou tard, à l'appel d'autres forces souterraines. Il lui tardait que la nature retrouve son visage lumineux mais l'hiver devait vivre et mourir pour que les beaux jours puissent renaître. Il s'était fait la promesse de faire du prochain printemps le plus beau de tous les événements de leur vie qui commençait.

Le trajet lui sembla plus court que d'habitude. Il n'eut même pas le temps d'ouvrir le petit livre de peinture que lui avait laissé Claire avant de le quitter à la gare de Saint-Just. Il avait été trop absorbé par les paysages, ses pensées, les images de son amante, son sourire, ses yeux, sa voix, ses gestes.

Avant d'arriver à Saint-Charles, il songea : « Et dire que je ne lui ai même pas dit que je la voulais pour la vie, que je ne voulais plus la quitter ! »

En descendant du train, il vit sa mère et son grand sourire. Ce bout de femme, aux traits encore étonnamment jeunes, lui parut plus beau que toutes les touristes ou élégantes du quai apprêtées pour le voyage ou la ville. Elle était emmitouflée sous son éternel manteau de laine, les bras serrés autour du corps et sautillait d'impatience et de froid. La gare était traversée par des courants d'air que le mistral, au-dehors, alimentait sans relâche. Gisèle lui demanda à peine s'il allait bien et enchaîna :

« Alors, elle est comment ta Claire ? »

Gabriel répondit :

« Tu prends le soleil, la lumière de tous les astres, tu y ajoutes de l'intelligence, de la finesse…

– Stop… »

Gisèle l'interrompit en souriant :

« J'ai compris… Ça va, ça va… En d'autres mots… elle est bien… »

À son tour, Gabriel lui coupa la parole :

« Ah… j'allais oublier sa sensibilité, son courage et une petite fille adorable ! »

Il prit le bras de sa mère et, ramassés l'un contre l'autre, sortirent de cet antre de sifflements et de bruits puis descendirent les marches blanches de la grande gare. Le boulevard descendait vers la mer. Elle s'étalait au loin, éblouissante et calme. La lumière du ciel, les rues bouillonnantes de vie, d'échos de moteurs, de Klaxons et de voix lui donnèrent presque le vertige et il s'appuya un peu sur sa mère, heureuse comme une papesse de tenir son fils pour quelques jours.

Le père Larguier était encore pâle mais semblait avoir fait tout de même cas des gros yeux de sa femme et des séries de comprimés, gélules ou autres poudres que le médecin lui avait prescrits. Des cernes plus larges soulignaient son regard mais la petite flamme de vaillance était toujours là. Il économisait ses gestes et parlait plus lentement mais il émanait de lui la même assurance et le même bon sens qu'à l'époque de ses plus jeunes années. Le poids des heures au cœur des monstres d'acier, à souder, limer, découper, avait jour après jour usé la chair, la peau, les muscles et finalement le corps tout entier de ce bel homme venu des montagnes.

Il accueillit Gabriel, après presque quatre mois, comme s'il revenait de l'île de Mayotte ou de Tombouctou. Dans sa petite vie d'ouvrier, enfermé entre les quatre murs de son H.L.M., réglé aux mille pas de Gisèle et aux programmes familiers du poste de télévision, il lui manquait cependant cette présence d'homme et de fils pour cette transmission de gestes, de sentiments, cette complicité virile qu'il n'aurait pu partager avec sa femme malgré la vénération qu'il lui portait.

Dans ses sacs, Gabriel avait apporté, suivant ainsi ses promesses, tomme de chèvre, bajanats et même des cèpes qu'il avait fait sécher. Il avait rajouté quelques *picholines* et des oignons doux.

Il lui tardait d'ailleurs d'arriver à l'appartement car ses bras avaient souffert du transport de cette tonne de bonnes choses du pays.

« C'est la Noël avant l'heure ! s'était extasiée sa mère.

– Je viens pas souvent, alors je peux bien vous apporter un peu de nos montagnes, tant pis si je risque le tour de reins, le déplacement de ma deuxième dorsale ou pire encore de l'apophyse transverse. »

Il aimait ainsi plaisanter avec des noms savants, certainement pas pour épater ses parents, mais plus pour les faire rire sur la relativité des choses quand ce qui comptait dans la famille modeste de Gabriel tournait autour de la paye de la fin de mois, la santé et le nombre d'années à subir les horaires du chantier naval avant la retraite. Il restait deux ans à Lucien avant la délivrance et la fin de ce calvaire. Toute la famille savait que ce serait les années les plus difficiles et Gisèle priait en cachette pour que les mois passent vite et qu'ils puissent enfin profiter de quelques années de paix et de repos tant méritées.

Les quelques jours que Gabriel passa avec ses parents furent une suite de longues conversations qui se prolongeaient souvent jusque tard dans la soirée et le sujet était toujours le même : Claire et Suzette. Gisèle n'avait exprimé aucune réserve ni objection du fait de l'âge de Claire ou de l'existence d'une petite fille. Elle avait accepté d'emblée cette femme, tombée des nues, avec de la peinture partout dans sa maison et de la musique plein la tête. Elle n'avait qu'à regarder son grand fils et ses yeux pétillants de bonheur dès qu'il prononçait le nom de Claire pour comprendre le ravissement dans lequel il se trouvait.

Gabriel revit quelques-uns de ses anciens camarades. La plupart avaient trouvé un emploi autour du port et vivaient bien leur jeunesse. Ils avaient tous des voitures avec plein d'accessoires, sortaient dans les dancings et faisaient régulièrement la fête dans les bars de la Canebière. Ils avaient les cheveux longs, fumaient parfois de l'herbe en écoutant Otis Redding, les Pink Floyd ou James Brown. Il lui semblait vivre dans un autre monde, là-bas, dans les Cévennes d'Adeline, d'Augustin et de Victor. Il n'osait pas trop s'extasier et parler sans cesse de ses montagnes pour ne pas assommer ses amis. Il gardait intacte cette terre au plus profond de lui, un continent écartelé du mont Lozère jusqu'aux Grands Causses, s'étirant vers le Tanargue, ce vaste domaine était hors du temps, loin des moteurs pétaradants ou des guitares électriques, des chemises cintrées ou des verres de pastis sur le coin d'une table. Ses amis voulaient surtout savoir qui était cette belle et mystérieuse femme qui avait envoûté leur Gabriel, le « sauvage », comme certains l'appelaient gentiment. Ils le taquinaient sur l'apparence physique de Claire, ce qui ne manquait pas de le faire rougir et de l'endiabler un peu.

« Alors, elle est bien foutue ? C'est une Parisienne, il paraît ? Et, au lit, elle est comment ? »

Il bousculait plaisamment certains d'entre eux, les plus curieux, qui n'insistaient guère de peur de réveiller la mauvaise humeur du grand gaillard qu'il était devenu.

Il profita d'un répit du mistral pour aller au bord de la mer. L'eau était belle et venait lécher paisiblement le rivage, la plage était déserte et quelques mouettes rieuses tournoyaient au-dessus des vagues. Le sable semblait encore chaud et Gabriel pensa au sol de sa terre assailli par le froid et gorgé des pluies de l'hiver. Il enfonça ses pieds profondément dans le sable, ferma les yeux. Le ressac, le vent dans les pins, le cri des goélands, de quelques puffins lui donnèrent un instant le tournis et il s'allongea sur la grève. Le ciel bleu s'étirait à perte de vue et quelques nuées s'effilochaient au gré du vent.

Il se mit à repenser à Saint-Just, à Claire, à Suzette, à son école. La chaleur du sable, les rayons du soleil le pénétrèrent comme l'aurait fait un grand feu et il vit la grande cheminée de Claire puis celle de Cadapuech. Il eut l'impression de sentir une odeur de cade se consumant dans l'âtre et entendre le feu craquer et chuchoter dans les flammes. Il vit Claire et Suzette, seules dans leur grande maison. Les vagues amollies mourant sur la grève, le ciel inlassablement bleu ou l'air du large ne purent le distraire de cette vision.

Ce soir-là, Gisèle et Lucien ressentirent l'impatience de leur fils et lui suggérèrent même de ne pas attendre le 26 décembre pour retourner à Saint-Just.

« Si tu prends le train de 9 h 40, tu seras chez Claire en fin d'après-midi, dit Gisèle, et tu pourras passer le réveillon avec tes deux femmes ! Et ne t'en fais pas pour nous, on regardera la télé avec un bout de ton pélardon et du saucisson du pays, on pensera à vous... Et puis il y en aura d'autres réveillons et, cette fois-ci, tous ensemble ! »

La veille, il courut dans quelques magasins de Marseille pour acheter des cadeaux pour Claire et Suzette. Pour Claire, il trouva dans une boutique d'antiquaire d'anciennes partitions d'œuvres de Bach. Il acheta aussi un disque de Rachmaninov pour remplacer celui qu'elle avait cassé dans le déménagement. Quant à la petite Suzette, il lui choisit un gros ours en peluche habillé en clown et si rieur qu'il faisait se retourner les passants dans la rue d'autant que Gabriel le maintenait dans ses bras comme un enfant tout en faisant des grimaces comme s'il eût tenu un gosse indocile.

Il dit au revoir à ses parents et leur donna rendez-vous au printemps, à Saint-Just, pour une fête des beaux jours avec Claire et sa fillette.

Le temps changea tout au long du chemin de retour. Le vif mistral dans un ciel sans nuages avait en partant de Marseille laissé place à un vent plus humide, plus sournois, sous un amoncellement de nuées basses, de plus en plus menaçantes en arrivant en gare d'Alès. Il savait qu'il lui restait à faire le bout de chemin le plus contesté par les éléments en hiver, le trajet jusqu'à Saint-Just. Le chef de gare n'annonçait qu'une dizaine de minutes de retard et, pour l'instant, il n'avait aucune nouvelle alarmante sur l'état de la voie. En regardant en direction des montagnes, il ne vit qu'un immense couvercle de coton noir coiffant les hauteurs et se dit que cela n'augurait rien de bon mais, après tout, pensa-t-il, « si la S.N.C.F. dit que les trains circulent, il faut lui faire confiance ».

Il grimpa dans le train et s'installa près de la fenêtre sur la banquette un peu spartiate de l'omnibus, rejoint bientôt par un homme rougeaud, de forte corpulence. Le paysan, à en juger par un costume de coutil noir luisant, était un maquignon, probablement venu conclure quelque affaire ou acheter du matériel sur la place. Il s'installa lourdement en face de lui. Il portait une moustache impressionnante qui aurait fait peur à ses enfants de l'école si sa tête était apparue tout à coup à la porte de la salle de classe.

« *Quanté tin*[1] *!* » dit-il en patois.

Gabriel hocha de la tête puis regarda sa montre qui indiquait maintenant plus de quinze minutes de retard.

L'homme n'attendit pas le démarrage du train pour ouvrir un grand sac à provisions et en sortir une grosse tomme de vache et un morceau de pain qu'il découpa avec son laguiole. La bouche à moitié pleine, il déclara :

« *Avem la neù amoun*[2]*...* »

Le peu de patois que possédait Gabriel lui fit répondre :

« *Vérem bé*[3]. »

Au bout d'une demi-heure, le blanc laiteux du ciel était si bas qu'il touchait la terre et la Micheline semblait louvoyer à vue sur l'exiguïté des voies à peine visibles comme un brise-glace sur la banquise. Devant elle, l'écran blanc et cotonneux de la neige retenait les sons et donnait à cette machine ronronnante des allures d'un train fantôme perdu au milieu des ombres. Gabriel ne voyait que les flocons lourds s'écraser sur les vitres et ne distinguait plus le paysage noyé dans le silence. Il se repérait aux tunnels qu'il connaissait bien et savait qu'il ne lui restait plus que quinze

1. *Quel temps !*
2. *On a la neige en haut...*
3. *On verra bien.*

minutes environ. À la sortie de chaque trou de la montagne où le train venait de s'engouffrer, il avait l'impression que le train était englouti dans un océan blanc et la faible lumière du plafonnier courant sur les talus laiteux du bord des voies ressemblait au fanal dérisoire d'un bateau en perdition. Son étrave découpait les congères comme autant de crêtes de chaux blafardes et le vaisseau glissait lentement vers Saint-Just.

Quand l'omnibus arriva dans la petite gare, la neige avait cessé de tomber à gros flocons, seules quelques petits duvets voletaient dans une pénombre blanchâtre. La maison du chef de gare avait presque disparu, les lampadaires du quai diffusaient des cercles de lueur mourante sur le sol immaculé.

Le paysan s'était endormi dans le silence du compartiment. Gabriel sauta de la voiture dans un pied au moins de poudreuse. Ses pas craquaient légèrement tandis qu'il avançait sur le chemin invisible, il distinguait les murettes et une clôture de part et d'autre et il fut bientôt sur la place du village. Des traces de véhicules étaient visibles et quelques propriétaires avaient dégagé leur devant de porte mais la vie s'était comme retirée de Saint-Just et, si ce ne furent quelques lumières aux fenêtres et l'aboiement étouffé d'un chien, on eût pu penser à quelque lieu étrange et perdu de légende où tout peut apparaître ou s'évanouir par quelque sortilège inattendu.

Le jeune homme pressa le pas et laissa sur sa gauche l'école, étrange sous sa calotte blanche. Il n'avait que quelques centaines de mètres à parcourir et il serait avec elle, avec Claire. Il n'oubliait pas Suzette qu'il allait faire danser sur ses jambes et pour qui il lirait sans doute des douzaines d'histoires de pingouins ou d'îles lointaines sous le vent.

Le froid de la nuit tombante lui picotait le visage et ses yeux pleuraient. Il vit bientôt les lumières de la maison de Claire. Elle avait allumé tout ce qu'elle possédait d'ampoules, de lampes ou de lanternes pour guider Gabriel dans cette marée blanche. Malgré les paquets, les sacs et la neige profonde, il fit presque les derniers mètres en courant puis, le cœur au bout des doigts, frappa à la porte. Claire était bien là, comme il l'avait imaginée et rêvée depuis des jours. Ils restèrent un moment sur le seuil, à un mètre de distance, à se regarder avec le même sourire et la même envie de s'élancer dans les bras l'un de l'autre. Ils savourèrent ce plaisir pendant quelques secondes encore, puis, n'en pouvant plus d'attendre, Gabriel lâcha tous ses paquets et l'étreignit avec tant de force qu'elle fit tomber ses lunettes. Elle le repoussa tendrement, le regarda et dit, en feignant de ne plus voir correctement :

« Qui êtes-vous, monsieur, pour vous permettre de frapper à la porte des gens comme ça, en pleine nuit, et d'embrasser avec tant de fougue les femmes qui y habitent ? »

Il se mit à rire et répliqua sans attendre :

« Le Père Noël, madame, en tenue de ville, qui a décidé cette année d'arrêter sa tournée chez une certaine Claire… Bonnal et de faire la fête chez elle et chez sa petite fille… Suzette, je crois ?

– Et les autres enfants du monde ? Qu'en faites-vous, monsieur le Père Noël ? demanda Claire en s'amusant.

– J'ai envoyé un remplaçant… Mais, dites, ma belle dame, vous allez me laisser longtemps à me geler devant votre porte ?

– Entrez, je vous prie, beau jeune homme inconnu…

Elle l'attira contre lui en enfonçant les mains dans la crinière de ce yéti impertinent et l'embrassa avec la gourmandise d'un Sardanapale.

XI

Renaissance

L'HIVER FUT RUDE mais les gens de Saint-Just en avaient vu d'autres. La neige, l'eau ou le froid avaient étouffé le pays pendant de nombreuses semaines et la vie semblait s'être arrêtée aux gestes essentiels. On sortait des maisons pour quelques courses ou des affaires de famille. Il fallait bien enterrer un grand-père ou baptiser un enfant au cours de ces mois d'intempéries et de quarantaine que le ciel imposait. On essayait d'économiser ses déplacements, les heures, pour mieux se recoquiller autour des âtres en attendant une meilleure saison.

Le printemps n'était guère loin maintenant même si les mauvais jours régnaient encore en maître sur le pays, des pluies lourdes et insistantes baignaient les sols et le froid musardait encore dans tous les recoins des vallées. Au sommet des cols sifflaient toujours les vents âpres, pénétrants, et pourtant, malgré les dernières résistances des frimas et des pluies, on sentait sous la terre sourdre un élan de vie. À travers la lumière du ciel, au fond des corps, on pouvait sentir grandir des forces neuves. L'air se chargeait de nouveaux effluves et partout émergeaient des signes de renaissance, d'exhalaisons de fleurs et de plantes, le bourdonnement d'insectes ou le vol sans entrave d'oiseaux de retour sur leur terre. On entendait les ruisseaux reprendre vigueur et clapoter bruyamment dans les vallons ou les prés. Les bêtes sentaient un cycle nouveau d'ardeurs, une aspiration à la vie. Elles s'agitaient, se reniflaient et s'éveillaient à l'appétit de la descendance. Les hommes aussi ressentaient dans leur chair que l'heure était venue de sortir de la torpeur hivernale, d'ouvrir les fenêtres et leurs corps au souffle nouveau du printemps.

En plus de leur rendez-vous quotidien devant l'école, Gabriel et Claire se voyaient régulièrement en fin de semaine et, ensemble, ils construisaient un petit monde de tendresse et d'attentions mutuelles. Il poursuivait avec Suzette les leçons de la classe pendant les moments tranquilles où ils se promenaient tous les trois dans la nature en éveil. Elle découvrait comment s'orienter par rapport à un alignement de crêtes, au positionnement du soleil, à repérer le vol d'une buse, d'une bondrée ou d'un faucon pèlerin, et à reconnaître les plantes ou les fleurs de ce jardin planétaire.

Avec Claire, il passait des heures à abattre une cloison, percer une ouverture dans un mur, réparer des parties du toit. Il aurait soulevé la terre et le ciel pour rendre la maison agréable aux yeux de sa compagne. Avec elle, il raclait des poutres, remontait des murettes ou tout simplement sarclait le jardin qui prenait maintenant une apparence moins indomptée. Les mauvaises herbes avaient été arrachées et ils avaient préparé des parterres de fleurs et de petits arbres fruitiers. La maison prenait vie et partout, du jardin jusqu'aux combles, la musique résonnait, emplissait le lieu, lui donnant l'air d'une immense salle de concerts. Ils aimaient travailler avec des concertos de Vivaldi ou d'Haendel même si le bruit des marteaux et des pelles couvrait parfois le son des violons et des cuivres.

Le soir, ils mangeaient frugalement mais mettaient toujours la manière avec quelques chandelles et parfois même le service de porcelaine. Gabriel restait pour la nuit chez Claire et repartait au petit jour vers son appartement de l'école. Il sortait de la maison avec le même bonheur qu'il avait ressenti au cours de leur première nuit d'amour.

Ses allées et venues ne passaient pas inaperçues et les gens parlaient, bien sûr, derrière le couple et certains commentaient méchamment les faits et gestes de Gabriel et de sa maîtresse. Les rumeurs allaient bon train et des histoires couraient qu'ils se livraient à toutes sortes d'orgies dans la maison et dans le jardin devant la petite. Le mas était, pour certains, devenu un lupanar où des pratiques obscènes se déroulaient même au grand jour. En plus du dernier incident qui avait entraîné la légère blessure de Suzette, il y avait eu d'autres bassesses de la part d'inconnus, c'est ainsi qu'un matin Claire avait retrouvé ses draps blancs maculés de boue. Une autre fois, quelqu'un avait écrit des graffitis obscènes sur le portail du mas.

D'autres reprochaient même au maître d'école de délaisser un peu trop son travail d'instituteur et de ne penser qu'à cette femme « de mauvaise vie », comme ils disaient. Une femme parlait de ne plus envoyer son fils à Saint-Just et était prête à faire le trajet jusqu'à Méjean, à dix kilomètres de là, pour placer son enfant loin de ce débauché. Gabriel n'avait rien changé à ses habitudes et travaillait avec le même amour pour ses enfants qu'à son arrivée. Il se mettait en quatre pour satisfaire les appétits de savoir des plus jeunes aux plus âgés et tous réussissaient très bien dans leurs exercices ou examens de passage. Bien sûr, il y avait le Paulet, un jeune garçon un peu retardé qui faisait partie du groupe des moyens. Malgré son handicap, héritage d'un désordre génétique que seuls expliquaient son lieu de naissance au diable vauvert et une union dans la même famille de bergers de la Margeride, ce garçon suivait relativement bien et avait un don indéniable pour le dessin. Presque tous les élèves aimaient leur maître Gabriel et peu acceptaient de croire à toutes les médisances dont il faisait l'objet, calomnies proférées par la bouche même de certains parents.

L'instituteur avait eu une inspection pendant deux jours et l'inspecteur était reparti ravi du travail de Gabriel et des résultats obtenus par ses élèves. Il avait vu des enfants heureux, bien disciplinés et parfaitement instruits, au point qu'il avait proposé au maître de Saint-Just de devenir conseiller pédagogique pour tout le canton.

Au moment de se séparer, après avoir reçu de nouveaux éloges de l'inspecteur, Gabriel, d'un air un peu naïf, demanda à son supérieur hiérarchique :

« Je crois savoir, monsieur l'inspecteur, que vous connaissez bien M. le maire de Saint-Just, M. Lartigues ?

– Oh, un peu, je l'ai vu plusieurs fois dans des réunions du département, répondit l'inspecteur avec un sourire de malice. Oui, il m'a téléphoné, il y a quelque temps, pour me parler de vos… fréquentations qu'il qualifiait de douteuses. Je l'ai envoyé sur les roses car je vous connais et connais votre dossier, et puis votre vie ne regarde que vous, de toute façon, et, entre nous, c'est un crétin.

– Merci, monsieur, répondit Gabriel avec un sourire.

– Elle est belle, au moins, cette jeune femme qui fait tant parler d'elle ? demanda à nouveau l'inspecteur, jovial, en lui tapant sur l'épaule.

– Elle est plus que ça ! dit Gabriel en rougissant un peu.

– Ah… fit l'homme en cravate. Je ne dirai plus rien… Si, une dernière chose, vous ne trouvez pas que la poésie d'Éluard ou d'Henri Michaux soit un soupçon trop avancée pour ces petiots ?

– Avec votre respect, monsieur l'inspecteur, je crois qu'il n'y a rien de plus sensible et de plus surprenant que cette poésie-là... ajouta Gabriel.

– Ah, c'est bien cet enthousiasme ! Continuez comme ça, jeune homme, et faites-vous plaisir en les faisant rêver... Et j'enverrai un double de mon rapport d'inspection à M. le maire... pour fixer les choses. Allez, au revoir.

– C'est quand vous voulez, monsieur », déclara Gabriel en jubilant.

Il pénétra dans sa voiture et démarra en trombe en klaxonnant.

« En voilà au moins un que j'ai dans la poche ! » pensa Gabriel.

Claire fut enchantée de lire le rapport de l'inspecteur de Gabriel. Elle avait besoin de ce réconfort-là car elle ressentait trop les regards dédaigneux de certaines femmes à l'épicerie du village ou à la petite poste. Elle ne changeait rien à ses habitudes, s'habillait, comme toujours, avec des vêtements aux teintes fraîches et éclatantes. Elle aimait ses rubans, ses voiles et même ses espadrilles indiennes, surtout maintenant que la belle saison revenait. En aucun cas, Gabriel n'aurait voulu la voir modifier ses tenues. Elles apportaient une fantaisie et un charme uniques dans la grisaille de ce monde hivernal et dans la routine de son travail. Elles mettaient tellement en valeur son visage et son corps qu'il la regardait souvent pendant de longues minutes sans pouvoir dire un mot, subjugué par cette femme épanouie, transformant le jour le plus sombre en un véritable soleil.

Sa bonne humeur et sa désinvolture n'arrêtaient pas les bruits et beaucoup d'hommes renchérissaient sur ses supposées frasques quand ce n'était pas tout simplement sur ses manières d'être qu'ils jugeaient provocantes. Au cours de ses visites au village, Claire ne générait heureusement pas autour d'elle que des jalousies ou des mauvaises pensées. La vieille Berthe, l'épicière, et d'autres esprits plus ouverts tentaient de tempérer les critiques et de nombreuses femmes comme quelques hommes défendaient Claire et Gabriel.

Des gens avaient même cessé de se parler tant les débats étaient vifs et les avis partagés.

Avec les beaux jours qui approchaient, les gens travaillaient leur jardin, faisaient à nouveau de grandes lessives, profitaient des premiers rayons du soleil printanier pour bavarder sur la place et s'asseoir quelques minutes sur un banc. La Berthe avait sorti ses tables blanches, les parasols et les jardinières de fleurs pour faire plus accueillant, affirmait-elle, et aussi plus commercial. Elle avait défendu à ses clients de dire du mal de Claire Bonnal au risque de se voir refuser l'entrée de son établissement. Un jour, la jeune femme était entrée au café pour boire un jus de fruits et saluer Berthe. Au moment où les hommes la virent entrer et qu'ils commencèrent leurs messes basses, la propriétaire des lieux les regarda d'un air tellement féroce qu'ils cessèrent leur commérage et continuèrent leur belote ou leur partie de dominos. Tous jetèrent un coup d'œil à cette belle femme que le contre-jour rendait encore plus séduisante et d'autant plus inaccessible. Quelques clients marmonnaient et n'hésitaient pas à braver les foudres de la cafetière.

« Regarde-moi-la, celle-là, elle vient nous narguer jusqu'ici ! grommela l'un d'entre eux sous sa casquette.

– Elle manque pas d'air, répondit Émile, un autre habitué du café. Et puis tu as vu sa jupe ? Encore un peu et on lui voit le derrière ! »

Certains clients approuvèrent, marmonnèrent au-dessus de leurs cartes mais n'osèrent rien ajouter à ce qui venait d'être dit, d'autant que le regard oblique de Berthe ne les y invitait pas.

Ces hommes, simples et bourrus, n'étaient pas tous obnubilés par la présence de Claire dans le village. C'étaient des mineurs qui passaient régulièrement par le café de la Berthe pour boire l'apéritif, bavarder un peu avant de rentrer chez eux. Ils avaient d'autres soucis quotidiens entre la fatigue de leur journée, les travaux de jardinage ou des champs. D'autres étaient des piliers de bar, des chômeurs, des représentants de commerce de passage, des petits artisans du village entre deux commandes, des chasseurs ou de vieux retraités dont la vie commençait, dès le matin, avec la lecture du *Midi Libre*, suivie de leur café ou du bock de bière. Ces anciens refaisaient le monde de leurs commentaires, de leurs craintes ou de leur indignation. Le sport, les performances de l'équipe locale de football, un peu la politique, les commérages de village constituaient l'essentiel de leur vie étriquée.

De plus en plus d'entre eux d'ailleurs en avaient un peu assez de toujours revenir sur Claire, sur ses fesses ou son dernier chemisier. Ils avaient désormais, avec la nouvelle saison, d'autres préoccupations que les promenades d'une Parisienne dont la vie ne les intéressait finalement qu'à moitié. Le village semblait se diviser en deux camps, ceux qui accusaient Claire de toutes les perversions puis ceux qui se demandaient si les gens n'étaient pas tombés sur la tête avec ces récits profondément injustes. M. Lartigues, le maire de cette commune sans histoires, comme il aimait à le répéter, ne supportait pas cette rivalité et la mauvaise publicité que l'on faisait à son village où, disait-on dans le pays, il y aurait des femmes de mauvaise vie et où les habitants se battaient à toutes les heures sur la place. Au sein du conseil municipal, le sujet avait donné des arguments à l'opposition pour critiquer ouvertement la mauvaise gestion du maire. Les quatre conseillers soutenaient Claire contre le maire et ses amis et contre tous les racontars sans fondement qui s'échangeaient dans la petite commune.

Pendant ce temps, Claire, Suzette et Gabriel coulaient des jours heureux. Les on-dit les lassaient plus qu'ils ne les inquiétaient. Ils pensaient que les tensions finiraient bien par se relâcher et que le temps ferait son œuvre de prétermission même à Saint-Just. Dès que l'instituteur trouvait du temps libre, surtout en fin de semaine, il amenait sa petite troupe à la découverte de son pays. Sacs sur le dos, ils arpentaient tous les trois les collines environnantes, descendaient dans des valats et pique-niquaient au bord d'un ruisseau.

Suzette, qui venait d'avoir sept ans, ne ressentait à aucun moment la fatigue et c'est même elle qui poussait les deux adultes à se relever, à aller plus loin ou plus haut. Gabriel aimait prendre son temps et s'arrêtait sur un petit plateau ou une clairière pour parler des fleurs, évoquait la vie d'un insecte ou soulignait l'odeur d'une plante. Claire l'observait du coin du regard et adorait la passion qu'il mettait à raconter le vol d'un circaète ou d'une compagnie de perdreaux, l'enthousiasme de sa jeunesse à faire vivre les détails d'une rencontre avec un chevreuil, une martre ou une genette.

« Figure-toi qu'un dimanche je pars, tranquille, me promener pour une paire d'heures, et là, au-dessus de ce petit bois, qu'est-ce que je vois ? Tiens-toi bien, une outarde canepetière, la vraie, belle, bien dodue avec un cri très caractéristique ! » dit Gabriel tout excité de revivre ce souvenir.

Claire lui fit un large sourire et demanda :

« La vraie ? »

Puis elle éclata d'un rire sonore qu'un léger écho renvoya tout autour d'eux.

« Bien sûr... » répondit Gabriel qui ne vit pas tout de suite que Claire ne faisait pas de différence entre l'outarde canepetière et une poule d'eau et qu'elle se moquait un peu de sa science.

Il se mit à rire et la bouscula légèrement. Elle perdit l'équilibre et se retrouva allongée dans l'herbe. Elle le regarda par-dessus ses petites lunettes et lança :

« C'est ainsi que tu traites tes élèves quand ils ne comprennent pas un mot ! Quelles méthodes ! Il faudra que j'en parle à ton cher inspecteur ! Ils embauchent n'importe qui ! »

Il plongea sur elle, la maintint au sol et lui répondit :

« Vous n'avez aucune compétence, madame, pour juger les méthodes que cet enseignant utilise ! Surtout quand il s'agit d'un conseiller pédagogique ! Est-ce que je conteste la manière fort peu délicate de jouer de ce jeune pianiste interprétant les *Nocturnes* ? Eh bien, madame, tenez-vous bien, et puis ne me présentez pas ces lèvres adorables ou bien je vais devoir tout de suite et sur-le-champ goûter à la saveur exquise des deux contours labiaux et exquis de cette bouche !

– Faites, monsieur, ne vous gênez pas, d'autant que vous usez de votre force face à une dame sans défense ! » répondit-elle en attirant son visage vers le sien.

Ils roulèrent sur le sol, au milieu des giroflées sauvages, des boutons-d'or et de l'herbe grasse. Gabriel la regarda et lui dit :

« Je crois que je suis complètement fou de toi... Ça se soigne, docteur ? »

Elle ôta ses lunettes et lui répondit avec un sourire et en lui enserrant le visage de ses mains :

« Je pense pas, mon Gabriel, adorable patient, j'ai peur que ce virus soit très contagieux… Moi aussi, j'ai perdu la boussole à cause de toi, mais je m'en fous… Tu connais le pays, non ? »

Suzette les avait rejoints dans leur roulade et chatouillait à tour de rôle Gabriel puis sa maman dans un concert de cris et d'éclats de rire.

Gabriel se releva et lança d'un ton sévère de maître d'école :

« La visite n'est pas terminée, mesdames, un peu de tenue, s'il vous plaît, vous avez tout un univers à découvrir et un après-midi ne sera probablement pas suffisant ! Alors, dépêchez-vous ! »

Claire et Suzette se mirent au garde-à-vous en pouffant de rire.

« Du silence dans les rangs ! Rompez ! » ajouta Gabriel.

Ils se remirent en marche vers un petit sommet d'où ils pourraient mieux contempler le paysage. Claire et Suzette suivaient ce guide un peu fou qui sautillait devant elles et dont la chevelure flottait au vent comme une oriflamme. Sur ce sentier qui partait vers l'estive et qu'empruntaient les troupeaux au mois de juin ou jadis les muletiers, Gabriel leur fit imaginer la *coutelade*, la tonte décorative des moutons meneurs, avec leurs pompons et leur rosette puis le son des *drailhous*, ces grosses cloches, fixées à de larges colliers minutieusement décorés par les éleveurs.

« Et essayez de voir ces troupeaux s'étirant sur la crête en un ruban coloré dans un bruit assourdissant de sonnailles sous une fine poussière blonde… dit Gabriel, exalté. Ah, ce n'est pas tout à fait la *Suite n*° *1 pour violoncelle* de Bach, quoique… elle aille si bien avec la silhouette du berger, dans sa veste de coutil bleu, le bâton sous le bras et le baluchon sur le dos, n'est-ce pas ?

– Tout à fait… » répondit Claire, absorbée par la lumière radieuse de cette fin d'après-midi.

Vers le sommet, ils parvinrent à un léger replat. Dans un creux bondissait entre de gros rochers et le mauve des callunes un ruisseau dans lequel ils plongèrent leurs gourdes. L'eau était fraîche et limpide. Gabriel plongea la tête dans le courant puis il repoussa ses cheveux détrempés vers l'arrière, s'aspergea à nouveau le visage et s'écria :

« Ah, cette eau-là est bénite des dieux, par tous les lutins, farfadets ou autres créatures de ce paradis ! »

La petite Suzette demanda, un peu inquiète :

« Dis, Gabriel, les farfadets ou les lutins, c'est méchant ? J'ai lu l'histoire de Rumpelstiltskin et il était pas gentil…

– Pas du tout, les miens, ceux d'ici, sont les plus gentils qui existent, ils t'aident à construire des cabanes, te font des colliers de fleurs sauvages, te chantent des mélodies…

– Tu crois qu'on en verra ? demanda la petite fille.

– Peut-être… qui sait ? répondit Gabriel. D'abord, il faut bien s'imprégner des odeurs de l'air, écouter tous les bruits de la montagne et regarder le pays comme si tu contemplais un tableau vivant, les couleurs, les formes, tout quoi… Et là, quand ils voient que tu sens bien toute cette nature, ils apparaissent parfois.

– Dites donc, tous les deux, s'exclama Claire, je croyais que c'était moi le peintre et l'artiste ! »

Arrivés tout en haut du col, ils purent voir le relief des serres, des vallées. De ces sillons cyclopéens remontaient des rumeurs, des souffles et toutes sortes de bruits, des craquements, des chants. La lumière glissait sur les pentes, lustrait des forêts et faisait étinceler des cours d'eau dans les gorges. Des exhalaisons de bois, de feuilles et de terre grasse remontaient jusqu'à eux, des parfums suaves de fleurs inconnues se répandaient, par vagues, autour des trois promeneurs.

C'était une célébration de tous les sens, un feu d'artifice de couleurs, d'odeurs et de sons harmonieux. Ils restèrent muets pendant de longues minutes, assis sur un rocher à contempler le spectacle. Il y avait quelque chose d'éternel, de divin dans le paysage.

Gabriel rompit le silence pour murmurer :

« Et dire qu'il y a des centaines de milliers d'années des hommes se sont peut-être assis comme nous sur ces rocs et ont regardé les mêmes montagnes avec la même admiration ! »

Claire ajouta en souriant :

« Ces australopithèques n'étaient pas aussi beaux que toi, mon amour, même si… au niveau des cheveux… »

Il lui envoya une grosse touffe d'herbe sur la tête et s'écria :

« Allez, on rentre ! Il nous faut encore au moins deux heures pour redescendre et j'ai une faim de loup… À moins que d'ici là je mange une petite fille… »

Suzette poussa un cri et se réfugia entre les jambes de sa mère.

Le printemps resplendissait maintenant et le jardin de Claire avait découvert, après tous les soins dispensés à couper, sarcler, biner et surtout replanter toutes sortes de fleurs et de plantes, une superbe jeunesse. L'abri de jardin au toit d'ardoise, lui aussi, avait reçu une attention particulière avec une nouvelle couche de peinture et une porte neuve. Claire avait taillé les plantes grimpantes et la glycine n'en finissait pas d'exhaler ses parfums, un lilas ajoutait ses douces nuances tandis que le chèvrefeuille embaumait la cour de ses senteurs pénétrantes. Un parterre de violettes sauvages longeait la haie de buis et les rhododendrons qu'elle croyait perdus avaient ressuscité d'entre les buissons de ronces et d'orties. Le balcon s'ornait de géraniums multicolores et de bégonias somptueux. Les mains de Claire avaient accompli un miracle et la maison de l'oncle Bonnal souriait à nouveau, débarrassée des miasmes de la mort et de l'hiver.

Tout laissait à penser que l'été qui allait venir serait magnifique. Le ciel préparait l'espace au soleil roi et à la saison ardente des blés et des fruits. La terre aussi s'apprêtait, résonnait de mille bruits, s'ouvrait à l'effervescence de la nature. Malgré les événements des derniers mois, Claire reprenait confiance. Elle sentait que sa vie changeait et que le bonheur était désormais là. Gabriel avait déjà franchi ce seuil, il ne restait plus à cette femme qu'à trouver en elle la sérénité et s'assurer que le destin allait suivre la même route que son espérance.

XII

Paradis

L'ÉTÉ ÉTAIT ARRIVÉ. Le ciel avait changé de couleur, il était d'un bleu intense, impitoyable envers les moindres cumulus qui fuyaient devant l'éblouissement de l'espace. La chaleur se faisait plus insistante et pesait sur le pays dès le matin. Les après-midi devenaient étouffants et imposaient aux hommes et aux bêtes un abri au cœur de ces heures incandescentes où les herbes grésillent et la terre ploie sous le feu du ciel.

Les jours semblaient interminables et, lorsque le soir venait enfin, il parsemait le ciel et l'horizon de lueurs comme autant d'incendies féeriques. Parfois, sur les franges de quelques nuées, quelque géant crépusculaire soufflait de l'or et du cuivre.

Dès la fin de la classe, Gabriel filait jusqu'à la maison de Claire pour vivre avec elle ces fins de jour et la magie des couleurs ardentes sur l'horizon. Ils restaient souvent avec Suzette, allongés sur des transats, à regarder le coucher du soleil, à bavarder de peinture, de musique. Gabriel évoquait les centaines d'endroits qu'ils n'avaient pas encore vus et parlait sans cesse d'ouvrir la porte de ces lieux « presque surnaturels », disait-il.

Un jour, il prit un air grave, saisit la main de claire et lui murmura :

« Je connais une combe où coule un gros ruisseau avec des plages de sable fin dans quelques-uns de ses méandres. Plus loin, ce petit cours d'eau se faufile sous les saules, le long de berges d'herbe grasse où poussent des orchidées sauvages. À un endroit, il se jette dans une immense marmite taillée dans le roc. L'eau y est fraîche et cristalline et, dans le fond de ce gour, entre les pierres, on peut voir de belles truites qui ne demandent qu'à être attrapées ! »

Gabriel s'exaltait mais sa voix s'adoucissait, décrivait le murmure de l'eau au milieu de ces blocs de granite, le bruissement des herbes sur les rives de ce bassin qu'il disait ignoré du monde.

« C'est promis, nous irons dès que tu seras en vacances », répondit Claire en lui prenant la main comme pour l'aider à contenir cette ivresse.

Claire l'écoutait, fascinée. Elle n'osa pas l'interrompre. Elle aimait en lui ce côté rêveur, poète. C'est vrai qu'il pouvait rester de longs moments à suivre la course des nuages, à observer le vol d'un busard ou les facéties des martinets dans le ciel. Cette sensibilité, ces émotions, la finesse de ses mots tranchaient tellement avec le grand jeune homme robuste, aux traits un peu grossiers et à l'allure rustre d'un géant scandinave. Il parlait aux arbres, leur souriait même parfois. Un lien secret semblait l'unir à ces fayards, châtaigniers ou autres mélèzes dont il caressait l'écorce comme s'il eût caressé la peau de quelque être transfiguré.

Les sorties dans la montagne étaient prétextes à des leçons de choses. Au cours de ses explications se mêlaient magie des verbes et noms savants. L'observation et la dégustation des baies ou des fruits sauvages devenaient des instants tout aussi sacrés.

Suzette, elle aussi, regardait, médusée, ce sorcier des mots et des plantes comme elle aurait pu contempler l'enchanteur Merlin en personne, assis sur son trône dans la forêt de Brocéliande.

Il leur contait l'histoire des plantations de châtaigniers, de ces hommes souvent pauvres mais si courageux, plantant sur un sol ingrat ces arbres nourriciers pour les familles et les bêtes.

« Et puis cet arbre, d'apparence simple, est si riche en variétés de châtaignes, de l'aiguillonne précoce à la bournelle tardive, l'olivonne, la vignasse ou la platette, toutes ces espèces existent encore aujourd'hui et elles ont chacune leur goût, leur qualité. »

Et il énonçait d'autres noms chantants et colorés de châtaignes avec l'œil pétillant du gourmet ou de l'artiste : la coutinelle, la dauphinenque, la soulage ou la pellégrine, la meilleure, affirmait-il.

Claire était comme suspendue aux lèvres de Gabriel et les termes de potentille, d'arabette qu'il évoquait en désignant des plantes ou de bruant fou, de tichodrome quand il parlait des oiseaux lui semblaient venir du fin fond de l'*Encyclopédie* de Diderot ou d'un ouvrage de Desnos. Admirative, elle jouait autour du savoir de Gabriel et proposait, en échange, de troquer linottes mélodieuses ou amélanchiers contre arpèges, scherzo, peinture impressionniste ou Art nouveau de Klimt. Les deux mondes se rapprochaient et les deux êtres composaient des univers de correspondances où s'entrelaçaient des andantinos de vent, des palettes de bruyères, des caryatides de granite. La petite Suzette s'imprégnait de l'émulation et de l'extravagance de ces deux grandes personnes dont le comportement parfois naïf l'amusait beaucoup. Sa sensibilité n'en prenait que plus d'effet et d'ampleur.

À son tour, au bout de quelques mois, elle se mettait à écouter le moindre souffle d'air glissant sur la lande et imaginait une fantaisie chromatique en admirant les couleurs des paysages. Elle voyait dans le vol de passereaux les traits d'une estampe japonaise ou dans l'embrasement du ciel la lumière d'un Turner ou le raffinement sonore d'un Debussy.

La maison de Claire palpitait comme une immense enceinte acoustique d'où bruissaient sons divers, mélodies et chants. Parfois, le vent transportait ses musiques, loin, dans les combes sauvages et au sommet de quelques collines. Il semblait alors que le pays respirait au rythme des violons ou des harpes, que l'air vibrait de mille soupirs et de valses.

« Bon, d'accord, nous irons la semaine prochaine, je tiens à connaître ce petit éden », dit Claire.

Elle comprenait ce que ce lieu pouvait signifier pour Gabriel. Elle ne le connaissait pas et son compagnon avait évoqué vaguement son existence et son rapport avec Augustin. Il le tenait comme un endroit inviolable, chargé de souvenirs, une sorte de temple à la fois sacré et maudit qui devait rester à l'abri de l'indiscrétion des hommes.

Ils profitèrent d'une matinée splendide du mois de juin pour gagner la montagne et cet endroit à l'écart de tout chemin, coincé dans un repli de terrain et enfoui derrière un écran de chênes verts. Tous les trois descendirent un *clapas*[1] dont les pierres ressemblaient à des ossements antédiluviens, au milieu de quelques buissons de genévrier, puis ils se glissèrent au travers de gros arbustes de buis centenaires. Ils se retrouvèrent exposés tout à coup à une lumière de plomb, sur une petite plage blonde de sable et de galets minuscules. Le soleil de l'après-midi frappait

1. Amoncellement de pierres, de débris rocheux.

de ses flèches la grève déserte où seuls résistaient quelques brins de sarriette et d'onagre. Le sol semblait se consumer sous les pas des trois promeneurs et c'est à grandes enjambées qu'ils atteignirent le ruisseau.

Tout à coup, derrière eux, à une centaine de mètres, des pierres roulèrent et cet éboulement soudain résonna encore quelques instants, comme un écho, dans la petite combe. Gabriel se retourna puis haussa les épaules.

« Sans doute quelques bestioles, une couleuvre ou une hermine, il y en a pas mal vers ici… »

L'eau vive coulait dans un couloir de roches luisantes, bondissait, par endroits, sur des blocs de granite, cyclopéens pour les libellules et les moucherons qui voletaient au-dessus du courant.

Gabriel mena la marche et tous suivirent, en file indienne, la berge à l'ombre des bouleaux blancs et des saules pleureurs. Une douce fraîcheur montait du ruisseau, l'eau clapotait et les remous emplissaient d'un chant cristallin le fond du vallon.

Ils parvinrent enfin, après quelques minutes, au sommet d'un talus, et là, au-dessous d'eux, une cascade de trois mètres environ plongeait dans une grande vasque ronde où une eau translucide frémissait sous la très légère brise.

Claire et Suzette restèrent un instant muettes, incapables de pousser un soupir ou d'émettre un son. De la poussière d'eau montait jusqu'à elles et le soleil perçait cette vapeur diffuse d'un arc-en-ciel vacillant.

« C'est le paradis, dit Suzette.

– C'est notre jardin secret maintenant, ajouta Gabriel. Augustin y venait avec son frère et ils y passaient des heures, des journées entières. C'était leur sanctuaire et leur terrain de jeux. Même les anciens, les vieux bouscatiers ou les bergers du coin ne savent pas trop où se trouvent cette combe et cette cascade. Il n'y a plus que la sauvagine et nous qui connaissons son entrée. C'est un trésor… »

Suzette serra la main de sa mère qui n'en finissait pas de regarder cette eau profonde et transparente.

Claire se rapprocha de Gabriel et ses bras enveloppèrent sa taille.

« Alors, qu'est-ce que vous attendez ? À l'eau ! s'exclama-t-il. On n'a pas fait tous ces kilomètres pour regarder cette flotte, on se baigne, et tout de suite ! »

Les chapeaux volèrent, les vêtements aussi, dans une grande confusion et des cris de joie enfantine. Tous trois plongèrent dans l'eau fraîche du gour et leur visage ressortit de l'onde, illuminé. Suzette éclaboussait sa mère, éclatait de rire tandis que Gabriel sondait les profondeurs du trou, passait sous la cascade et ressortait avec un immense sourire de conquérant.

Ils passèrent encore une heure à nager et à s'ébaudir au soleil. Gabriel attrapa une belle truite qu'il enveloppa d'herbes. Il sonna le rappel :

« Voilà, en route ! Maintenant que le souper est prêt, il ne reste plus qu'à descendre. En se pressant un peu, on arrivera avant 7 heures, le temps de mettre la poêle sur le feu, un peu de beurre et quelques amandes, et hop ! le festin pourra commencer ! »

La petite troupe se remit en marche, en se retournant de temps à autre pour regarder s'éloigner, à chaque pas, leur vallon perdu. Au bout de deux cents mètres, toute trace de leur lieu secret avait disparu derrière des bois, des talus et des rochers. Ils en éprouvèrent une joie quelque peu égoïste et sifflotèrent tout au long du chemin du retour. Gabriel avait le sentiment d'avoir révélé plus qu'un mystérieux domaine à Claire et à Suzette. En les faisant entrer dans la confidence de ce lieu, il lui semblait avoir exorcisé quelques vieux démons de la famille pour qui ce vallon gardait des réminiscences douloureuses.

Claire et Suzette mirent plusieurs jours avant de ne plus penser à cet endroit merveilleux. Elles repensaient à la fraîcheur de l'eau, au bruit de la cascade et à la douce brise venue d'on ne sait où. Suzette imaginait ce lieu magique comme la forêt de *La Belle au bois dormant* dont les buissons s'ouvraient sur le passage du prince charmant.

Les vacances approchaient et les deux amants ne se quittaient plus. Gabriel allait de temps en temps au village pour faire des courses, s'arrêter au café pour saluer la Berthe. Il profitait de son passage pour téléphoner à ses parents et demander des nouvelles du père dont la santé ne s'arrangeait guère. Il avait dû cesser maintenant de travailler pendant au moins quatre semaines, son dos le faisait souffrir au point de ne plus pouvoir descendre l'escalier de l'immeuble. Gisèle, sa femme, avait beau lui frotter les reins avec du camphre, lui faire boire toutes sortes de tisanes et concoctions, le pauvre homme restait cloué quasiment toute la journée sur son fauteuil, près de la fenêtre, à se morfondre sur son sort. Le journal était lu de la première page jusqu'à la recette du jour en passant par les nouvelles les plus anodines des villages de Rians ou de Trets. Son cœur aussi battait un peu la breloque, son souffle se faisait plus rauque et ses pieds avaient enflé sans que l'on sache vraiment pourquoi.

Le docteur ne l'encouragea pas à reprendre le travail. Derrière son sourire, le jeune praticien avait du mal à cacher son inquiétude au vu de la santé déclinante du père Larguier. Il craignait qu'il ne reparte, par orgueil, vers les ferrailles, les portiques des quais et les étincelles infernales des chalumeaux. Il ne le voyait vraiment pas, dans son état, reprendre du service au ponçage des plaques d'acier, dans les fracas des poulies et des marteaux. Il prolongea les arrêts maladie et lui conseilla sérieusement une retraite anticipée ou une pension d'invalidité.

« C'est une mauvaise passe, ronchonna Lucien. Cette chaleur arrange rien… et puis, quand vos *poutingues*[1] auront fait leur effet, je pourrai me lever et refaire un peu d'exercice avant de retourner bosser, pas vrai, toubib ? »

Et il esquissa un petit rire qui se transforma vite en rictus de douleur.

« En attendant, du repos et du calme, répondit le médecin, sinon je vous prescris des séries de piqûres grosses comme des aiguilles à tricoter !

– Du calme, du calme, vous me faites marrer, vous… Y a que ça ici, le calme, s'il y avait pas un peu les disputes de l'hystérique du troisième et heureusement la musique de Marrakech et des bamboulas dans la rue, y aurait de quoi se jeter du balcon !

– Lucien, dis pas de bêtises au docteur ! s'exclama Gisèle. Ne l'écoutez pas, docteur, il est devenu grognon, mais il se soigne et prend tous les médicaments que vous lui marquez !

– Oh, toi, avec tes yeux de merlan frit, comme si on dirait que je vais passer l'arme à gauche ! » maugréa à nouveau Lucien en se frottant une barbe de plusieurs jours.

* *
*

Juste avant la fin des vacances, Gabriel reçut la visite de l'adjoint au maire.

« Ta mère a téléphoné à la mairie car elle n'arrivait pas à t'avoir à l'école… Ton père va pas bien du tout, c'est, semble-t-il, pas grave, mais elle voudrait bien que tu y

1. *Médicaments.*

ailles pour quelques jours, qu'elle a dit, y a des papiers à remplir pour sa pension, je sais pas, quelque chose comme ça… Et puis, ne t'en fais pas pour les cours, j'ai déjà prévenu la remplaçante de Barre, elle viendra dès après-demain, tu sais, les gamins, y en mourront pas pour trois ou quatre jours, c'est les vacances dans une semaine.

– Merci », répondit Gabriel et il fonça récupérer quelques affaires à l'école.

Avant de partir vers la gare et prendre le premier train, il fit un détour par la maison de Claire. Elle étendait du linge en chantonnant une ritournelle et sautillait entre les draps.

« Je dois partir aujourd'hui, avertit Gabriel. Mon père n'est pas bien, c'est une affaire de trois-quatre jours, j'espère, pour remonter le moral de ma mère aussi qui doit se sentir bien seule avec son grognon de mari, y a des papiers à remplir, je crois aussi. Enfin, ça devrait pas être trop long, je te téléphonerai vers les 7 heures tous les soirs, d'accord ?

– Tu veux que je vienne avec toi ? demanda Claire en s'approchant de lui et en lui prenant la main.

– Non, non, ça ira, profite un peu de ces quelques jours pour aller promener avec Suzette et fais-lui apprendre bien comme il faut son histoire, Vercingétorix, la bataille d'Alésia et tout ça, il me semble qu'elle bayait aux corneilles pendant la leçon sur les Gaulois ! »

Elle l'embrassa tendrement et lui mordit un peu le menton. Suzette s'accrocha à sa jambe comme pour l'empêcher de partir et, sur au moins quatre mètres, Gabriel marcha avec la petite collée à sa cuisse telle une ventouse rieuse.

Elle le relâcha enfin et il put prendre son sac et courir dans le chemin qui l'amenait à la gare de Saint-Just. Il gesticula encore un peu, fit quelques bonds de cabri qui firent rire aux éclats la petite fille puis il disparut à l'angle du bois.

« Tu crois que son papa va mourir ? dit soudain Suzette à sa mère en la serrant à la taille.

– Mais non, ne t'en fais pas, c'est un costaud comme Gabriel ! s'empressa de répondre Claire tout en essuyant une courte larme sur sa joue. Et puis, si tu es sage, je te promets une petite surprise ! »

Elles rentrèrent toutes les deux dans le jardin et firent une course jusqu'à l'étendoir où le linge d'un blanc immaculé claquait dans la légère brise de cette fin d'après midi.

XIII

Enfer

Les cigales chantent infatigablement, repues de chaleur, et leur antienne crépite au fond du pays comme une crécelle géante. À l'heure du zénith, le moindre recoin exposé bascule dans un frémissement d'air torride, c'est l'heure du repos et du retranchement derrière l'épaisseur des murs et des persiennes. Seuls les lézards s'entêtent sur les lauzes, à absorber le feu du ciel tandis que les insectes vrombissent au-dessus des fleurs ou rampent entre les crevasses de la terre.

Claire et sa fille s'arrêtent un instant puis repartent. Suzette traîne son bâton derrière elle, ses pieds avancent lentement sur le sentier éblouissant de blancheur. La terre semble se craqueler et les herbes grésillent autour des deux promeneuses.

« Man, j'en peux plus, j'ai trop chaud ! dit l'enfant en s'adossant contre le tronc d'un vieux chêne.

– Nous sommes à peut-être quinze minutes de notre vallon, c'est derrière ce petit col, allez ! Encore un effort ! » répond la mère avec un sourire perdu dans la rougeur et la transpiration de son visage.

L'enfant tire encore sur le bâton mais, après quelques mètres, elle s'assoit sous une fougère.

« Je n'irai pas plus loin, maman, s'écrie-t-elle, c'est trop et puis j'ai encore soif !

– D'accord, d'accord, répond Claire. Tu as raison, on va pas attraper une insolation alors que l'on est tout près de notre but, n'est-ce pas ? On va s'arrêter quelques minutes sous cet arbre là-bas. »

Elles s'abritent de la fournaise sous le mûrier impassible dont les branches bruissent à peine sous la canicule. Claire et la petite ne respirent plus qu'un air tiède à l'ombre de l'arbre tandis que le feu du ciel court sur la terre. L'herbe sèche a conservé malgré tout un peu de tendresse et Suzette s'allonge sur cette pelouse de nard raide où s'éparpillent quelques touffes de genêt. Elle soupire, ferme les yeux et étire lentement ses membres. Sa mère a ouvert le sac et boit maintenant de grosses gorgées d'eau du Thermos. Elle aussi respire profondément, s'essuie le front. Tout vibre, des souffles ardents glissent et gagnent le moindre espace du ciel et de la terre.

Claire pense tout à coup à Gabriel, à Marseille. Elle aimerait qu'il soit ici, sous cet arbre, la tête sur sa cuisse. Elle voit son sourire d'adolescent, ses yeux de jade et sa tignasse épaisse dans laquelle elle adore plonger ses mains. Il lui semble entendre sa voix et son accent chantant lui expliquer à nouveau l'origine de cette crinière : « Tu sais bien que je suis certainement né dans une meule de foin, probablement conçu dans un de ces paillers... J'aurais pu naître sur un tas de charbon ou dans une clède, tu peux imaginer ma tête alors, un visage de Sénégalais ou une tronche de châtaigne ! » Elle sourit. Suzette somnole, des insectes bourdonnent nonchalamment autour d'elles. Au-dessus de la lande effervescente, au loin, elle entend le cri d'un busard. « Ou peut-être est-ce un faucon ? pense-t-elle. Ah, si Gabriel était là, il saurait me le dire. »

Un quart d'heure après cette pause, Claire et Suzette marchent sur le sentier de plus en plus étroit. Il serpente entre des rochers de dolomie et de calcaire, quelques clapas à droite, des buissons de buis sur la gauche. Soudain, à quatre pieds des promeneuses, sur un petit mur de pierres sèches, une coronelle dresse sa gueule difforme. Son corps se trémousse et ses yeux ronds fixent les deux intruses avec une terrible insistance. Les pattes postérieures et la queue d'un rat s'agitent, dérisoires, entre les crochets de la couleuvre tandis que les anneaux tressaillent à chaque étreinte des mâchoires. Le petit rongeur disparaît lentement, dégluti par l'animal paisible qui, après un instant, file entre deux pierres blanches.

« C'est horrible, maman, dit la petite fille en tenant la main de sa mère. Tu as vu ça ? Le serpent a avalé le rat tout entier !… Et tu as vu comme il nous regardait ?

– C'est chez lui ici après tout, peut-être qu'on le dérangeait ! » répond la mère.

Plus que quelques dizaines de mètres et les voilà devant la porte secrète. Quelques arbrisseaux puis un jeune pin cachent un passage à peine visible entre des genêts et des touffes de genévrier.

« Il me semble entendre l'eau de la cascade ! s'exclame Suzette en bondissant sur la petite sente.

– Attends-moi ! » prévient la mère tout en pressant elle-même le pas.

Elles arrivent au bord de leur bassin majestueux. De la chute d'eau monte une fine brume qui, dans la lumière, décrit des arcs-en-ciel et des tourbillons de poussière d'or. Les flots grondent sous la cataracte et des vaguelettes courent sur les bords de la vasque. Tout autour, les cigales bercent le vallon de leur mélopée crépitante. Un épervier tournoie dans l'espace du ciel, deux cris aigus traversent l'immensité de l'air et viennent rebondir sur les parois de la petite gorge.

La terre ploie sous les feux du soleil. Du fond de ses craquelures, de ses pierres blanchies semblent monter des murmures. Tout un monde bruisse, palpite dans l'océan de solitude du vallon.

Claire a plongé la première, toute nue. L'eau glisse sur sa peau comme un gant glacé. La fraîcheur enveloppe ses épaules et ses seins dressés. Elle se grise, bouche ouverte, de cette onde baptismale. Suzette l'a rejointe et toutes deux nagent, fendent la surface du bassin puis plongent sans bruit dans l'eau translucide. Des rais de lumière traversent la profondeur cristalline, des poissons s'enfuient vers les trous des rochers, quelques débris de feuilles en suspension dansent dans les remous. La petite fille s'approche de sa mère. Les deux nageuses sortent la tête et s'ébrouent dans des rires interminables. Le soleil luit sur leur peau et s'accroche aux cheveux de Claire en guirlandes astrales. Une sensation de bien-être envahit tout son corps. Ses cuisses s'écartent et se ferment, impudiques. Elle penche la tête vers le haut de la cascade, les cheveux libres et les yeux à demi fermés.

Tout à coup, au sommet de la chute d'eau, une forme se détache à contre-jour, la jeune femme se frotte les yeux et distingue une longue silhouette noire plantée dans le courant, immobile. L'homme porte un large chapeau et fume une cigarette avec des gestes lents et précis. Claire se retourne et cherche sa fille. Suzette est à quelques mètres d'elle et joue à plonger comme un dauphin. L'homme a maintenant disparu. Claire nage vers le rivage et appelle Suzette d'une voix angoissée :

« Suzon, viens, sors de l'eau tout de suite ! Vite !

– Mais, man, on vient d'arriver il y a à peine dix minutes… » répond la fillette d'un air agacé.

La mère se rhabille précipitamment tout en exhortant Suzette de revenir sur la berge. La petite fille s'exécute en maugréant un peu.

« Habille-toi, et vite ! ordonne la mère d'un ton sec.

– Mais, man, pourquoi ? On est si bien ici. Qu'est-ce qu'il y a ? demande Suzette.

– Je crois qu'on nous a suivies. J'ai vu un homme au sommet de la cascade. Il nous regardait. Qui sait depuis combien de temps il était là à nous observer ? J'aime pas ça… il vaut mieux partir… on reviendra avec Gabriel », dit la mère d'une voix tendue tout en aidant sa fille à enfiler ses vêtements.

L'eau de la conque clapote à leurs pieds nus. Elles enfilent leurs chaussures, entassent en hâte serviettes et autres objets au fond du sac et se pressent le long du petit sentier qui remonte vers le plateau. La rumeur de la chute d'eau s'éloigne, le chant des cigales est étourdissant au milieu des buissons et des arbustes rabougris. Le visage de Claire se crispe.

« Vite, Suzette ! » répète-t-elle.

Il est là, sur le chemin. Il les attend, le corps impassible, paresseusement appuyé contre un pin. Tel un métronome, il frappe de sa canne le creux de sa main puis le tronc de l'arbre. Le bruit sourd résonne dans le petit vallon comme la cognée d'une hache.

L'homme porte un passe-montagne.

« Bonjour monsieur, se hasarde Claire à voix haute. Il fait chaud, n'est-ce pas ? »

Il ne dit rien. Elles ne sont plus qu'à six mètres de son impressionnante carrure. Dans un geste précipité, Claire prend la main de Suzette, tire la fillette sur le bas-côté et s'écrie :

« Vite, ma chérie, courons… ne t'arrête pas, ce type est dangereux ! »

Elles foncent droit devant elles dans les branchages, sautent quelques éboulis, traversent des buissons. La petite fille court, affolée, derrière sa mère. Les bras de Claire s'égratignent sur les ronces et les prunelliers, tout le côté droit de sa robe se déchire.

Elles s'arrêtent un instant et écoutent. Aucun bruit, seuls quelques bruants s'interpellent à travers la maigre végétation, une pie-grièche leur lance un appel indistinct.

Tout à coup, l'homme, comme tombé du ciel, saute sur la petite et la ceinture tandis que Claire tire sur les bras de l'agresseur et s'époumone en vociférations inutiles. Un coup de pied brutal dans l'estomac fait rouler la jeune femme à quelques mètres, près d'un buisson de buis.

Suzette crie, se débat, mais de gros doigts l'étreignent comme les serres d'un rapace. Elle hurle et ses jambes, au-dessus du sol, s'agitent pitoyablement. Une grosse main lui couvre la bouche, elle a la force de mordre dans la peau rêche de l'homme qui marmonne quelques jurons. Il retourne l'enfant et lui assène un énorme coup de poing sur le visage qui la projette à quelques pas de lui, dans un défoncement rocailleux. La fillette ne bouge plus. De sa narine droite s'écoule un minuscule filet de sang.

Claire, telle une furie, fonce sur l'homme, le frappe de toutes ses forces, donne des coups de pied dans les jambes de l'étranger.

« Salope ! Tu vas me le payer », grommelle-t-il derrière le passe-montagne.

Un petit rire se glisse entre les souffles bruyants et saccadés de l'homme. Il saisit son bras et, d'une violente secousse, l'attire vers un coin de sol couvert d'herbes sèches. Une série de gifles la clouent par terre. Il est sur elle maintenant. Sa respiration s'accélère, sa grosse tête se penche sur elle, les yeux révulsés. Elle hurle, s'agrippe à son cou, se débat, en vain, sous la masse de ce corps affalé sur son ventre. Il arrache son chemisier et son soutien-gorge, plonge le nez dans le tissu puis, dans un léger râle, jette les vêtements au loin. Elle le fixe, s'égosille à nouveau, tambourine sur sa poitrine dénudée et poisseuse.

« Salope… pute ! » renâcle l'homme et il la frappe à nouveau.

Il ricane. Elle sent ses mains rugueuses parcourir ses seins, son cou. Elles tremblent, furètent plus bas. Il n'a que quatre doigts sur une main mais les enfourne brutalement dans son sexe. Claire ne peut plus pousser de cris, sa voix étouffée implore l'homme sans visage. Sous sa cagoule, la respiration se fait courte, des gouttes de sueur coulent sur le corps de la jeune femme alors qu'il la dénude toujours un peu plus.

Soudain, il la retourne brutalement, lui déchire le slip de bain et, comme une bête sauvage, pénètre en elle, pantelant.

Le ciel bascule et le minuscule coin d'azur qu'elle entrevoit se marbre de filets sombres et se couvre d'un voile noir.

À quelques centimètres de sa bouche muette, un brin de bruyère cendrée tressaille.

Elle sent la terre chaude sur son visage plaqué au sol, ferme les yeux et perd connaissance.

* *
*

Le soleil chauffe encore le paysage avec toute sa force mais le feu du milieu du jour s'est amoindri au fil des heures après s'être repu du pays sans relâche.

Dans le trou, en contrebas du petit sentier, Suzette a repris connaissance. Son corps tout entier est fourbu, sa tête palpite encore, un goût âcre de sang dans la bouche. Ses yeux sont à demi fermés, incapables de réagir à la lumière crue du sol et des pierres. Elle sursaute et pousse un cri de petite bête. Elle vient de comprendre et de repenser à l'homme en noir.

« Maman ! » hurle-t-elle.

Elle court dans tous les sens, appelle, sanglote puis s'arrête net. À quelques mètres de ses pieds, elle voit, sous un jeune pin, une forme recroquevillée.

« Maman ! » crie-t-elle encore et elle se précipite vers cette masse nue allongée sur l'herbe rase.

D'une large plaie ouverte sur le front s'écoule encore un peu de sang. Quelques mouches tournoient sur la tête de la jeune femme et bourdonnent, tout près d'elle, autour d'une pierre souillée par sa blessure.

Suzette se penche, en pleurs, au-dessus de sa mère avec appréhension.

« Réveille-toi, maman… lui dit-elle doucement. Je t'en prie… »

Une faible plainte monte lentement du corps de Claire puis quelques mots sortent de sa bouche blessée :

« Tu n'as… rien… ma Suzon ?

– Non, maman, rien, je vais bien… Une grosse bosse sur le front et un œil bleu peut-être… et toi maman ? »

Claire bouge un peu la tête, mais la souffrance est extrême. Elle a peur de perdre à nouveau connaissance. Tout tourne, elle serre la main de sa fille et ferme les yeux. Elle sent son ventre comme une plaie béante, voudrait vomir et ne peut que pousser une plainte.

« Maman, reste là, je vais chercher de l'eau, je reviens tout de suite… » dit Suzette.

Elle récupère leur sac près d'un buisson, sort la gourde et les serviettes de bain, donne un tee-shirt à sa mère et court en direction de la cascade.

Au bord de la vasque, le soleil s'est adouci et donne au paysage des ombres plus longues, plus franches. La petite fille plonge les deux serviettes dans l'eau du bassin, lève la tête. Quelques effilures de cumulus fuient vers l'ouest, une légère brise balaie la cime des pins, effleure un massif d'euphorbes. Suzette repart, haletante, vers le petit sentier.

À son arrivée, Claire est appuyée contre la murette, silencieuse. Elle a recouvert sa nudité du tee-shirt et d'une sorte de pagne fait de lambeaux de sa robe. La petite fille lui essuie le front et le visage maintenant. Elle retient ses larmes et serre les dents. La peau est mâchée et bleuie, les lèvres enflées et encore sanguinolentes.

« Nous sommes vivantes… ma Suzon », dit la mère en esquissant un sourire et en la prenant dans ses bras.

Il fallut plus de une heure avant que Claire puisse se relever et s'asseoir sur le petit mur. La lumière du ciel déclinait et le soleil dardait des rayons obliques sur le vallon. Des zones plus sombres se dressaient sur le sol, entre les arbustes, et la terre respirait à nouveau. Elle exhalait pour l'instant une vie tiède et hésitante, la chaleur du jour traînait encore sur le pays son haleine amollie.

Suzette et sa mère se mirent en route avant le crépuscule. Une grosse branche de frêne en guise de bâton aidait Claire dans sa marche difficile. La jeune femme avançait lentement et ses maux de tête imposaient des pauses de plus en longues. Lorsque la petite fille aperçut, à l'écart du chemin, un abri de berger, elle proposa à sa mère d'y faire une halte.

« On pourrait peut-être y dormir ? On rentrera demain à Saint-Just, maman, tu as besoin de t'asseoir, de t'allonger un peu…

– Oui, tu as raison, ma Suzette, tu es une grande fille », répondit Claire en esquissant un petit sourire.

Sur le plateau, cette *chazelle* de lauzes ressemblait plus à un clapas de pierres qu'à une cabane de berger. À l'intérieur se trouvaient trois ou quatre sacs de jute. Quelques boîtes de conserve vides jonchaient le sol au milieu d'un petit tas de cendres. Une réserve de bois sec s'empilait vers le fond et, à droite, en entrant, une relique de cape de berger avait été abandonnée dans ce tumulus perdu du causse.

« C'est confortable, non ? Bon, c'est vrai, ça sent la *pécole* de mouton mais, pour un tas de cailloux, c'est pas si mal… » lança la petite fille en fouillant les recoins.

En lorgnant dans les trous des pierres, elle eut la surprise d'y découvrir un gros sachet d'amandes et de noix.

« Tu as vu, maman ? On a même le souper… Dans le sac, il doit rester deux Vache Qui Rit et dans la gourde encore un peu d'eau », continua-t-elle.

La nuit tomba très tard. L'outremer du ciel avait pactisé avec les ombres et repoussé le crépuscule par l'artifice des dernières flammes du soleil. Puis vint la nuit, une nuit claire comme si la lumière, de l'autre côté de la terre, réfléchissait encore des clartés rebelles, des phosphorescences d'azur sous la coupole des ténèbres. Bientôt, tandis que toute une vie bruissante s'éveillait au milieu des touffes d'herbes, autour des pierres et sur la lande, la voûte céleste se couvrit de constellations éclatantes et l'espace ne fut plus qu'une parure de velours marine sertie de millions de pierres étincelantes.

Suzette et Claire restèrent longtemps devant la chazelle à regarder le ciel et les astres de la nuit, sans dire un mot. De temps à autre, une étoile semait au firmament ses paillettes d'or puis disparaissait vers l'infini. Claire, appuyée contre le mur rudimentaire de l'abri, contemplait le ciel, écoutait le silence. Une légère brise nocturne balaya le causse et des effluves de callune et de genêt parvinrent jusqu'à elle. Elle demeura un long moment les yeux fermés à respirer profondément les odeurs de la nuit puis ressentit comme un vertige. Elle s'allongea à terre, en chien de fusil, comme un animal meurtri. Elle retint ses larmes et releva la tête. Suzette comprit que sa mère venait de revoir le diable dans son habit noir. L'innommable était revenu la hanter au milieu de sa nuit.

« Allez, viens maman, on rentre dans notre cabane », dit-elle.

Elles couvrirent le sol des sacs de jute et se blottirent l'une contre l'autre sous la grande cape du berger. Dehors, les grillons grésillaient et leur rengaine résonnait comme la rumeur d'un océan autour de leur îlot de pierres.

Au loin, des crapauds, au bord d'une *lavogne*, poussèrent leur coassement jusqu'au bout de la nuit.

* *
*

Gabriel avait téléphoné la veille, comme tous les soirs, et s'était inquiété de n'avoir personne à l'autre bout de l'appareil alors que ce rendez-vous journalier était devenu un rite pendant son séjour à Marseille. Il avait tout de suite passé un coup de fil à la Berthe qui ne se souvenait pas d'avoir vu Claire et Suzette revenir de leur promenade. Elle savait qu'elles étaient parties dans la montagne, la veille au matin, puisqu'elles s'étaient arrêtées chez elle pour boire une limonade avant leur expédition.

« Et que même je leur ai dit qu'il faisait trop chaud pour partir, même à 9 heures du matin, et elles n'avaient qu'une gourde et un petit casse-croûte… insista la cafetière. Et puis j'ai dit que cette petite avait qu'un chapeau et qu'avec ce soleil elle risquait d'attraper une insolation... Et puis Claire m'a dit qu'elles allaient vers un coin frais et tranquille. Tu sais, moi, j'ai haussé les épaules, je me mêle pas... je suis du bois qu'on fait des flûtes !

– Je sais où elles sont allées... » répondit le jeune homme.

« C'est quand même bizarre qu'elles ne soient pas rentrées, pensa-t-il. Peut-être se seront-elles arrêtées chez Augustin et Adeline ?... Oui, peut-être... mais Cadapuech, c'est pas le chemin de la combe... »

Lorsque le téléphone resta une nouvelle fois muet le lendemain matin à l'école, il décida de rentrer à Saint-Just. L'état de santé de son père restait stationnaire et c'est le vieux Lucien, lui-même, qui insista pour que son fils parte tout de suite.

« Ne t'en fais pas, papa, je reviendrai te voir avant la fin de l'été, et puis je te téléphonerai régulièrement, dit Gabriel en l'embrassant.

– Fais bien attention à toi, mon grand, conseilla la mère d'un air crispé, et rassure-moi, passe un coup de fil dès que tu as des nouvelles de Claire et de la petite. »

À mesure que l'omnibus avançait vers les montagnes et le village de Saint-Just, la chaleur se faisait plus lourde et de gros cumulus s'amoncelaient sur les hauteurs. Quelques éclairs zébraient un ciel devenu laiteux, les ramures des arbres s'agitaient au passage du train mais Gabriel voyait aussi les pins et les premiers châtaigniers ondulaient sous une houle de fond venue de l'est.

« On aura droit à la pluie d'ici ce soir... » pensa-t-il négligemment.

Il regardait, sans son ravissement habituel, les paysages familiers de ses Cévennes. Ici les faïsses, ces terrasses cultivées de petites plantations de céréales, de légumes secs ou de vignettes qui jadis l'émerveillaient, lui paraissaient ternes et sans vie. Un peu plus loin, les *gorgas*[1] au milieu des prairies, les alignements de mûriers ou les treilles de vigne vierge n'avaient plus vraiment de charme. Sous le couvercle menaçant du ciel, ils prenaient tout à coup la couleur sépia d'un lavis. L'inquiétude le taraudait et il sentait que quelque événement sinistre s'était déroulé loin de lui.

Il était resté ainsi prostré tout au long du voyage, son regard, habituellement vif et franc, semblait se perdre dans de noires pensées. Sa tête dodelinait nonchalamment au rythme chaotique du petit convoi. Parfois, il l'appuyait contre la vitre de la fenêtre et les vibrations secouaient son indolence sans le rassurer

« Quelque chose est arrivé à Claire… » pensait-il.

En arrivant à la gare de Saint-Just, il sauta du train alors que tombaient les premières gouttes. Il courut s'abriter un instant sous un gros chêne, mais bientôt une pluie battante s'écrasait sur le pays et Gabriel, son sac sur la tête, se lança sur le chemin de la maison de Claire.

La croûte de la terre asséchée par des semaines de canicule ne pouvait accueillir ces trombes d'eau soudaines et des petites rivières roulaient, cabriolaient sur les cailloux, se déversaient bruyamment dans les fossés. Quand il aperçut la bâtisse, il était déjà trempé jusqu'aux os, l'eau avait noyé sa tête et ses cheveux et, lorsqu'il arriva sur le seuil de la maison, on eût dit un ragondin tout juste sorti du ruisseau. Sa main effleura l'huis avec une sensation étrange. Ce fut Suzette qui lui ouvrit la porte. Elle jeta ses petits bras autour de sa taille et éclata en sanglots. Claire s'approcha à son tour de Gabriel, ses traits paraissaient distendus

1. *Afin de stocker l'eau, notamment pendant les périodes sèches, les hommes ont creusé et construit ces réservoirs permettant ensuite d'approvisionner jardins, champs et moulins. Ils étaient alimentés par des sources ou des rivières.*

et ses yeux pleins de fatigue et de larmes. Elle le regarda avec un air navré puis appuya sa tête sur l'épaule du jeune homme, sans dire une seule parole.

Il attendit plus de cinq minutes avant que Claire soit prête à parler et, au fond de lui, il retenait sa rage et ses mains tremblaient car il devinait qu'un malheur s'était produit.

Son visage devint blême. Il voulait savoir.

Toute la nuit, ils restèrent assis sur le canapé. La petite Suzette avait fini par s'endormir dans les bras de sa mère. Claire essaya de parler alors, lentement, en cherchant des mots et en évitant le regard de Gabriel. Sa voix tressaillait, essayait d'effacer des images qui revenaient constamment comme des brûlures. Ses silences parlaient aussi pour elle.

« Il était grand, très fort, sa peau sentait le gras, comme un porc… murmura-t-elle. Mon Dieu, j'ai honte… !

– Tu l'as reconnu, ce salaud ? implora presque Gabriel.

– Non, il portait un passe-montagne, sanglota Claire.

– Il le payera, cette ordure, je le retrouverai et je le tuerai ! Qu'il soit maudit ! » dit Gabriel, la bouche torturée par la fureur.

Elle lui prit la main, lui caressa le visage comme pour le calmer et regarda la petite fille endormie.

« Ma Suzette, mon ange, au moins, a été épargnée… et c'est ça qui compte. »

Elle essuya une autre larme, se leva en titubant et déposa la petite fille dans son lit pour revenir ensuite dans la cuisine où elle but un verre d'eau. Elle fut prise d'une quinte de toux, posa les coudes au-dessus de l'évier, la tête dans les mains, et eut un violent haut-le-cœur.

Après quelques minutes, elle revint s'asseoir auprès de Gabriel, étourdi, sur le bord du canapé.

Le monde semblait avoir basculé sur sa base et il venait de donner un nouveau cours à la vie de ces trois êtres.

Au-dehors, la pluie redoublait tandis qu'un feu, dans la grande cheminée, dévorait les dernières bûches devant les vêtements encore fumants de Gabriel. Quelques étincelles fusaient encore dans le murmure sinistre du foyer.

XIV

L'ombre

CLAIRE EÛT VOULU GARDER LE SECRET et la honte au plus profond d'elle-même. Elle savait que c'était impossible. Son corps, sa mémoire portaient la marque d'une souillure et seuls le temps, le silence, pensait-elle confusément, pourraient peut-être apaiser seulement la douleur de cette plaie au creux de ses entrailles.

Gabriel, tout d'abord accablé par le récit de sa compagne, recouvra au petit matin ses esprits. Le supplice de Claire, son corps meurtri et défait, là, sur le canapé, lui arrachèrent un cri de rage. Le jeune homme ne retint plus sa fureur au point de chercher, comme un dément, le fusil du vieux Bonnal partout dans la maison. Il redescendit du grenier sans l'avoir trouvé. Sa colère paraissait plus contenue mais elle perlait sous la transpiration et ses tremblements. Son regard avait perdu sa douceur et l'émeraude de ses yeux avait pris une couleur de bronze glacé. Il fut incapable d'attendre une heure de plus et il sortit de la maison.

Il courut tout d'abord jusqu'à la cabine téléphonique du village pour prévenir la gendarmerie de Florac, puis entra en trombe dans le café de la Berthe. Il était environ 9 heures du matin, les familiers du comptoir étaient là.

À la vue de Gabriel, hirsute et à moitié dévêtu, les conversations cessèrent subitement.

« Que tout le monde sache que celui qui a fait ça à Claire et à Suzette ne pourra plus jamais dormir tranquille… Je le trouverai ! hurla-t-il à la cantonade.

– Qu'est-ce qui s'est passé ? » demanda Berthe, effrayée.

Il lui suffit de voir le visage de Gabriel pour comprendre.

« Je ferme le café dans quinze minutes et je viens… »

Le jeune garçon regarda la vieille femme, baissa la tête puis ressortit en claquant la porte. Certains clients haussèrent les épaules et poursuivirent leur conversation :

« Ces jeunes, maintenant, c'est que des excités ! Quand ils sont pas hippies, ils veulent tout casser », dit un vieux accoudé au bord du zinc.

Une voix marmonna du fond de la salle :

« C'est à cause de cette fille qu'il est dans cet état, elle a toujours attiré les problèmes… Depuis qu'elle est là, on n'a que ça ! »

C'était un des chasseurs de passage. Il avait levé les yeux de son journal et rajusté ses lunettes. Devant le silence de la salle, il ajouta :

« Moi, c'est ce que j'en dis… Après tout, on pense ce qu'on veut, on est en démocratie, non ?

– Ouais, t'as raison… poursuivit son voisin de table pour briser le silence pesant. Elle a toujours voulu faire sa fière, celle-là… Je sais pas ce qui s'est passé mais elle a que ce qu'elle mérite. »

Un froid glacial traversa un instant la petite pièce. La plupart des hommes se retournèrent en baissant la tête. Certains quittèrent même le café sans dire un mot. Passé le moment d'émotion, la vieille Berthe s'exclama :

« Je sais pas ce qui s'est passé mais ça doit être grave… C'est la dernière fois que je répète que je veux pas entendre parler mal de cette femme chez moi dans ce café ! Vous n'avez pas vergogne de parler comme des sauvages ou des arriérés mentaux, la pauvrette, la traiter comme ça ! Et ce pauvre Gabriel… peuchère… vous êtes que des sans-cœur !

– Oh, la mamé, tu vas pas nous jouer les madones ! dit l'un des hommes du fond du café en s'esclaffant de rire comme un potache.

– Toi, mon coco, tu ferais mieux de fermer ton bec ! » lança la cafetière de derrière son comptoir.

Les deux hommes tournèrent le dos à la Berthe et finirent leur partie de dominos.

Le bruit courut vite dans le pays qu'une femme s'était fait agresser dans la montagne. Le viol de Claire fut interprété de dizaines de manières. Certains jugeaient cet acte scandaleux, horrible, d'autres y voyaient le résultat logique de l'attitude provocante de cette étrangère.

« Depuis le temps, ça devait arriver… » renchérissaient-ils.

Les avis partageaient même les familles. À table, on se disputait, certaines épouses soutenaient « la Parisienne », d'autres l'accablaient. L'affaire alimentait les conversations du café, des commerces et le nom de Claire Bonnal faisait les titres des gazettes. Pendant plus de un mois, le *Midi Libre* avait couvert l'événement et on lisait ses colonnes comme un feuilleton. Des journalistes du magazine *Détective* étaient venus prendre des photos du village et de la petite Suzette dans le jardin. Gabriel dut menacer les intrus avec une fourche pour qu'ils quittent la propriété où ils s'étaient introduits.

Pendant tout ce temps, la gendarmerie avait diligenté une enquête. Des policiers interrogèrent bien le garde-chasse, le maire et quelques randonneurs, mais leurs recherches de pistes éventuelles ne menèrent nulle part.

« On nous a aussi signalé une communauté de beatniks à quelques kilomètres de là, on va aller voir… Ils ont planté des tentes d'Indiens… Ils fument de l'herbe et vivent comme des sauvages à moitié nus, dit avec un demi-sourire le chef de la brigade. Qui sait ce qu'ils ne feraient pas pour se distraire ? On vous informera dès que nous aurons des éléments nouveaux. »

Le curé avait rencontré Claire quelque temps après et n'avait pu que soupirer d'impuissance devant la fatalité des choses.

« C'est horrible, je sais… mon enfant, mais vous pourriez être morte à l'heure qu'il est. Dieu vous a quand même accordé cette chance d'être restée en vie, et puis votre petite Suzette va bien… »

Gabriel avait failli mettre le prêtre, sa soutane et sa psychologie élémentaire à la porte, mais il le savait néanmoins aimable et sans arrière-pensée. Il se retint, un peu las de se battre d'ailleurs contre le monde entier, un monde devenu indifférent et sans âme.

Le maire était aussi venu voir la jeune femme, en délégation avec son premier adjoint, pour exprimer l'émotion et l'indignation du conseil municipal et, à travers eux, de tout le village de Saint-Just. L'hypocrisie suintait dans chaque mot et le ton un peu pompeux qu'il utilisait à chaque phrase avait mis en fureur Gabriel.

« C'est “encore” un étranger qui a fait ça… dit le maire. C'est pas bon pour la commune ça… mes pauvres enfants, on ne peut plus être chez soi maintenant… En tout cas, si vous avez besoin de quelque chose… »

Gabriel l'interrompit :

« Oui, trouvez-moi le maniaque qui a fait “ça”, comme vous dites, et vite avant que je le trouve moi-même et que je le transforme en écumoire !

– Mon petit, tu devrais te calmer… Tu sais, des rôdeurs, y en a de partout… Tu vas pas quand même accuser quelqu'un du village ? Allons… répondit le maire avec un certain paternalisme.

– Alors, pourquoi se cacher derrière un passe-montagne en plein été par quarante degrés de température ? » s'exclama le jeune homme.

Sur ces mots aussi cinglants qu'une gifle, le maire et son adjoint restèrent un instant interdits sur le pas de la porte puis ils repartirent, en silence, sur le chemin du village.

À Saint-Just, même deux mois après « l'accident », comme on disait, les gens se regardaient avec une certaine gêne car l'agitation médiatique autour de Claire, les photos publiées dans le journal, les déclarations fracassantes et menaçantes de Gabriel, les annonces officielles, ne seraient-ce que les fourgons de la gendarmerie qui, pendant près de un mois, allaient et venaient sur la place, tout cela avait perturbé la quiétude du village. Le café de la Berthe n'avait pas désempli de l'été. Des curieux se mêlaient aux quelques touristes et posaient des questions à droite et à gauche. Les joueurs de pétanque avaient du mal à finir leurs parties sous les platanes.

« Tout ce monde, ça me coupe l'envie de jouer… » déclaraient quelques-uns.

Il faut dire qu'ils avaient épuisé le sujet, supputant tel scénario ou tel autre, se lançant dans toutes sortes d'interprétation et même avançant des coupables potentiels…

« C'est un de ces travailleurs marocains saisonniers qui se sont installés dans la vieille baraque à l'entrée du village, j'en suis sûr ! ajoutait un tireur en soupesant sa boule.

– Mais non, tu as pas vu ? Ils sont maigres comme des Biafrais, ces Arabes, et elle a bien dit que c'était un costaud, alors… intervenait un autre. Ce serait un de ces hippies, ça m'étonnerait pas !

– De toute façon, qu'est-ce qu'elle allait faire avec une gamine dans la montagne, toute seule, hein ? »

L'histoire continua tout l'été.

Les gens prenaient le frais, le soir, assis devant leur maison et discutaient encore du sujet sous toutes ses coutures, mais on finit bientôt par se lasser de reprendre les mêmes hypothèses, les mêmes suppositions. Tout le monde bavarda d'autre chose, des moissons, des enfants ou de la chasse.

Puis vinrent les premières pluies de la fin août et, avec elles, une excitation profonde, comme un rituel de passage, avant la saison des châtaignes ou de la chasse. Autour du 24 août et de la foire d'Alès se cristallisaient des appétits nouveaux pour le travail, le jardin, les coupes de bois ou les vendanges prochaines.

L'automne approchait. L'humeur vitale des montagnes et des champs ranimait les corps pour la saison à venir, les troupeaux rentraient de l'estive, les moissons s'achevaient, les bêtes avaient mis bas et les gens puisaient dans l'air, frémissant de mille senteurs, l'envie de bâtir, *lucheter*[1] ou tout simplement d'occuper ses bras, son corps à toutes sortes de tâches. La vie reprenait son cours après l'immobilisme accablant de l'été. Les gestes alanguis retrouvaient maintenant du sens et de la vigueur. Un sang neuf coulait dans les veines des hommes. Leur âme, quelque peu amollie par l'été, s'ouvrait à cette fraîcheur, nouvelle respiration du monde. Les chemins sentaient la terre meuble et vivante. La nature s'éveillait à des forces neuves même si, paradoxalement, la saison qui s'annonçait signifiait aussi le dépouillement des arbres, le lent déclin de l'écume éclatante des jours, une rémission de l'âme.

---

1. Biner la terre.

Les chaleurs lourdes s'estompaient même au cœur des après-midi de l'été finissant. Les bêtes bruissaient encore de mille murmures et s'ébrouaient en élans confus. Les martinets s'agitaient dans une folle insouciance, les chiens jappaient au vent, aux matins détrempés, aux premiers souffles humides des crépuscules et les insectes tourbillonnaient sur les sols moites ou dans les airs imprégnés de fraîcheur.

Avec les averses généreuses de la fin de l'été, les familles ramassaient les escargots dans les fossés et sur les bords des chemins. Les forêts sentaient le champignon et l'humus, les prés exhalaient des odeurs de mousserons et d'herbe grasse. Les premières brumes s'accrochaient lentement aux matins et la rosée des champs jouait de longues heures avec le soleil paresseux de ce début septembre. Les vallées retentissaient de coups de hache et de cris d'animaux.

Gabriel n'avait eu de cesse de courir la campagne et les sentes des collines à la recherche d'une trace, d'un signe quelconque qui eût pu l'amener à trouver le coupable du crime dont avait été victime sa Claire. Il y avait en lui toutes ces questions sans réponses, un vide dans lequel le plongeait cette absence de pistes, une terrible angoisse, doublée d'une violence à peine contenue. Ses pas se perdaient dans le dédale des fausses pistes, des supputations des uns, des fourvoiements des autres. Son impuissance le minait et ce n'était que dans ces courses effrénées qu'il trouvait matière néanmoins à une forme de soulagement. Ce n'était que lorsque son corps, fourbu par les marches, déchiré par les ronces, abdiquait et s'effondrait sur la banquette que Gabriel acceptait, enfin, un peu de repos et quelque nourriture. Il avait passé au peigne fin le vallon désormais maudit, avait soulevé chaque pierre, écartait chaque touffe d'herbe, humé l'air comme une bête fauve dans l'espoir de sentir la présence de l'autre, celui qui, sans doute, à quelques lieues de là, se prélassait dans le secret de son geste infâme, se gaussait même, peut-être, des battues stériles que la gendarmerie de Florac avait bien voulu organiser avant de clore l'enquête. Il était même probablement tout près d'eux, à Saint-Just, au cœur du village, jouant sur les commentaires des uns, feignant l'indignation avec les autres.

Quand il n'était pas dans les collines, Gabriel passait des heures, assis sur un banc, à observer les gens sur la place. Il plongeait ses yeux féroces sur le visage des promeneurs ou des passants. Il cherchait un geste, des attitudes qui eussent pu trahir le coupable ou, tout au moins, le mener jusqu'à lui. Les habitants du village baissaient la tête, n'osaient plus affronter son regard accusateur. La haine et la défiance habitaient Gabriel et ses incursions chez la Berthe glaçaient la clientèle du petit café.

Son sourire d'éternel adolescent avait disparu comme la lumière habituelle qui éclairait son visage, sa joie de vivre semblait s'être éteinte comme si sa traque dans les montagnes à la recherche du monstre avait transformé sa relation au monde et à sa terre.

Lui, qui partageait toujours avec sa Cévenne des moments de grâce, ne ressentait plus cette émotion qui lui faisait respirer le même souffle qu'elle, ou se nourrir de l'enchantement des lieux.

Ce pays avait perdu son âme et Gabriel avait laissé la sienne, meurtrie, quelque part dans ces montagnes. Ses traits s'étaient durcis, le malheur de Claire avait tracé sur son visage les marques de la honte et de la vengeance.

Au café, on attendait qu'il parte pour se remettre à parler. Certains marmonnaient quelques mots de compassion, d'autres s'insurgeaient contre le climat de suspicion que le jeune instituteur faisait peser sur tout le village de Saint-Just.

« C'est devenu un chien enragé, un loup ! dit l'un des vieux au comptoir. Et tant qu'il n'aura pas mordu dans la chair du type qui a fait ça, il n'aura jamais la paix, ce petit…

– Oui, mais en attendant, reprit un chasseur, il nous empoisonne la vie ! Qu'il aille au diable !

– Je crois qu'il y est déjà… continua un petit vieux sans lever la tête.

– Il trouvera rien ici, de toute façon… rétorqua un autre avec un rictus.

– Ah oui ? » s'étonna soudain une voix à une table près de la porte.

C'était Augustin Labaume. Il était descendu de Cadapuech pour quelques courses et s'était arrêté chez la Berthe, comme il le faisait de temps en temps. Il se leva, regarda tout le monde avec insistance avant de quitter le café.

En sortant, il croisa le maire.

« Alors, l'Augustin, ça va ? Tu viens un peu nous voir ? demanda l'homme endimanché.

– Non… répondit Augustin d'un ton cinglant. Ton village sent le mensonge et la mort et, tant que je pourrai éviter d'y revenir, je le ferai… Je sais, tu sais que celui qui a fait ça à la Claire vient de ton village. Si jamais j'apprends que tu le protèges, que tu veux taire son nom, je te promets que les foudres du ciel te tomberont dessus, sur toi et ta famille.

– Oh, oh, l'Augustin ! répondit le maire, livide, secoué par les paroles du vieil homme. Tu ne vas pas t'y mettre, toi aussi ! Tout ça, c'est bien malheureux mais j'y peux rien. Tu crois que ça me plaît d'être maire d'un village qui s'épie, se déchire, pleure et s'engueule ? On dirait qu'il n'y a plus que méchanceté ou haine dans le village… J'en ai assez, je ne suis que le maire, je peux pas faire des miracles !

– En tout cas, tu connais tout le monde ici, rétorqua froidement Augustin, et tu connais ceux qui lui voulaient du mal, lui faisaient du tort à la pauvre Claire. Tu es aussi le président de la société de chasse… tu devrais comprendre ce que je veux dire…

– Tu veux me faire croire que c'est un de nos chasseurs ? répliqua le maire. Dis, papé, je crois que tu perds un peu la boule, non ? Mes gars, je les connais, ils sont un peu primaires, simples aux entournures, mais des filles comme la Parisienne, c'est pas leur gibier… »

À ces mots, Augustin empoigna le père Lartigues par le col et lui déclara d'une voix lente et mesurée :

« La Parisienne que tu dis, toi, ce gibier, c'est comme ma petite fille et elle a sa vie brisée à cause d'un malade de ton espèce. »

Il relâcha son étreinte et le maire put reposer ses pieds au sol et redresser un peu sa tenue.

Le vieil homme lui jeta un dernier regard lourd de mépris puis repartit en direction de la montagne.

La rentrée scolaire approchait. Gabriel avait laissé tomber pour un temps ses recherches pour préparer la petite école de Saint-Just à l'accueil de ses enfants. Après huit semaines ou presque de vacances, les classes sentaient le bois verni et l'encre caillée. Il ouvrit grand les portes et fenêtres et aéra les pièces. Il retrouva les pupitres alignés, les dessins et les collages de ses petits sur les murs et cela lui donna un peu de baume au cœur. Il caressa le tableau d'un geste furtif puis prit une craie et dessina machinalement un cercle avec d'autres cercles en son milieu. On eût dit un immense œil suspendu dans l'espace du panneau noir. Tout à coup, il se retourna vers la classe vide, jeta furieusement la craie contre le mur d'en face puis s'écroula sur son bureau, la tête entre les mains.

Dehors, un petit vent faisait virevolter les premières feuilles mortes. Des oiseaux parcouraient le ciel clair et piaillaient de mille chants. Gabriel se redressa au bout de quelques minutes, la douleur avait révulsé ses lèvres et son regard portait la trace d'un mauvais rêve. Il toucha sa longue règle graduée et son équerre jaune, ouvrit un cahier ou deux puis descendit de son estrade.

Il parcourut les allées de la classe avant de refermer les hautes fenêtres et de monter à l'étage. Son appartement restait assez bien rangé même si l'évier débordait d'une vaisselle de plusieurs jours. Des mégots jaunis garnissaient des coins de table. Il s'était mis à fumer et pouvait passer des heures à griller cigarette sur cigarette.

Certains matins, il restait allongé sur son lit à attendre que les bruits de l'automne le fassent sortir de sa léthargie. Il passait aussi de nombreuses journées avec Claire et Suzette, tentait de dominer sa fureur pour redonner un semblant de sourire à cette maison où il avait connu tant de bonheur.

Il faisait danser la petite sur ses genoux, jouait à cache-cache avec elle dans le jardin ou à courir autour de la maison. Claire oubliait momentanément le malheur et sa déchirure profonde. Les deux amants tentaient pendant quelques heures de se remémorer des scènes de joie, d'un autre temps, leur semblait-il, comme de lointains souvenirs.

Gabriel n'avait pas touché Claire depuis le drame. Quelques caresses sur le visage, des regards furtifs, un sourire, c'est tout.

Il ne trouvait plus en lui cette bienveillance, ce cœur ouvert au monde, n'acceptait désormais aucune concession envers lui-même, aucun espace pour un apitoiement personnel qui eût pu passer pour une faiblesse, un répit dans son désir de châtiment. Il lui fallait garder intacte sa soif de vengeance et ne pas la troubler par un quelconque attendrissement.

Il s'était remis à travailler à la maison de Claire. Il arrangeait ici une haie, là il rebâtissait une murette. Il coupait du bois dans la cour tel un bûcheron colérique. À chaque cognée, il poussait des cris sourds d'animal blessé, les copeaux volaient, la hache tranchait violemment le bois comme s'il eût coupé la tête d'un condamné à mort. À chaque fois que la bûche éclatait sous la lame, il y avait dans les yeux de Gabriel une violence et une sorte de bestialité qui effrayaient sa compagne.

Elle profitait des chaleurs bien plus douces de cette fin de saison, s'allongeait sur un transat à l'ombre d'un arbre et écoutait quelques airs d'opéra.

Gabriel, Claire et la petite Suzette étaient montés à Cadapuech pendant deux ou trois jours. Adeline et Augustin avaient décidé de ne pas aborder le malheur que Claire avait connu dans la vallée. Ils avaient entraîné le petit groupe dans des promenades tranquilles à travers les prés couverts d'ophrys ou d'autres fleurs délicates. Les sous-bois bruissaient de vie et exhalaient des parfums de terre et de feuilles grasses.

Au bord d'un ruisseau, ils s'étaient arrêtés pour un déjeuner de gourmandises préparées par la vieille cousine : rostidas, confitures, miel et jus de pommes reinettes avaient enchanté tout le monde. Suzette et Gabriel avaient trempé leurs pieds dans l'eau fraîche du ruisseau. Une belle truite avait remonté le courant comme une flèche lumineuse, avait ondulé un instant entre deux cailloux sombres puis avait disparu dans les profondeurs.

Adeline parlait peu et restait près de Claire. Elle se contentait d'être là, attentive et discrète, à ses côtés, souriant à un geste maladroit ou à un faux pas de l'une ou de l'autre. Elle attendait. Claire saurait bien un jour parler de son infortune, trouver sans doute les mots pour exprimer sa douleur qui la faisait encore pâlir et se perdre dans de longs silences. La vieille femme eût préféré la voir sangloter ou crier plutôt que de la sentir vivre ses tourments solitaires. Les yeux de Claire, derrière ses fines lunettes, laissaient transparaître l'âpreté de son combat. Des larmes fréquentes donnaient à son regard une tristesse infinie.

Adeline lui prenait le bras ou la main et l'amenait dans des endroits paisibles, des petits paradis de fraîcheur et de calme afin qu'elle oublie pendant quelques heures sa malédiction. Elles s'allongeaient alors sur l'herbe et Adeline guidait le doigt de Claire sur la toile du ciel, décrivait des arabesques imaginaires, contournait un nuage, suivait la course d'un oiseau. Ces moments d'intimité apaisaient la jeune femme. Elle se détendait et il lui arrivait même de rire avec Adeline sur les drôleries du chien ou de Victor. Toutes les deux aimaient se jeter sur le panier de victuailles et avalaient, dans un regard complice, framboises, tartelettes sucrées ou fondants au chocolat.

Elles rentraient parfois très tard de ces promenades. Des bouts d'herbe parsemaient leurs cheveux et leurs vêtements semblaient toujours en désordre comme après une folle série de sauts et de cabrioles dans les bois. Leurs visages portaient les marques de ces courses lointaines et leurs joues s'étaient légèrement empourprées. Elles semblaient avoir, ensemble, conjugué des forces et revenaient de ces balades avec un regain d'énergie qui faisait plaisir à voir.

Quelque temps avant la rentrée scolaire, Claire avait pu profiter d'une belle journée de l'arrière-saison et accompagner Adeline dans une de ses longues balades. Suzette avait préféré rester avec Augustin et Victor. La petite fille avait toujours de quoi s'occuper car Cadapuech regorgeait en effet de recoins où elle pouvait jouer, tranquille, seule ou avec le chien un peu fou, les chats, même si ces derniers semblaient un peu sauvages.

Les deux femmes s'arrêtèrent, comme à leur habitude, sur le « promontoire de la Mamette », comme l'appelait Adeline. La Mamette était la douce grand-mère d'Adeline qui avait bercé son enfance et son adolescence. Elle lui avait apporté tant de joies, tant d'enseignements sur le monde, et ce malgré quelques excentricités du personnage. Surtout elle lui avait appris le bonheur de vivre, la résistance aux mauvais coups du sort jusqu'à ce qu'elle vienne s'éteindre un beau jour sur cette saillie rocheuse, ce promontoire où les deux femmes étaient assises maintenant face aux montagnes.

Elles restèrent un moment sans parler puis Claire s'assit sur un rocher plat, caressa le sommet d'un petit massif de giroflées puis, lentement, se mit à parler.

« Tu sais, Adeline, je n'ai plus vraiment peur. Depuis longtemps, je crois que la vraie peur m'a quittée. À la place, ce n'est même plus la honte, c'est une sorte de détachement et de mépris que je ressens pour moi-même, mais aussi pour le monde autour de moi. Si quelque chose doit m'effrayer, c'est bien ça… C'est comme si cet homme, cette ordure avait volé mon âme, avait tué mon humanité. Je fais souffrir Gabriel, je le sais. Je le vois se battre avec des fantômes, avec sa souffrance, sa colère et, surtout, je vois de la haine en lui, c'est terrible. »

Adeline la laissait parler. Elle la regardait discrètement puis fixait l'horizon ou grattait la terre devant elle avec son bâton.

« Je comprends, ma petite, dit-elle, ça passera… peut-être. Tu sais, le temps arrondit les angles… Il polit bien les pierres, pourquoi il pourrait pas adoucir ta peine ?

Il suffit parfois de relativiser la douleur, d'apprivoiser en quelque sorte le mal, la fatalité, de les mettre en balance avec toute cette vie, cette palpitation de la nature, ce cœur vivant, comme toucher le granite lisse des rochers dans le lit des rivières, respirer l'air matinal un jour d'automne, plonger sa tête dans les couleurs et les parfums des fleurs, entendre, allongée sur l'herbe, le chant des oiseaux le soir... Il te faudra apprendre pendant longtemps à vivre avec cette douleur, cette détestable intruse. Elle sera attachée à toi, tu te sentiras infiniment honteuse, souvent souillée... oui, et ce souvenir sera comme une vilaine peau, une brûlure à demeure, certains appellent ça le destin. »

Elle s'arrêta pour redresser son corps un instant affaissé. Claire continua :

« Gabriel et ma Suzette ne méritent pas ça. Il faut que je pense à eux, que je trouve la force de dépasser ce dégoût de moi-même...

– Tu trouveras cette force, j'en suis sûre, dit Adeline en lui prenant la main. Je l'ai bien trouvée, moi aussi, et je me demande encore dans quel coin obscur il se nichait, ce foutu courage ! Je te prie de croire, ma petite, que ma chair avait et... souffre encore d'une blessure que le temps a du mal à soulager, l'amertume est toujours là, patiente, elle attend un moment de faiblesse, un mot, parfois même la couleur particulière d'un ciel ou d'une fleur, un rire ou même un bruit. Il m'arrive de me retourner et de croire avoir entendu une voix familière... mais c'est le vent à travers les arbres... »

Elle fit une pause pour reprendre son souffle et reprit :

« C'est toujours ça de pris sur la petite mort qui va sommeiller en toi et qui décidera, au hasard des heures, de réapparaître au détour d'un bois, au bout d'un chemin ou même dans un moment le plus inattendu, même le plus heureux... »

Claire écoutait ce petit bout de femme, plus très jeune, encore robuste, comme si elle eût écouté une mère, une grande sœur. Elle sentit sa main serrer très fort les minuscules doigts d'Adeline et deux grosses larmes coulèrent de ses yeux. Elle essuya ses joues et dit avec un sourire un peu nerveux.

« L'une de ces larmes est pour toi, Adeline. »

XV

Les cicatrices

LE CIEL SE RAPPROCHAIT DE LA TERRE et la lumière baissait lentement, jour après jour, sur l'horizon. Les ombres se faisaient plus longues, plus paresseuses et les crépuscules offraient maintenant une fraîcheur odorante, anticipaient sur des nuits plus profondes, plus denses de bruits et de soupirs. Une agitation subreptice, fiévreuse semblait avoir gagné les êtres et les choses. L'automne avançait et, avec cette saison, l'air palpitait, moins rare et plus vif. Quant à la terre, elle s'émouvait des premiers frimas et des embruns coléreux que les pluies, déjà lourdes et battantes, apportaient au pays, dans leur sillage d'exhalaisons sauvages. Dans les vallées, les hommes s'affairaient sur les terrasses, récoltaient la *raïolette*[1] ou les pommes et, plus haut, le temps était enfin venu des cueillettes. Outre les myrtilles dont la lande ou les sous-bois regorgeaient, on ramassait les champignons qui représentaient une source de bénéfices pour de nombreux villageois de Saint-Just et des environs. Sur les marchés, les étals présentaient des bolets, des cèpes en tout genre mais aussi des trompettes-de-la-mort, safrans

1. L'oignon doux des Cévennes, sa culture est ancestrale.

ou autres mousserons. Certains étrangers montaient de la ville pour cueillir des plantes médicinales, des pieds-de-chat, de la sauge ou du thym, et il est vrai que les bois, les plaines ou les plateaux se peuplaient de voix, de bruits et de nombreuses voitures se garaient le long des chemins pour débarquer des femmes et des hommes harnachés de sacs, de bâtons et de vêtements chauds. Tous hâtaient le pas pour s'engouffrer dans un bois ou prendre discrètement un sentier détourné. Chacun avait son vallon, sa sapinette ou sa boletière que l'on tenait jalousement au secret. De ces lieux, enfouis dans la mémoire et les histoires familiales, sortaient bolets, grisets ou autres girolles dont l'emplacement exact restait l'héritage des seuls enfants et de certains amis très proches. Ce vœu de silence pour ces oasis de cryptogames ne pouvait être transgressé au risque d'une damnation perpétuelle pour l'indiscret bavard qui aurait vendu le secret.

Un ou deux habitants du village de Saint-Just travaillaient pour un parfumeur de Grasse et ramassaient des lichens et des narcisses d'automne. À l'héritage d'un chien d'une de ses ouailles conduite, par ses soins ultimes, vers un au-delà bien mérité, le curé de la paroisse s'était fait spécialiste de la cueillette des truffes et il arpentait les terrains et les sous-bois, au pied des chênes, des noisetiers ou des noyers pour déterrer cet or noir en se frottant les mains car l'argent de cette récolte à compter du mois de novembre allait améliorer son quotidien et surtout allait lui permettre de colmater une fissure ou deux de son église ou remplacer quelques tuiles défectueuses. Avant le drame de l'été, Gabriel avait plus d'une fois taquiné gentiment ce trufficulteur en soutane en le traitant de capitaliste sans vergogne, de trafiquant de *Tuber melanosporum*, qui profitait du système ultrabourgeois de la rareté pour assener à ses clients des coups de bambou commerciaux fort peu catholiques.

Un jour, Gabriel avait rencontré sur un pauvre plateau calcaire ce brave ecclésiastique, courbé au-dessus du sol comme un Roi mage contemplant le jeune Jésus. Accompagné de son chien César dont le museau rasait le sol, il n'avait pas entendu le jeune homme s'approcher. L'instituteur attendit quelques instants avant de l'aborder en riant :

« Mon père, vous n'avez pas honte de vous enrichir de la sorte… et la sobriété chrétienne, qu'en faites-vous ? Vous êtes un vrai marchand du Temple ! »

Il est vrai que le sac en bandoulière du ministre du culte, aussi dodu que son propriétaire, contenait sans nul doute de quoi parfumer des centaines de pâtés et autres gourmandises de riches. L'homme en noir releva le nez en même temps que son chien et répondit avec un sourire :

« Ah, bonjour mon fils, ça va ? Oh, dis Gabriel, tu ne vas recommencer ? D'abord, rien n'est écrit qu'un prêtre doit vivre dans le dénuement ou la frugalité totale, alors… Et puis je n'allais tout de même pas laisser mourir ce chien… Regarde, le pauvre… Bon, il se trouve que c'est un excellent chien truffier, alors que veux-tu que je fasse ? Il faut bien qu'il fasse un peu d'exercice et qu'il exprime ses talents, ce pauvre chien orphelin, peuchère… Et puis Dieu me pardonnera bien ce péché d'un orgueil si peu autolâtre… »

Ils se mirent à nouveau à rire et profitèrent de cette pause pour se désaltérer et échanger quelques nouvelles. Le curé revint à la charge :

« Si ça se trouve, ces truffes vont partir à l'étranger et combler les appétits de tes amis apparatchiks du Kremlin !

– Ou bien… le petit déjeuner de votre souverain pontife ! »

Ils continuèrent ainsi, quelques minutes encore, à plaisanter et à échanger calembredaines ou quolibets sans malice, puis se séparèrent amicalement. Le chien et son maître reprirent leur quête horizontale sans se soucier du jour qui déclinait ou des arbustes chétifs en travers de leur route.

Depuis quelques jours, le ciel avait refusé de s'ouvrir et seule une lumière pauvre et blafarde avait pu percer l'épaisse couche de nuages noirs et éclairer ces premiers jours d'automne. En regardant les nuées couvrir les hauteurs et noircir l'horizon, quelques anciens avaient fait remarquer, en hochant la tête :

« *Aquò marca mau*[1]… »

Les gens allaient et venaient et ne pensaient pas trop au ciel, même si certains commençaient à se plaindre de cette grisaille, de ces journées tristes où le soleil semblait lointain, comme étouffé dans une gangue cotonneuse. Seul un halo timide, lueur flottante entre la terre assombrie et l'espace de cendres grises, éclairait le pays.

« Ça se ramasse, disait une vieille à l'entrée de la boulangerie. Vous vous rendez compte, il est 10 heures du matin et on se croirait à 8 heures du soir ! Hier, j'ai laissé ma cuisine allumée presque tout le jour ! »

De temps à autre, au-dessus des collines et des serres, on entendait gronder des tonnerres, on eût dit des éboulements de pierres au fin fond du ciel comme si un colosse de l'Olympe démolissait des murs. Les bruits semblaient encore lointains et sourds mais pour les papés, dont la seule occupation du jour était d'observer le monde de la terre et des cieux, le mauvais temps se rapprochait et ils prédisaient le pire.

« Ma foi, observaient d'autres, moins alarmés, c'est un temps de saison, on a eu un été chaud et on le paye ! Un petit peu de pluie, ça fera pas de mal. »

1. *« Ça n'augure rien de bon… »*

Ils poursuivaient leurs tâches en regardant d'un œil un peu inquiet ces amas de gros nuages sombres buter sur les hauteurs et s'installer à demeure.

Par on ne sait quels phénomène ou caprice météorologique, ces énormes cumulus grossissaient et même donnaient l'illusion de tournoyer lentement au-dessus des terres et des massifs montagneux.

Les vendanges étaient terminées et, du fait d'un nouvel été étouffant de chaleur, la récolte avait été faible, les grains du raisin petits et un peu rabougris. Les viticulteurs allaient faire du degré mais les cuves ne se rempliraient décidément pas cet automne.

« *Fan de chiche*, le vin va *castagner*[1], cette année, sûr qu'il va en faire chanter plus d'un », dit en riant un des paysans à l'un de ses compères.

Dans les champs, on se pressait aussi de rentrer les derniers fourrages et de préparer les étables et autres abris pour les bêtes.

Partout, les animaux ressentaient aussi l'instabilité du temps. Au fond des étables, les brebis et les vaches semblaient plus agitées que d'ordinaire. Elles piétinaient dans la paille comme elles eussent senti la présence du loup ou d'un serpent en maraude. Leurs yeux se révulsaient et donnaient l'impression d'implorer du secours. Dans la basse-cour, les poules caquetaient à tout rompre sans aucune raison et, dans une ou deux maisons des alentours du village, elles avaient cessé de pondre. Les oiseaux tournoyaient nerveusement, sans but, et pépiaient, criaient comme s'ils étaient pourchassés par des fantômes.

Il ne restait que quelques jours avant la rentrée et les enfants, comme les parents, parlaient de cartables, de

1. *Être très fort.*

trousses et de cahiers mais aussi de châtaignes, de bêtes à plume et à poil.

Pour la chasse, la plupart d'entre eux, bien trop jeunes, ne voyaient cette période de grand chambardement qu'à travers les allées et venues de leurs grands frères ou de leurs pères, l'odeur de la poudre ou du cuir des gibecières, ce qui ne les empêchait pas de bavarder, de brocarder et de présenter pour les copains toutes sortes de scénarios cynégétiques tous aussi imaginaires et dangereux où ils se couvraient de gloire et de trophées.

XVI

L'eau des larmes

Le vent s'était levé, un matin, presque imperceptible, puis avait glissé sur la terre, secouant les cordes à linge, agitant quelques ramures. Au bout de une heure, il faisait onduler le faîte des arbres dans une chorégraphie de branches dénudées. À midi, les premiers tourbillons soulevaient les feuilles des platanes et, comme une valse, elles pirouettaient sur la place du village, autour des arbres et dans les chemins. Dans le ciel, des nuages crépusculaires filaient vers le nord-est mais d'autres arrivaient et s'empilaient dans une immense masse ténébreuse au-dessus de Saint-Just et des montagnes environnantes.

Les gens se hâtaient de rentrer chez eux, une vieille se signa même en regardant en direction de l'église tandis qu'un chien courait en zigzaguant pour se mettre à l'abri.

Gabriel reçut la première goutte sur la main alors qu'il fermait la porte de l'école qu'il venait de contrôler une dernière fois avant la rentrée des classes. C'était une goutte épaisse, froide qui pénétra son épiderme et lui laissa comme une sensation de brûlure. Il remonta son col et courut vers le platane en face de sa classe puis regarda le ciel. Il frissonna car il eût pu le toucher. Il sentait monter, entre les grosses gouttes qui maintenant s'écrasaient au sol, une sorte de vapeur, un effluve tiède presque suffocant. Il reprit son souffle et se hâta vers la maison de Claire. Le vent avait cessé subitement et de la montagne, des collines descendaient des rideaux d'une pluie puissante et ordonnée. Elle touchait les toits dans un tintamarre de claquettes infernales, ricochait comme des balles claires sur le tronc des arbres et les pierres, balayait le sol de sa mitraille liquide tandis que la voûte du ciel résonnait de grondements et de craquements lugubres.

Quelques clients étaient restés au café de la Berthe, le nez collé à la vitre, et faisaient les commentaires aux autres sur la scène d'apocalypse qui se jouait à l'extérieur.

« Vé, ce fada de Georges ! s'exclama l'un d'eux en se moquant de l'homme sautillant comme un criquet entre les grosses flaques de la place. On dirait qu'il a le feu au cul ! Allez ! hop… hop… ! »

Avant qu'il ait eu le temps de se remettre du fou rire de cette première attraction, la mère Vincent, une bonne petite vieille dont la maison jouxtait la mairie, créa à nouveau l'événement en essayant de rentrer chez elle. Son parapluie fut pris dans une brusque bourrasque et se retourna en tirant l'aïeule vers la fontaine de la place. Son foulard s'était envolé et tourbillonnait comme un cerf-volant sans attache, son cabas s'était renversé et les pommes, poires et autres agrumes roulaient sur le sol inégal, emportés telles des boulettes de paille. La vieille dame s'accrocha un instant à la margelle de la fontaine, puis s'affaissa, usée par les coups de boutoir de ces rafales sans pitié.

« La pauvre femme, elle doit être effrayée… et puis trempée jusqu'aux os ! continua l'homme de l'autre côté de la vitre, sans esquisser le moindre geste pour lui porter assistance. Ma foi, elle en a vu d'autres, la mamé ! Vous allez voir, je vous parie que dans dix secondes elle va se relever, prendre son panier à provisions et filer tout droit jusqu'à chez elle en se riant de la pluie ! »

Au moment où il finissait ses mots, au milieu du silence embarrassé de la salle, il aperçut un homme qui se précipitait vers la fontaine. L'individu était sorti brusquement de l'abri temporaire d'un platane et avait couru jusqu'à la vieille femme pour lui porter secours. Il la transporta sur ses épaules jusqu'au porche de la mairie.

« On dirait que notre instituteur a voulu jouer au héros, au bon Samaritain... Je suis sûr que c'est lui, dit l'autre spectateur de la scène.

– Oh, putain, ça tombe maintenant ! poursuivit son voisin avec un peu d'appréhension dans la voix. Il faudrait pas que ça nous fasse comme en 58 ! »

Après la pluie droite et puissante descendit une véritable cataracte. On eût dit qu'une baudruche gigantesque venait de crever et des tonnes d'eau se déversaient sur le paysage, balayé en tous sens par des coups de vent violents. La tourmente projetait ces masses liquides contre les façades, secouait les arbres comme des rameaux pathétiques et hurlait au passage des maisons et des cours.

« Boudiou ! C'est la fin du monde ! » dit la Berthe aux deux ou trois clients restés dans le café.

La pluie maintenant formait un mur gris, se mouvant au gré des maelströms d'eau ; cette paroi liquide, qui prenait parfois des teintes jaunâtres, bouchait si bien le paysage que l'on ne pouvait voir à vingt mètres devant soi. Les gouttières, saturées, crachaient des tombereaux d'eau sur la place avec des sons d'orgues infernaux. L'avalanche se déversait comme à travers un œsophage géant et semblait choir dans un gouffre immense, une rivière souterraine, un Styx devenu fleuve impétueux.

Cette tempête dura quatre heures, quatre heures où le ciel invisible semblait s'être ouvert pour vider toutes les eaux de l'univers. La place ressemblait par endroits à un lac, les façades et les arbres ruisselaient encore, la terre, les murs des faïsses régurgitaient l'eau dans un bruit de cascade et de clapotis sinistres. Les chemins qui descendaient de la montagne étaient devenus des rivières charriant boue et caillasse.

Le ciel grondait encore et l'espace résonnait comme une gigantesque grosse caisse dont les coups sourds et prolongés faisaient trembler la terre. La pluie tombait encore, une pluie fine, régulière maintenant. Elle masquait encore le paysage et enveloppait Saint-Just d'une brume collante et inhospitalière. Les gens étaient sortis pour constater les dégâts et retrouvaient la place. Sous les parapluies noirs, on agitait les bras et secouait la tête. Le maire était là, au centre. Il touchait les mains des nouveaux arrivants, faisait de grands gestes. Tous ces hommes arpentaient le périmètre autour de la fontaine, s'arrêtaient puis repartaient en discutant ferme. Le groupe se dispersa après une vingtaine de minutes et la place redevint déserte.

L'accalmie dura jusqu'à la nuit. L'opacité que le déluge avait imposée au pays pendant toutes ces heures avait néanmoins laissé filtrer une lueur blafarde, diffuse. Le soleil, derrière des couches de nuages s'étageant à l'infini, n'était qu'une auréole sale dont les teintes de vieil or venaient s'estomper dans la noirceur des vapeurs environnantes. La lumière des lampadaires avait du mal à percer la nuit, tant les ténèbres paraissaient denses, presque tangibles. La pluie se remit à tomber, drue, énorme. Dans un enfer de crépitements, elle s'installa à nouveau sur le pays et, sans rémission, au milieu d'une débauche d'éclairs et de tonnerres, elle sembla déverser toute l'eau du monde sur cette terre cévenole.

Pendant tout ce temps, là-haut, à Cadapuech, Adeline, Augustin et Victor, calfeutrés dans leur mas, avaient assisté au déferlement des pluies, au déchaînement des bourrasques autour de la montagne. L'eau ruisselait de partout, de chaque anfractuosité de rochers, à travers les murs des terrasses, elle suintait le long des parois, se frayait un chemin dans n'importe quelle pente, bondissait sur les pierres, par-dessus les *trencats*[1] avant de s'étaler comme une mer dans un pré ou une vigne. À l'intérieur du mas, on entendait le martèlement de cet océan sur les lauzes et les coups de boutoir du vent sur les portes et les fenêtres. On eût dit, par moments, que Cadapuech était devenu un de ces phares de la pointe du Raz, battu par les flots sauvages de l'Atlantique. Augustin avait garni copieusement le foyer de la cheminée et les grosses bûches diffusaient une chaleur protectrice dans la grande cuisine. La bourrasque parvenait parfois à pénétrer le conduit de la cheminée et le chaudron accroché à la crémaillère se balançait presque imperceptiblement au-dessus des flammes.

« Quel temps de chien ! dit Adeline en se rapprochant de l'âtre. Ça doit pas être gai, en bas, les ruisseaux ont dû grossir, y faudrait pas que ça continue trop longtemps… »

Victor grommela sous sa vareuse, comme pour approuver ces paroles, puis il se remit en boule et se rendormit. Le chien aussi grogna un peu et se faufila entre les jambes d'Augustin. La grosse pendule battait une mesure égale et indifférente aux rafales de vent et aux trombes d'eau qui, dehors, secouaient spasmodiquement la terre et le ciel dans un concert de sifflements, de commotions et de plaintes.

---

1. Rigoles qui parcourent le terrain obliquement et viennent se déverser dans un bassin, un collecteur.

Le lendemain, au petit matin, le paysage n'était plus qu'une brume liquide et, dans cette aube spongieuse, il était difficile d'apercevoir les arbres ou les bâtisses. Le jour n'était que l'apparence d'une clarté sans consistance, toujours diluée dans un ciel sans bornes. Les champs dans la plaine ressemblaient à d'immenses lagunes prisonnières d'une chape nébuleuse, l'eau suintait de toutes parts, des milliers de petits ruisseaux veinaient la terre et couraient se rejoindre vers le bas des pentes où le flot boueux s'amplifiait, sautait les *paissieira*, rognait les rives, emportant débris et branches dans sa course folle. La pluie restait hésitante et molle. De temps à autre, on entendait s'abattre une ondée monotone puis le silence ouaté reprenait ses droits sur la terre. Dans le feutrage insolite du jour, les oiseaux ne chantaient pas, les bêtes semblaient pétrifiées dans les abris, les étables, seuls quelques arbres, sous les bourrasques soudaines, craquaient sinistrement.

Tout le pays baignait dans ce sommeil fluide et vaporeux où l'eau, en maîtresse impitoyable, avait dicté sa loi. Vers le milieu de la journée, les habitants sortirent devant leur porte ou firent le tour des jardins. Les bottes s'enfonçaient dans le sol meuble, détrempé, l'herbe s'était couchée par endroits comme après le passage d'un fleuve. De temps en temps, un oiseau volait, incertain, sur une branche près des maisons et se rapprochait des hommes et de la vie. Dans ce jour fuligineux, des voix s'interpellèrent à distance puis s'éteignirent, avalées par le brouillard et le bruit de l'eau. Les chemins semblaient défoncés comme par des charrues de titans, l'odeur de la terre sentait le moisi et dans certains trous s'entassaient décombres et même les cadavres de quelques bêtes mortes, entraînées par les torrents de la montagne. Ces bourbiers exhalaient déjà comme les miasmes d'un étang, comme l'haleine fétide et moite d'un monstre aquatique, sorti du cauchemar de la nuit.

Pendant toutes ces heures sombres, Gabriel était resté avec Claire et Suzette dans la maison et tous les trois avaient écouté la tourmente buter sur la maison et s'emparer de tout le pays. Une gouttière était apparue dans un coin de la cuisine mais sans conséquence, la violence des pluies et des bourrasques n'avait que secoué cette solide maison de pierre.

Ils étaient sortis, dès la première accalmie, pour regarder le ciel, contrôler l'état du jardin et se dégourdir les jambes. Le déluge avait pris une autre direction maintenant et on pouvait voir, au loin, malgré une brume poisseuse encore accrochée aux arbres et aux toits, les rideaux ondulants de la pluie sur les hauteurs.

Le ciel grondait encore, des éclairs zébraient régulièrement l'espace et, comme la traîne d'un vent perdu, des rafales soudaines secouaient les arbres gorgés d'eau, soulevaient sans cesse des débris de branches, des feuilles. Quelques papiers, otages dérisoires des caprices du vent, tournoyaient comme des papillons extravagants dans la lumière blafarde. Aucun signe d'éclaircie ne perçait au travers de ces masses de brume et d'eau. La bête ne s'était sans doute pas rassasiée et Gabriel sentait qu'elle devait reprendre, sans doute, des forces, plus loin, sur les plateaux et qu'elle allait redescendre et fondre, à nouveau, sur le village. Il savait que la première attaque qu'ils avaient subie, à Saint-Just, n'avait pour but que de tester leur résistance et qu'une plus vaste et plus sauvage encore s'apprêtait à s'abattre sur leur terre.

La pluie revint au petit matin, dans le halo incertain des premières heures du jour. Elle lança une première vague, un bataillon d'ondées soudaines qui descendit des montagnes en rangs serrés puis suivirent des régiments d'averses brutales, secondées par des légions de bourrasques et de tourbillons. Le pays était assiégé de toutes parts, l'eau pénétrait la terre, l'asphyxiait de ruisseaux, de rivières et bientôt de torrents déboulant des hauteurs. Les arbres geignaient, agitaient, dans la détresse, leurs branches nues comme de noirs sémaphores. Le bruit des trombes d'eau sur les toits ajoutait au hurlement du vent le vacarme de piétinements infernaux. Les rafales sifflaient autour des fils électriques, fouettaient les volets et les portes, s'engouffraient dans les couloirs et les ruelles comme des flots mugissants et s'alliaient au déluge dans des tournoiements de derviches damnés.

Les gens ne bougeaient pas, ils restaient derrière leurs murs et attendaient. Dans leur mutisme, ils regardaient le sol, écoutaient les bruits, soupiraient, incapables de bouger, comme transis d'effroi.

De l'intérieur des maisons, non loin du ruisseau, on pouvait entendre maintenant gronder les remous d'un océan. Le petit cours d'eau paisible du village était devenu un véritable fleuve, un Léthé furieux et bouillonnant. De temps à autre, on sursautait, des troncs entiers d'arbre roulaient dans le courant et venaient buter sur les rives dans une rumeur sourde et prolongée. On eût dit des coups de bélier dans les lourdes portes d'une citadelle et, parfois, entre deux commotions, l'écho de fracas lugubres de branches emplissait le lit du torrent de craquements d'os et de gémissements.

Les pluies ne cessèrent que dans l'après-midi. Le pays ruisselait, vomissait une fange très liquide. Le déluge avait creusé des sillons, de larges cicatrices sur la terre et la peau jaunâtre des boues s'ouvrait parfois sur des brèches, des fondrières où l'eau s'agitait encore en une palpitation sépulcrale. Elle couvrait les plaines d'un marécage luisant d'où les arbres émergeaient comme des squelettes noirs.

Une brume montait de ces miroirs glacés et se perdait progressivement dans un ciel toujours terne à peine éclairé par quelques phosphorescences. De temps à autre, des oiseaux noirs traversaient l'espace avant de disparaître dans les vapeurs au-dessus des toits. Des passereaux poussaient des cris craintifs, voletaient confusément puis se dissolvaient dans les ombres des taillis et des rochers.

Les villageois, une nouvelle fois, sortirent, lentement, médusés par le bruit de l'eau, la couleur du ciel et le sol devenu comme une gomme liquide. Ils se regardaient en silence, n'osaient pas s'aventurer sur cette terre pourtant si familière et ils touchaient, avec des gestes hésitants et gauches, les choses autour d'eux comme si elles eussent été déposées là, par un sortilège, pendant que les forces de la nature s'abattaient sur le monde.

XVII

Le ruisseau des peurs

GABRIEL ET CLAIRE poussent la porte et regardent le jardin en dessous d'eux. C'est un petit étang maintenant, l'eau stagne, poisseuse et sale, à peine agitée par quelques vaguelettes sur lesquelles se balancent des débris de toutes sortes, des bûches, des cagettes ou des papiers. Même le petit arrosoir de Suzette et le fauteuil en osier de sa mère flottent sur ce lac bourbeux. Le chemin vers le village semble dégagé et pourtant, dans les fossés, l'eau bondit, rageuse, vers le ruisseau dans des fracas de pierres et un grondement sépulcral.

« Il faudrait que j'aille voir à l'école pour vérifier si tout va bien… dit Gabriel en scrutant le ciel toujours aussi comminatoire. Si ça se trouve, des tonnes d'eau sont entrées par les fenêtres, elles ne ferment pas bien, elles sont vétustes… ça fait au moins dix fois que je demande au maire de les faire réparer… C'est comme si je parlais à une borne kilométrique !

– Vas-y, répond Claire, mais fais attention, y a des coins où on voit pas le chemin tellement y a de l'eau… Et puis j'ai peur que ça retombe. »

Les bottes aux pieds, Gabriel ajuste sa parka, remonte son col et descend l'escalier. Son premier pas s'enfonce dans une terre molle, un marécage d'où sortent des herbes éparses. Le jeune homme se retourne et salue Claire, restée en haut des marches. Elle le regarde s'éloigner sur le chemin, il sautille entre les grosses flaques, longe les bordures, s'arrête de temps à autre pour regarder le fossé ou les arbres. Après quelques minutes, sa silhouette a disparu. Claire regarde à nouveau le ciel. Une trouée dans le plafond de nuages sombres laisse passer une lumière timide et froide. Au loin, le tonnerre gronde encore, quelques éclairs distants hachurent l'horizon tandis qu'une brise humide court sur le pays, balance les lourdes branches et plisse la surface des étangs. Les petites vignes ont le pied dans l'eau et semblent suspendues au fil de fer des tuteurs. Des aboiements de chiens résonnent dans les campagnes, des volets grincent et des moteurs démarrent ici et là. La vie reprend, inexorable, des hommes s'appellent et on se regroupe près des maisons ou sur la place. Les parapluies noirs sautillent, se touchent dans les ruelles puis se séparent.

Suzette lit dans la maison, près de la cheminée, au milieu des coussins. Elle écoute une chansonnette au transistor et sa main tapote son genou en cadence.

« Je vais au fond du jardin voir les dégâts, prévient Claire. Tu ne bouges pas, je reviens dans dix minutes, fais-toi un chocolat… Tu as aussi un paquet de Petit Brun sur la table de la cuisine…

– D'accord », dit la petite fille sans remuer de sa niche douillette.

Claire descend l'escalier. Des oiseaux volettent maladroitement d'arbre en arbre, piaillent comme s'ils sortaient soudain d'un sommeil profond et redécouvraient le monde. Le jardin a disparu par endroits, l'eau a envahi les creux et recouvert d'une eau limoneuse les plates-bandes. Elle se dirige vers le petit pavillon et l'ouvre. Il n'a pas souffert et les vitrages sont intacts, seule une odeur forte de moisi et de terre remuée lui monte à la gorge.

Au bout du jardin, la clôture n'a pas tenu bien longtemps face à la crue du ruisseau, elle s'est affaissée comme un morceau de carton et l'eau clapote autour des branches de buis.

Claire longe la haie et, soudain, il lui semble entendre, au milieu des bruits de bouillonnement et de cascade, le cri d'un homme. Quelqu'un appelle, c'est du côté du ruisseau, la voix hurle à intervalles réguliers, une voix désespérée, perçante.

Elle court maintenant. « Mon Dieu, Gabriel ! » pense-t-elle. Le ruisseau est devenu un torrent, charriant branches et débris. Il coule, rognant les rives, arrachant des arbustes et des colonies d'armoise sur son passage. En s'approchant du bord, elle aperçoit un homme dans le flot du courant. Il est resté accroché à une branche. Ce n'est pas Gabriel. L'homme crie. Des vagues s'écrasent sur son visage et son corps disparaît, par moments, sous les vagues boueuses. Il faut faire vite, la branche d'acacia se tend puis se relâche dans le mouvement des eaux. C'est comme une mer et le pauvre homme se débat contre des remous et dans l'onde fauve du fleuve. Claire parvient à quelques mètres du naufragé et lui tend un long piquet de vigne qu'il agrippe aussitôt. Elle tire de toutes ses forces, ses pieds glissent dans la glaise, l'homme, de son côté, se débat, agite son corps contre le courant, pousse ses bras vers le haut du morceau de bois mais ses mains glissent inexorablement le long du piquet. Claire alors libère une main et agrippe le poignet du pauvre bougre à demi asphyxié par l'effort et les vagues. Elle le tient et il s'accroche désespérément à son bras. Elle sent sa propre force l'abandonner mais son pied trouve une racine dénudée par les eaux, elle cale sa jambe et hale lentement l'homme même si son dos s'arc-boute et souffre. Elle pousse un cri de rage tandis que la main de l'homme désemparé se cramponne comme un étau au poignet de Claire. Ses doigts l'enserrent et ne la lâchent plus.

Il n'a que quatre doigts…

Un trouble immense l'envahit tout à coup au contact de cette main puissante qui s'accroche à elle. Un long frisson parcourt son corps.

« Cette poigne, cette main, ces quatre doigts… Non, c'est pas possible… » pense-t-elle.

Après quelques secondes de confusion, elle tire, dans un ultime effort, sur ses bras à moitié brisés et ramène l'homme sur la rive. Tous deux s'écroulent sur le talus humide. Claire tente de reprendre sa respiration, la tête dans les mains, puis elle regarde l'homme. Il est là, allongé, presque sans vie, immobile. Un souffle court sort de ce corps robuste, comme un râle. Il roule sur lui-même, puis se retourne lentement vers elle. Ses yeux la dévisagent un long moment puis il baisse la tête et dit :

« J'ai… bien cru… euh… que c'était la fin… euh… j'allais lâcher prise… euh… mer… ci. »

Claire écoute cette voix, encore enrouée, traînante. Elle se fige à nouveau, bouleversée par les mots de cet homme fourbu, ruisselant d'eau. Cette voix aussi, c'est bien la sienne !

« Ça… ira ? Vous… vous… êtes trempé, vous devriez… rentrer chez vous… Voulez-vous… que j'appelle quelqu'un ? balbutie Claire sans oser fixer le visage de l'homme.

« Non, non… tout ira… bien… » répond-il.

Sa voix est plus distincte, plus franche maintenant. Il se lève, secoue ses manches dégoulinantes, puis s'avance vers

Claire, plonge à nouveau son regard sur son visage et lui dit en bégayant :

« Vous… m'avez… sauvé… euh… j'allais… mourir… »

Il se retourne brusquement et disparaît dans le petit bois de la rivière. Claire tremble. Ses mains s'agitent et son cœur s'affole. Il lui semble que la terre tourne autour d'elle. Elle tombe assise comme une masse, la bouche ouverte, les yeux hagards.

« Cette voix, cette main… pense-t-elle tout haut. Mon Dieu ! Ça peut pas être lui ! Non, c'est pas vrai, c'est pas possible ! Je me trompe ! »

Elle ne rentra pas à la maison tout de suite. Elle grelottait de froid, ses vêtements étaient encore ruisselants et maculés de boue mais elle devait marcher, réfléchir, écouter encore cette voix, sentir une fois encore le contact de cette main tronquée. Il lui fallait repenser à cette chose, revivre ces quelques instants où elle venait de sauver une vie avec le sentiment de ressusciter un cauchemar.

Le ciel s'était assombri et la nuit semblait précoce. Claire hâta le pas maintenant et revint au mas. Elle entra discrètement dans la grande cuisine et se lava les mains. Dans le salon, Suzette s'était endormie sur son livre. Le feu dans la cheminée dispensait une douce chaleur et ça sentait bon le bois. Elle s'approcha du foyer et enleva ses vêtements souillés par la terre et la fange. De son corps nu s'échappait une vapeur légère, des frissons parcouraient sa peau et ses mains tremblaient. Elle était livide et peinait à respirer. Après quelques minutes, elle se recroquevilla dans une grosse serviette de bain devant la cheminée, à côté de Suzette, et regarda danser les flammes. Elle s'était assoupie pendant près d'un quart d'heure lorsqu'elle entendit des bruits sourds devant la porte. Malgré la somnolence où la fatigue et la douceur du feu l'avaient plongée, elle comprit que Gabriel était rentré de l'école et qu'il décrottait ses bottes en les cognant sur la dernière marche de l'escalier.

* *
*

En traversant le bois, l'homme tomba maintes fois. Son corps était harassé, son combat dans l'eau froide et furieuse du ruisseau avait épuisé toutes ses forces. Il marchait maintenant droit devant lui, semblait ne pas sentir même les branches qui lui giflaient le corps et la face. Le visage de Claire l'obsédait. Il ne pouvait écarter le regard perçant de la jeune femme, effacer le souvenir de ses gestes, de sa voix, de sa peau. Il se mit à courir, trébuchant sur le moindre obstacle, sur une souche, une roche saillante. Il glissait sur l'herbe humide et peinait à se relever. Ses yeux donnaient l'impression de s'être figés d'effroi et il regardait fixement devant lui sans oser se retourner de peur de voir un monstre fondre sur lui. Sa tête était agitée de mouvements saccadés comme s'il sentait le souffle de la bête sur sa nuque. On eût dit un aveugle à la recherche d'un rayon de lumière toujours fuyant. Il gémissait, hésitait entre un cri et des larmes. Il haletait et l'air qu'il aspirait bruyamment lui brûlait la poitrine comme des pointes de feu. À une centaine de mètres du chemin du village, il s'arrêta, accablé par sa marche et les fantômes qui le poursuivaient. Le ciel pâle où couraient encore d'épais nuages noirs tournoyait au-dessus de sa tête, la terre se dérobait sous ses pieds. Il s'adossa à un arbre. Malgré le froid vif et l'humidité glacée de ses vêtements, son front transpirait et une chaleur pesante enserrait sa gorge, l'étouffait. Il lui fallut de longues minutes avant de retrouver ses esprits et reprendre sa route vers le village. Il traversa la place, passa devant le café de la Berthe sans même tourner la tête et se dirigea vers sa maison en titubant comme un automate désarticulé.

Sa femme l'avait cherché de partout, avait couru tout autour du village, dans tous les sens et, lorsqu'elle apprit qu'on avait vu son mari sur la place, elle se hâta de rentrer. Elle le trouva, prostré devant la cheminée, les bras le long du corps. Son regard était absent, il regardait à nouveau fixement devant lui et sa tête, par moments, était secouée de tics nerveux. Elle le pressa de questions auxquelles il ne répondait que par des grognements ou des hochements brusques du crâne.

« Tu es tombé ? Dis-moi… Mon Dieu, tu t'es fait mal ? Réponds-moi… Je vais appeler le docteur… » s'alarma-t-elle.

D'un geste de la main, il fit signe qu'il refusait cette idée et marmonna :

« Ça ira… Je suis tombé dans le ruisseau, j'ai juste besoin de repos… laisse-moi ! »

Sa petite fille le regarda fixement avec un brin de frayeur dans les yeux. Son épouse continua :

« Mon Dieu ! Et comment tu as fait ça ? Tu devrais aller te coucher… Tu peux pas rester comme ça… Regarde-toi, on dirait une loque… et puis enlève tes habits, tu es tout sale et trempé jusqu'aux os, tu vas m'attraper la mort… » s'inquiéta-t-elle.

Au bout d'un instant, il se leva, lentement, et gagna sa chambre sans dire un mot. Sa fillette le suivit des yeux et demanda à sa mère :

« Qu'est-ce qu'il a papa ?

– Rien, il a eu très peur. Il est tombé dans le ruisseau, mais ça ira. Finis tes devoirs… » répondit la maman d'un ton angoissé.

* *
*

Gabriel entra dans la maison, accrocha son lourd imperméable derrière la porte, secoua sa tignasse encore détrempée puis s'approcha de la cheminée. Claire se dégagea de sa serviette et lui sourit timidement.

« Mon Dieu, qu'est-ce qui t'est arrivé ? demanda Gabriel, en s'accroupissant devant elle. Où étais-tu ?

– C'est rien, je suis allée au bout du jardin, au bord du ruisseau, et j'ai glissé… Heureusement, je me suis rattrapée à une racine… dit-elle d'une voix qui se voulait rassurante. Mais ça va maintenant, t'en fais pas. »

Suzette sortit de son sommeil et s'étonna de voir sa mère écrasée ainsi sur le sofa, les yeux éteints, la voix tremblante et plaintive.

« Tu as vu tes bras ? Tu es pleine de bleus et de coupures ! fit remarquer Gabriel, affolé.

– C'est rien, je te jure ! C'est vrai que j'ai dû batailler mais tout va bien… promis… dit Claire d'une voix très calme.

– Tu aurais pu mourir et être emportée comme un fétu de paille sans que personne te trouve… Mais quelle idée d'aller au bord du ruisseau avec cette crue ! insista Gabriel sur un ton de reproche à peine voilé.

– Il faut croire que c'était mon jour de chance ! dit Claire en lui attrapant la main et en souriant un peu. Le destin prend des tours vraiment très curieux ! »

Gabriel fronça les sourcils, fixa Claire droit dans les yeux pour essayer de comprendre, mais la jeune femme détourna son regard, plia la serviette et se leva. Elle ne fut pas plus tôt debout que la pièce sembla pivoter sur elle-même. Les murs et les objets se mirent à tourbillonner, un long sifflement lui emplit la tête et elle s'affaissa lourdement sur le canapé.

« Claire ! » s'exclama Gabriel.

Elle entendit une voix lointaine l'appeler, sentit son cœur palpiter comme une grosse caisse dans sa poitrine. Gabriel la secouait légèrement et lui tapotait les joues.

Elle reprit connaissance après quelques minutes, esquissa un sourire tendre vers son ange gardien et murmura :

« C'est rien… un passage à vide… Il faut croire que j'ai laissé des forces dans cette bagarre ! Décidément, la vie est rude… »

Elle regarda ses mains, elles étaient comme boursouflées par le froid, rouges et tremblantes. Claire poursuivit :

« J'aurais du mal à jouer le *Concerto italien* de Jean-Sébastien… »

Elle tira tout de même une moue amusée de cette observation. Gabriel lui prit les mains, les embrassa du bout des lèvres et les glissa sous sa chemise. Il continua :

« Ton Cantor attendra un peu… mais ces doigts-là feront encore des merveilles dans un rien de temps, tu as besoin de repos… »

Gabriel ne vit pas le visage de Claire lorsqu'elle se retourna à nouveau vers le feu, mais il avait pris une nouvelle pâleur laiteuse et ses yeux s'étaient animés brusquement comme si des spectres dansaient devant elle une ronde sinistre. Elle tira ses mains du tricot de Gabriel et les plaqua sur son visage pour chasser de sa vue ces chimères. Elle se tint le front, se secoua la tête et murmura quelques mots presque inaudibles :

« Non… c'est pas possible… Non, ça va aller, je peux pas le croire ! »

Gabriel s'était penché sur elle et l'enveloppait maintenant de ses bras.

« Je suis là… Suzette aussi, tu n'as plus à avoir peur de rien… plus rien, calme-toi, tout va bien maintenant, je te le promets… » dit-il d'une voix grave et rassurante.

Elle serra cet homme avec toute la force qu'il lui restait, sentit comme un sanglot l'envahir mais trouva néanmoins l'énergie de taire son envie de pleurer, de crier sa rage.

Elle relâcha légèrement son étreinte, ce qui permit à Gabriel de se dégager et de proposer une tisane ou un bon vin chaud. Suzette en profita pour sauter sur ses genoux et la couvrir de petits baisers fous.

Il lui fallut plusieurs jours pour éloigner ces hallucinations. Les nuits revenaient avec leur cortège de tourments et, malgré la lumière de la lampe, des ombres la poursuivaient la laissant au matin rompue et sans force. Gabriel la veillait comme un enfant, lui épongeait le front, lui apportait des verres d'eau et des tisanes de menthe et lui parlait, sans cesse, de leur maison, de Suzette, de voyages et même de l'achat d'une Dauphine d'occasion qu'il avait repérée à vendre sur la porte de la boulangerie. Cela l'avait fait sourire et elle avait renchéri un peu sur ce détail insolite :

« Il faudrait que tu passes d'abord le permis, puis que tu arrêtes de regarder le ciel sinon à chaque sortie nous finirons dans le décor !

– Et si nous avions un chien, plein de poils, avec de grosses pattes et un gros nez ? continua Gabriel en ajoutant quelques grimaces pour agrémenter la conversation. On pourrait l'entraîner à trouver des truffes et on deviendrait riches comme le curé, on pourrait acheter une décapotable, et comme ça je pourrais regarder encore mieux le ciel ! »

Elle le bouscula un peu mais, au fond d'elle-même, elle aimait le voir plaisanter et retrouver sa bonne humeur des premiers temps. Pendant ces longues heures de veille au milieu de la nuit, assise sur le lit à bavarder avec lui, elle pouvait ainsi chasser les cauchemars qui l'assiégeaient régulièrement.

Elle n'avait pas osé avouer à Gabriel le vrai motif de ces convulsions et de ces rêves. Elle voulait se convaincre d'abord, lever tous les doutes qui l'envahissaient, comprendre et réaliser que tout cela avait peut-être un sens, que c'était un de ces caprices du destin, une folie du sort, une coïncidence inique mais bien réelle. Son corps en portait les stigmates, son cœur la blessure et une ombre couvrait à jamais sa vie. Pendant des mois après le viol, il y avait eu les ténèbres, le vide dans lequel elle avait plongé et maintenant ce cauchemar, ce monstre masqué avait un visage, un corps. Le fantôme avait pris forme humaine, substance, et cet être lourd, obscène, venait combler ce néant qu'elle avait fini par accepter comme un fardeau nécessaire. Le destin avait subitement décidé de jeter son bourreau sur sa route, d'interrompre ainsi la froideur de son deuil.

Après l'horreur et l'amertume, elle avait fini par apprivoiser sa douleur qui lassait encore parfois ses nuits. La peine s'était installée tranquillement dans son existence, sans violence, et elle s'était mise à nourrir, de guerre lasse, ce déchirement comme une compagne, un chien trop fidèle.

Son agresseur était un homme, plus un démon. Cela la troublait profondément comme si son apparition avait ravivé la vieille blessure d'un combat contre le mal presque oublié. Elle ressentait, à nouveau, le feu du sabre plongé au fond de son ventre. Les images du malheur s'étaient estompées, brouillées après des jours et des semaines de veille et de désespérance, et voilà que l'abjection et l'horreur refaisaient surface au cœur de sa vie.

La mort et le sang remontaient à son souvenir, Claire avait tendu la main à cet homme à demi mort et elle l'avait ramené à la vie au péril de sa propre existence. Ce corps suspendu comme un dernier soupir à un rameau fragile, ces doigts s'étaient soudain remis à exister, grâce à elle.

Étrangement, elle ne trouvait plus la force d'éprouver de la haine, seules une grande indifférence et une profonde lassitude la traversaient maintenant.

Son regard se perdit alors dans les flammes de la cheminée et, à voir danser ainsi ce feu et se consumer paisiblement les bûches, son corps sentit comme une douce chaleur l'envahir. Elle eut l'impression de retrouver un peu de son âme, de se réconcilier avec elle-même. Elle était calme. Elle se leva. Avec des gestes lents, elle se mit au piano et joua les premiers accords d'une sonate. Elle ne s'était pas assise à son piano depuis de longues semaines et la caresse de l'ivoire familier, le poli des touches froides lui donnèrent un frisson. Ses doigts coururent sur le clavier comme une danse, ils sautillaient, ondulaient et les notes montaient de l'instrument, victorieuses, chantantes. On eût dit qu'une lumière sortait des entrailles de la table d'harmonie. Le visage de Claire rayonna lui aussi, à chaque mesure, à chaque phrase, puis elle ferma les yeux et deux grosses larmes coulèrent sur ses joues.

XVIII

Mort en sursis

LE MAUVAIS TEMPS S'INSTALLA encore pendant une à deux semaines sans que le pays connaisse le déluge ou la tempête de ce dernier mois de révolte du ciel. La nature s'apaisait tout en poussant, néanmoins, par soubresauts, rafales, bruines et gelées soudaines. Les gens sortaient de chez eux, rafistolaient, rebâtissaient, calfeutraient leurs logis comme en prévision d'un nouveau cataclysme. Ils regardaient les cieux, les nuées et reniflaient l'air en quête d'un signe ou d'un souffle annonciateur de nouvelles catastrophes. Les anciens et leurs intuitions faisaient recette et l'on attendait les verdicts des papés et mamés comme les nouvelles du front d'une guerre contre l'invisible. Les regards se croisaient, s'interrogeaient et les mots se faisaient rares de peur de trop en dire et d'offenser l'indicible puissance des cieux. On restait humble et déférent envers cette nature soudain devenue sauvage. Certains vieux vilipendaient la vie moderne, les avions ou la bombe atomique. Pourtant, ils sentaient bien que le monde changeait tout autour d'eux.

« Tout est bouleversé… jusqu'au temps qui ne tourne pas très rond, tout va trop vite », disaient-ils.

Le ciel régnait en maître sur cette terre et ses hommes et il ne laissait que peu de place à la révolte ou aux grands questionnements. On acceptait son sort et certains villageois baissaient la tête en signe d'humilité, ils se sentaient minuscules et sans défense face à la nature, voire coupables d'avoir amené le progrès, les centrales nucléaires, les guerres et d'avoir déclenché ainsi l'ire du Créateur et l'inclémence des cieux.

Il fallut plusieurs jours pour que les nuages d'encre et les bourrasques se dissipent et disparaissent insensiblement par-delà les montagnes et les serres. L'*aïgalàs* et la *travèsse*[1], qui semblaient avoir joint leurs forces pour écraser le pays, s'étaient exilés vers d'autres terres de l'est ou de l'ouest, loin derrière l'horizon hésitant encore entre un gris de fer et un bleu indigo.

Le village pansait ses plaies. Des toitures avaient souffert, des tuiles s'étaient soulevées et avaient fini leur envol sur les dalles des rues, au milieu des cours. Des cabanes de jardin s'ouvraient à toutes les sautes du vent, les outils gisaient dans un amas de pots de fleurs, de caisses démantelées et de bobines de fil de fer. On réparait les volets battus en brèche, les portes gonflées des remises, on nettoyait les sols jonchés de branches et de débris de toutes sortes. Les vieux scrutaient encore le ciel de jour comme de nuit. À la tombée du soir, les fenêtres s'ouvraient parfois et une tête se penchait pour regarder la pâleur ou la rougeur de la lune. D'autres guettaient les signes d'agitation des poules, observaient le vol des corbeaux ou tendaient l'oreille au cri des bêtes. Le pipit, la pie-grièche, la chouette et leur chant devenaient autant d'indices pour interpréter un cumulus flâneur ou le rose inhabituel du petit matin.

1. *Vents régionaux.*

Le travail avait repris dans les bois et les montagnes. Au village, les voitures et camionnettes circulaient à nouveau sur la place redevenue vivante. La Berthe faisait sécher devant son café des tapis et deux sièges qui avaient pris l'eau, et sur les cordes à linge dans les cours et aux fenêtres pendaient des serviettes, des paires de chaussettes, des chemises qui donnaient à Saint-Just les airs d'une petite bourgade napolitaine. Les bruits familiers emplissaient à nouveau les ruelles, des cris d'enfants, des aboiements de chiens ou le bêlement de quelques bêtes sur le chemin de la *pasture.* La terre restait un cloaque dans toute la vallée, le pays semblait un immense fond d'océan dont l'eau se serait retirée en laissant derrière fondrières, mares étales, saignées et rigoles régurgitant boue liquide, spasmes d'une eau bistre et clapotante.

L'homme, sauvé des eaux, n'était sorti de son lit que trois jours après la fin du déluge. Pendant tout le temps de sa retraite, il avait gardé le lit, avait refusé toute nourriture, à part un bout de saucisse sèche qu'il avait légèrement grignoté puis jeté à son chien. Sa petite fille en avait pleuré, craignant de le retrouver mort en rentrant de l'école. Il avait avalé un bol de bourrache d'un trait en grognant comme son animal et n'avait même pas voulu mettre à sa bouche l'*aïga boulida*[1] que lui avait préparée son épouse.

Il n'était pas allé ouvrir sa menuiserie. Il faut dire que le travail ne se pressait pas à sa porte. C'était un homme bougon qui faisait souvent fuir les clients du fait de son caractère de cochon et du retard dans ses livraisons de meubles. Il passait plus de temps au café que dans son atelier, à jouer aux cartes et bavarder avec des amis chasseurs

1. C'est une soupe simple avec de l'ail, du thym, de l'huile d'olive et des tranches de pain rassis.

comme lui. Il vivait un peu aussi sur le salaire de sa femme qui faisait des ménages pour le maire du village.

Suite à l'injonction de son mari, cette pauvre femme avait tenu les volets clos et, dans le noir de la chambre, il lui semblait entendre des cris comme si quelqu'un se battait puis venaient ensuite des plaintes comme des sanglots d'enfant. Effrayée, sa femme était entrée plusieurs fois dans la pièce mais avait été accueillie par des vociférations et des injures. Elle avait fini par renoncer et attendait non loin de la porte ou sur le canapé. Elle eût souhaité appeler un médecin mais la voix de son homme avait paru si furieuse qu'elle n'avait pas osé braver sa colère. Elle avait lavé ses vêtements souillés et ses chaussures boueuses, avait préparé de la nourriture pour son réveil et avait eu même le temps de réparer un bout de gouttière qui s'était affaissé sous les coups de bourrasque. Quand il sortit enfin de sa prostration, il se jeta un peu d'eau sur le visage, s'essuya sur sa chemise puis enfila des habits propres avant de gagner la cuisine sans un mot distinct. Ce n'étaient que murmures et grommellements. Ses cheveux se dressaient en un gros épi de paille sale, son visage n'avait aucune expression, seuls ses yeux, cernés, bouffis par la fatigue et l'hébétude de ces trois jours d'isolement, roulaient et sondaient les lieux comme si ce fût la première fois qu'ils découvraient cette maison.

« Alors, tu vas mieux ? » demanda son épouse.

Elle avait les traits aussi tirés que lui. De larges rides semblaient être apparues en quelques jours sur son visage, elle n'avait pas dormi, guettant un signe aimable, mais elle n'avait entendu de la chambre que des bruits comme si elle hébergeait dans sa demeure un vieux solitaire égaré.

« Ça va… » grogna Antoine sans se retourner.

Elle n'insista pas et reprit son travail près du fourneau en hochant la tête.

Le lendemain, il sortit de la maison, longea la rue et marcha un peu en direction de la place puis il se ravisa et se dirigea vers la montagne. Un vent froid glissait encore entre les arbres et filait sur le chemin comme dans un corridor, berçant les arbousiers et les bruyères d'un va-et-vient de houle. Son corps tremblait, sa respiration hésitait et son cœur battait la chamade mais il avança vers la lisière de la forêt et, là, s'assit sur une souche. Tout autour de lui, l'eau ruisselait encore dans le moindre interstice de terrain et dans les herbes, les troncs luisaient comme des couleuvres noires sous la lumière du soleil. Ses chaussures s'enfoncèrent dans le sol gras et l'homme jura dans sa barbe. Le ciel avait changé, il avait pris des teintes mauves de lavande et, même si un léger voile le couvrait encore, il étirait l'espace et éclairait à nouveau la terre d'une douce radiance. L'homme sentit cette chaleur sur son visage et ferma les yeux.

Il lui fallait revenir au village, reprendre sa routine, son travail. Déjà, son vieux camarade était passé pour demander de ses nouvelles et attendait son retour au café de la Berthe pour taper le carton et parler chasse. Tous les chasseurs allaient s'inquiéter d'ailleurs de ne pas le voir venir au repas dominical. C'était pour demain. Son chien l'avait suivi et il furetait dans les fourrés, jappait au moindre bruit de branche, puis il retournait vers son maître, tournait autour de ses jambes en attendant des ordres qui ne venaient pas. Il était maculé de la boue du chemin, s'était vautré dans quelque flaque et son museau ressemblait à un paquet d'argile percé d'une grosse langue pendante.

« Allez, pousse-toi de là ! » gronda l'homme en lui bottant le train.

Le chien gémit un peu puis recommença sa ronde.

De retour au village, il passa devant le café et regarda par la vitre si son compère se trouvait à l'intérieur. Il y était et il sortit tout de suite le voir.

« Oh, l'Antoine, alors, ça fait un *sassi*[1], dis, je croyais que tu étais mort !

– Moi aussi… répondit l'homme taciturne. J'ai fait un plongeon dans le ruisseau, alors j'ai dû attraper la fièvre… avec toute cette pluie et ce vent du diable, ça m'a complètement *desvarié*[2] !

– Je le vois… reprit son ami. Boudiou, tu as pas bonne mine, tu auras besoin de te *requinquiller*. Viens boire un canon, ça peut pas te faire du mal ! »

Ils entrèrent dans le café. Il y avait trois ou quatre clients attablés et un vieil homme appuyé sur le zinc du comptoir, silencieux, le regard perdu au fond de son verre. La Berthe remontait une caisse de bière de la cave lorsqu'elle vit l'homme.

« Alors l'Antoine, on t'a pas vu ces derniers jours, tu en fais une drôle de tête ! Tu as vu ce *rambal*[3] que nous a fait ce couillon de temps, ça m'a inondé ma cave… Vé… j'ai eu de l'eau jusque sous les tables ! J'ai bien essayé de reboucher des trous que l'eau avait faits mais c'était comme essayer de tuer un âne avec des figues molles ! »

C'est le vieux qui prit la parole :

« Il s'est tombé dans le ruisseau, le pauvre, regarde, il est pas *espoumpi*[4], il avait la crève ! Donne-nous un petit coup de rhum, ça va le remonter, et moi aussi pour l'occasion. »

La Berthe posa sa caisse, s'essuya les mains et servit les deux hommes.

---

1. *Un bon bout de temps.*
2. *Déboussolé.*
3. *Bazar, désordre.*
4. *En forme.*

« Toi, tu t'es pas mis à la flotte, la pluie t'a pas inspiré, eh ? Tu perds pas une occasion.

– Ma foi, on sait jamais, dit le vieil homme en souriant. Il vaut mieux prévenir que guérir, n'est-ce pas ? Je peux sortir, là, maintenant, et m'attraper un froid… alors, un petit verre et ça maintient au chaud ! »

Ces derniers mots suivis d'une tape sur l'épaule firent naître un petit sourire sur le visage d'Antoine. Les deux hommes restèrent un moment au comptoir à deviser sur le temps et sur les dégâts qu'il avait causés. Les joueurs de cartes avaient levé la tête et renchérissaient sur les conséquences de la tempête.

« Et c'est peut-être pas fini, avertit l'un d'entre eux, c'est l'Autre, là-haut, qui en décidera ! »

Le client du comptoir, qui était resté silencieux jusque-là dit sans se retourner :

« *Quand bouffo l'aïgalàs, de plueijo tant qué voudras*[1] *!* »

Un client hocha la tête d'approbation mais ajouta :

« *Béléou bé*[2]… papé, mais je crois que c'est fini, vous avez vu hier soir ? La lune est blanche, c'est bon signe ça, non ? »

Le vieux continua :

« On a pas dû voir la même lune… La mienne était bien pâle et ça marque mal ! »

La Berthe prit le relais :

« Oh, le père, vous allez pas nous *enfachiner*[3] avec toutes vos lunes et patin couffin ! On en a eu assez comme ça ! »

Pendant tout ce temps, Antoine était resté à l'écart, un peu absent, et sirotait son verre de rhum. Sa main tremblait encore et son regard hésitait à se tourner franchement vers son camarade ou vers la Berthe. Il préférait lorgner

1. « Quand l'aïgalàs (vent qui peut venir de l'ouest, du sud-est ou de l'est) souffle, tu auras de la pluie à foison. »

2. Peut-être bien.

3. Porter malheur.

du côté de la salle vide, vers le billard puis revenir sur ses doigts nerveux dont il n'arrivait pas à contrôler l'agitation. Quand il eut fini sa lampée de rhum, il coupa la parole de son ami :

« Oh, excuse-moi mais il faut que j'y aille, je suis encore un peu estourbi, et puis ma femme et ma fille m'attendent…

– Tu es sûr que tu en veux pas un autre ? dit son ami un peu chagriné. Eh bien tant pis, à demain alors… pour notre repas ? Je pense que tout le monde sera là, et toi tu seras reposé, pas vrai ? »

L'homme acquiesça et sortit tandis que son compagnon commandait une autre tournée. Il lui fit un petit signe de la main et disparut.

Au moment où il quittait la place pour s'engager dans la ruelle qui le conduisait chez lui, il vit une femme venant en sens inverse. Elle portait un châle sur la tête et marchait droit devant elle à grandes enjambées malgré sa petite taille. Il n'eut pas le temps de changer de trottoir et, quand elle arriva à sa hauteur, elle leva les yeux vers lui. C'était l'Adeline de Cadapuech. Elle le fixa un moment qui sembla durer une longue minute pour l'homme puis elle dit :

« Salut, l'Antoine… tu vas bien ? Dis-moi, tu as pas fraîche mine…

– Je sais… euh… j'ai été… malade, hésita-t-il. D'ailleurs, je rentre vite chez moi… Au revoir.

– Au revoir… et… » répondit-elle mais elle n'eut pas le temps d'en dire plus car l'homme avait filé et rasait maintenant la façade des maisons.

Ses bras étaient croisés sur sa poitrine pour maintenir le manteau bien serré. Une légère bise froide soufflait dans le couloir de la rue déserte et soulevait quelques papiers et des feuilles, une porte claquait sur le balcon voisin, des volets grinçaient sinistrement. Elle regarda la silhouette de cet homme un instant car il tourna très vite dans une venelle perpendiculaire et disparut. Elle resta pensive même lorsqu'elle reprit sa marche et traversa la place. Une camionnette passa devant elle, son coup d'avertisseur la fit sursauter et elle sortit subitement de sa distraction. C'était le boucher et son Estafette. Il lui fit un signe de la main et poursuivit sa route.

Adeline prit le chemin de la maison de Claire. Cela faisait assez longtemps qu'elle n'avait pas vu la jeune femme et la petite Suzette. Quant à Gabriel, il n'était pas monté à Cadapuech depuis au moins trois semaines. Il y avait eu le déluge de ces derniers jours et elle avait voulu voir sa famille, en bas, dans la vallée.

Sa silhouette minuscule fonça sur le sentier, point noir courant entre les arbres, elle zigzagua, sautilla comme à la marelle entre les flaques. Elle semblait compter ses pas, regardait parfois devant elle mais suivait, tête baissée, le chemin, ignorant le froid vif et les coups de vent brusques s'engouffrant dans l'étroitesse du sentier.

Elle frappa à la porte. Claire apparut sur le seuil et prit tout de suite Adeline dans ses bras, tendrement, sans dire un mot, et elles restèrent ainsi une longue minute avant de se regarder droit dans les yeux.

« Alors, ma droulette, comment ça va ? Tu m'as manqué, tu sais… dit Adeline en lui caressant le visage. Tu es toujours aussi jolie… mais tu as l'air un peu fatiguée, non ?

– On t'a languie, nous aussi, mon Adeline, répondit Claire avec un sourire.

– Vous avez pas eu trop de problèmes, ici, en bas ? continua Adeline en s'approchant du feu. À Cadapuech, c'est pas bien beau mais alors, ici, quel bourbier ! Tout baigne, on se croirait dans un marécage !

– Mon Dieu, si tu avais vu cette tempête... de partout, ça tombait comme le déluge, renchérit la jeune femme. Depuis que je suis arrivée de Paris, je n'ai jamais vu autant de vent, autant d'eau en même temps, c'était terrible ! »

Les yeux d'Adeline s'arrêtèrent à nouveau plus longtemps sur la jeune femme.

« Et toi... ma petite ? Tu es sûre que tout va bien ? » poursuivit-elle.

Claire tourna la tête et appela Suzette. La petite avait entendu la voix de sa visiteuse préférée et dévalait déjà l'escalier avec des petits cris de joie. Elle courut dans le creux des bras que lui offrait Adeline et se câlina comme un petit chat en ronronnant des mots doux. Gabriel monta de la cave et embrassa sa vieille cousine.

« Ça va cousinette ? Comment ça s'est passé en haut ? demanda-t-il. Ça a dû souffler... et péter de partout ?

– Bon sang de sort ! Je t'en parle pas, on se serait cru dans une lessiveuse. La montagne, c'est une fontaine... répondit Adeline en le serrant dans ses bras.

– Et le mas ? continua Gabriel.

– Ne t'en fais pas pour lui ! Il en a vu d'autres et en verra de pires... et on sera plus là pour le voir... dit Adeline avec un sourire mutin.

– Comment ça... mon Adeline ! Tu vas vivre plus longtemps que la montagne ! » répliqua Gabriel en donnant une tape affectueuse dans le dos de sa cousine qui se dirigea lentement vers la fenêtre.

Elle regarda les hautes collines et les quelques nuages s'effilocher sur les cimes puis elle poussa un grand soupir.

« Boudiou ! Mon petit... non, non, je laisserai la montagne m'enterrer, tranquillement, quand elle le voudra, à son heure, et puis, tu sais, la vie m'a déjà donné suffisamment de malheurs pour occuper tous les jours qui me restent... alors non merci... Pourquoi la prolonger encore ?

Le tout, c'est de ne pas trop souffrir, savoir attendre, découvrir encore de belles choses… »

Gabriel ne répondit pas mais attira sa minuscule cousine vers lui et la serra dans ses bras au point qu'elle sembla disparaître dans son gros pull-over. Elle eut un peu de mal à s'extraire de cette masse, à reprendre sa respiration et il fallut une chatouille sous les aisselles de Gabriel pour qu'elle se dégageât complètement de son emprise avec un petit rire. Il sembla avoir retrouvé un instant une de ces facéties qui les avaient tant unis quand il était gamin et, à son tour, éclata d'un rire joyeux. Il se reprit un peu et proposa :

« Je suis content de te voir, cousinette, tu prendras bien un petit café ou alors pourquoi pas un coup de carthagène ? Avec le froid qu'il fait et le chemin que tu as fait pour venir jusqu'ici… Tu restes avec nous ce soir, n'est-ce pas ? Tu avais pas l'intention de repartir sur Cadapuech quand même ?

– Non, pas vraiment… répondit Adeline. Je pensais bien que mon jeune cousin et ma Claire me trouveraient un petit coin dans le *récantou*[1] et m'hébergeraient pour la nuit… Vous savez que je tiens pas beaucoup de place ! Bon, alors ce café ? Il vient ou je dois aller le prendre chez la Berthe ? »

Claire, Gabriel et même Suzette prirent cela pour une sorte de départ de course et tous les trois foncèrent vers la cuisine à la recherche qui de la tasse, qui du sucre ou de la cafetière, tout cela dans un bref chahut de vaisselle et de portes de placard qui s'ouvraient et se fermaient.

Adeline s'installa dans le fauteuil près de la grande cheminée. Une énorme bûche de châtaignier se consumait

1. Le coin de la cheminée, assez grand pour y loger une chaise ou un fauteuil.

lentement, les flammes jouaient sur le bois et leurs reflets irisés dansaient au milieu d'étincelles crépitantes. L'odeur du feu emplissait la pièce, une odeur légèrement âcre d'écorce et de rondins fraîchement coupés. Au-dessus du foyer, le chaudron ronronnait, les flammèches caressaient sa fonte noircie dans un ballet d'entrechats voluptueux. La chaleur de l'âtre alanguissait les gestes d'Adeline et elle goûtait à la quiétude du lieu et du moment. Elle ferma les yeux et sentit sur ses paupières la douceur des flammes. C'était un grand soleil, une vague tiède sur son visage, tout son corps se relâchait et se laissait bercer. Tout à coup, elle sursauta comme au sortir d'un rêve, des images lui traversèrent l'esprit, la vision d'un sourire perdu au milieu d'un brasier, des montagnes de feu et de cendres puis il lui sembla percevoir des cris, des craquements. Un visage apparut, d'abord indistinct puis les traits se firent plus nets, c'était l'homme qu'elle avait croisé en venant chez Claire : l'Antoine. L'homme la regardait fixement et semblait marmonner des paroles étranges, une sorte de prière inaudible. À cet instant, elle se redressa, se frotta énergiquement les yeux puis se leva d'un bond.

Claire revenait de la cuisine avec une grosse tasse fumante et quelques biscuits.

« Tu vas bien Adeline ? lui demanda-t-elle, surprise de la voir debout et légèrement agitée.

– C'est rien, répondit Adeline en se ressaisissant. Je m'étais assoupie… et je me suis réveillée tout d'un coup.

– Assieds-toi et dis-moi comment vont Augustin et Victor… poursuivit Claire.

Elles s'installèrent sur le canapé et parlèrent de Cadapuech. Gabriel et Suzette les avaient rejointes et tous les quatre évoquaient le mas, les bêtes et parlaient des coins connus des environs comme autant de futures promenades. Puis vint l'heure du repas et ils partagèrent la salade de pois chiches et la *bombina*[1]. Claire insista pour faire quelques beignets de pommes pour la tantine. Ce fut comme une petite fête. Claire et Gabriel sourirent et retrouvèrent une joie qu'ils n'avaient pas goûtée depuis des mois. Il avait ouvert une bonne bouteille de vin d'Ardèche et forcé un peu son habitude en buvant quelques verres de plus que d'ordinaire.

Après le dîner, Suzette alla se coucher et Gabriel ne resta guère plus longtemps avec les deux femmes. Il avait eu une dure journée à réparer un bout de toiture, le portail et à creuser quelques rigoles pour que l'eau du jardin s'évacue rapidement. Il bâillait, se passait la main dans sa chevelure folle, se redressait sur sa chaise mais le sommeil le gagnait peu à peu et il dut se résoudre à gagner la chambre.

« À demain, cousinette… Dors bien, je suis si content de te voir !

– Moi aussi, mon droulet, à demain ! » dit Adeline.

Gabriel mit un gros *souquet*[2] dans le feu avant de tituber légèrement vers la chambre. Avant de disparaître, il pointa son visage dans l'encadrement de la porte et lança aux deux femmes avec un petit rire :

« À propos, mesdames, la souche, c'est pour réchauffer vos fragiles petons et vos jolis petits *moures*[3] ! »

Claire jeta un coussin dans sa direction mais il tomba deux mètres plus loin sous les yeux étonnés du chat, réveillé par ce projectile incongru tombé du ciel comme une météorite de plumes.

---

1. Ragoût avec du collier de mouton, des pommes de terre et des aromates, de l'ail, etc.
2. Souche, gros morceau de bois.
3. Visages, minois.

Adeline et Claire restèrent un long moment devant la cheminée sans dire un seul mot. Elles regardaient les flammes, un bol de tisane à la main, respiraient lentement la douceur de la pièce. Tout était calme, seul le crépitement des nouvelles flammes autour de l'énorme souche et le tic-tac de la vieille pendule brisaient le mutisme un peu pesant de la nuit. Par moments, des coups de vent secouaient un volet ou faisaient rouler une pierre mais ces bruits insolites ajoutaient à l'impression de profond silence de la maison.

Claire regarda Adeline, puis baissa la tête et dit lentement :

« Je l'ai vu… Je sais qui c'est, je lui ai même sauvé la vie… Il allait se noyer dans le ruisseau et je l'ai sorti…

– Quoi ! Qu'est-ce que tu me racontes, ma fille ? demanda Adeline, soudainement agitée.

– Oui, je l'ai reconnu, dit Claire. C'est le même homme, un homme fort qui n'a que quatre doigts… »

Adeline sembla s'affaisser, disparaître au milieu des coussins du canapé. Son visage devint un masque livide qu'elle couvrit rapidement de ses deux mains.

« Mon Dieu ! souffla-t-elle à demi-mot, puis elle se ressaisit un peu : tu dis qu'il n'a que quatre doigts ?

– Oui, je l'ai vu, et puis je me souviens trop bien de ses quatre doigts qui me serraient la gorge, répondit la jeune femme. C'étaient la même main, le même souffle, la même odeur, et puis je l'ai lu dans ses yeux, il s'est pratiquement enfui quand il m'a regardée…

– Non, c'est pas possible, mon Dieu, c'est horrible ! soupira Adeline. Et tu n'as rien dit ! Ma pauvre petite fille… Je sais qui c'est, c'est le menuisier, l'Antoine, l'ordure… »

Claire continua :

« Oh, si Gabriel l'apprend, je crois qu'il le tuera, je le sais… Écoute, ne dis rien, Adeline, il y a eu assez de malheurs dans nos vies… encore un scandale, un procès…

Et puis le village n'a pas besoin encore de ça, d'autant que ce sera sa vérité, celle d'un gars de Saint-Just contre la mienne, celle d'une étrangère, on ne me croira pas et tout cela va remuer la boue… Et, pour ma petite Suzette, je ne peux pas revivre ces moments, tous les détails, tout ça, non…

– Mais, ma petite, clama Adeline, c'est un monstre, il voulait te tuer !

– Mais il m'a tuée… dit Claire en retenant ses larmes. Même si j'essaye d'oublier, même si la douleur me laisse parfois plus tranquille, j'ai toujours son odeur, sa honte dans mon ventre, je sens cette violence et j'ai encore envie de crier… En me violant, il m'a tout pris, ma dignité, l'estime que j'avais de moi-même… Il m'a volé mon âme… Je crois qu'il nous a damnés tous les deux pour l'éternité.

– Ma pauvre petite, ne dis pas ça… tempéra Adeline en la prenant dans ses bras. Quel malheur ! Qu'est-ce qu'on a fait au monde, à Dieu et à tous ses saints pour subir ces épreuves ? Pauvres de nous… En plus, le salaud, je l'ai croisé tout à l'heure en venant chez vous. »

Elles se turent à nouveau pendant de longues minutes. Adeline avait fermé les yeux mais, au-dessous de ses paupières closes, deux larmes coulaient. Claire fixait les flammes, respirait lentement et sentait son cœur plus tranquille maintenant. Elle avait pu confier ce secret à Adeline, si douce et si proche d'elle. Elle pensa à sa mère, Mireille, à son sourire, à sa voix de gamine. Elle eût voulu l'appeler, la revoir et lui dire combien elle lui manquait. Un bruit de pas dans la chambre de Suzette la ramena à la réalité. La petite apparut au seuil de la porte en se frottant les yeux, puis elle courut dans les bras de sa mère.

« Maman, j'ai fait un mauvais rêve… Y avait un méchant monsieur qui me poursuivait avec un gros bâton…

– C'est rien, mon ange, dit Claire en la consolant par une série de baisers et de caresses. Il est parti maintenant, il sait que tu es là avec moi, dans notre château, et personne ne peut te faire du mal… regarde ! »

Elle remonta sa manche et brandit son biceps à la manière d'un lutteur de foire.

« Touche-moi ça, gronda-t-elle avec un sourire. Tu crois que quiconque voudrait s'approcher de nous, en voyant ces muscles… même dans un rêve ! Je les travaille tous les jours, tu sais ?

– Non, maman, dit la petite fille rassurée, tu es la plus forte du monde !

– Bien, tu sais qu'il est très tard, continua Claire. Demain, l'école reprend, les intempéries sont finies, il y a un maître, pas loin de toi, qui dort, lui, et qui réveillera sa meilleure élève dès 7 heures du matin, je pense pas qu'il veuille que cette petite fille bâille toute la matinée… »

Adeline, pendant tout ce temps, était sortie de sa rêverie et caressait la petite fille avec un sourire.

Après avoir envoyé des dizaines de baisers à Adeline et à sa mère, Suzette fila sur la pointe des pieds en direction de sa chambre.

Claire serra très fort la main de cette femme, à ses côtés, immobile et silencieuse.

« C'est le premier amour de ma vie, enfin… ce qui en reste, poursuivit-elle, et puis il y a Gabriel, il n'y a que ça qui compte et qui me fait continuer…

– Et cela en vaut la peine… tu peux en être sûre », répondit Adeline.

Ce ne fut que très tard dans la nuit que les deux femmes décidèrent de prendre un peu de sommeil.

« Je suis très bien sur le canapé, près du feu, dit Adeline. Va te coucher, il ne te reste que deux à trois heures avant que le jour se lève.

– Tu as une couverture sur le fauteuil, à côté de toi, si tu as froid… indiqua Claire en lui lâchant la main qu'elle n'avait cessé de tenir.

– Je te promets, ça ira, ma douce… » assura Adeline en s'enfonçant dans les coussins.

Claire l'embrassa et gagna sa chambre avec la délicatesse d'un ange.

Adeline resta éveillée presque toute la nuit. Elle regardait le feu souverain, encore palpitant autour du tronc vaincu par les petites torches et les feux follets quand un sommeil agité, sommaire eut finalement raison de sa résistance et de ses mauvais songes.

XIX

Le commandeur

ADELINE ATTENDIT LA FIN du repas de midi, le lendemain, pour revoir tout son petit monde de retour de l'école et prendre congé. Elle était restée avec Claire toute la matinée. Bras dessus, bras dessous, les deux femmes avaient fait le tour du jardin et s'étaient promenées sur les sentiers alentour. Adeline parlait peu et écoutait la jeune femme, ses angoisses, la peur que la vérité éclate au grand jour et éclabousse encore la famille, même jusqu'à Marseille. Bien sûr, elle souhaitait que cet acte soit jugé mais peut-être pas par la justice des hommes. Elle aspirait avant tout à la paix et ne voulait plus revivre ce traumatisme, les journaux, les gendarmes, retourner sur les lieux pour une reconstitution, imposer encore tous ces mots, ces images à Suzette et se mettre à dos encore toute une partie du village qui aurait continué à ne pas la croire. Elle voulait préserver sa famille.

Les heures passèrent très vite et Adeline dut se résoudre à partir. Elle voulait se donner le temps de rentrer à Cadapuech, arriver avant le soir et préparer le quotidien de la journée du lendemain.

Adeline quitta le village et se mit en marche vers le mas. Le soleil, qui avait percé pendant plus de la moitié du jour, déclinait maintenant en même temps que sa force. Le chemin s'éventrait par endroits et l'eau coulait, libre, encore bondissante, lissait le rocher à fleur de terre, charriait, gloutonne, galets et boue dans de petits torrents avant de plonger dans les fossés et les crevasses du sol. Des milliers de sources murmuraient en vaguelettes claires ou de minuscules cascades. L'air sentait l'humus, la terre détrempée, l'odeur des racines et la fibre de bois. Adeline remontait le chemin serpentant entre les châtaigniers, elle s'arrêtait parfois pour écouter les bruits. À quelques mètres d'elle, une grive sautillait sur une branche, plus loin, entre les fougères, courait un chevreuil en direction de la forêt. Le ciel s'obscurcissait, les ombres s'allongeaient et la fraîcheur montait de la terre. Adeline accéléra le pas, il lui restait encore une heure de route à travers les bois, elle devait remonter sur la barrière rocheuse en la contournant par l'ouest, suivre le petit à-pic couvert de baies dont raffolent les merles bleus ou les martinets noirs. Elle aimait ces passages taillés dans la roche, surplombant les bois de hêtres et plus bas les châtaigneraies. Elle s'arrêtait toujours quelques minutes pour contempler le pays. C'était un peu sa terre, son domaine de serres et de valats d'où montaient toutes sortes de rumeurs, des bruits d'hommes et de bêtes.

Tout au long du chemin, même si Adeline retrouvait ses repères, son territoire à l'approche du mas, et même si elle ressentait du plaisir à la pensée de retrouver Augustin, le vieux Victor et sa maison, elle ne pouvait s'empêcher de repenser à Claire et à sa vie, brisée par ce monstre d'Antoine.

Le chien avait senti Adeline arriver sur le chemin du mas et était venu à sa rencontre. Il poussait de petites plaintes, se contorsionnait en agitant la queue puis aboyait à la lune déjà bien visible dans le ciel.

Quand elle entra, Augustin finissait de trier les haricots, elle s'approcha de lui et lui fit une caresse sur la tête. Victor était encore dehors et rentrait les bêtes dans la remise. On l'entendait hurler après une chèvre récalcitrante toutes sortes de mots en allemand dont la biquette semblait ne pas s'accommoder car elle bêlait aussi fort que lui.

« Quel *calud*[1] ! dit Augustin. Il a pas plus de cerveau qu'une *bédigue*[2] ! Tu sais pas ce qu'il m'a fait aujourd'hui ? Je l'ai vu *rousiguer*[3] un os, oui... tout seul près de l'acacia... Je sais pas d'où il le sortait... Il a dû le trouver près des rochers, tu sais ? Là où les éperviers ont niché, il est complètement *madur*[4] !

– Mais non, répondit Adeline en souriant, un peu simple, c'est tout... Tu vis avec lui depuis des années, tu sais bien que parfois y a un petit boulon qui se détache... Il est pas méchant... et c'est notre famille...

– À propos de famille, demanda Augustin, comment vont les enfants ? Y a dû y avoir du grabuge en bas, non ? À voir ce que ça a donné ici, ils ont dû déguster !

– Ma foi, ils vont assez bien... répondit Adeline. Eux, pas trop de dégâts mais il faut voir les abords du village, tout a été creusé, emporté par le ruisseau... Les champs, on dirait des lacs !

– Je le savais et, en plus, je l'avais vu venir ! ajouta-t-il. Rappelle-toi, la nouvelle lune est tombée un mercredi... *Luno mercrudo, femno barbudo, en cent ans n'i a prou d'uno*[5] *!* C'est la tempête du siècle ! Et c'est peut-être pas fini !

1. *Fou.*
2. *Brebis.*
3. *Ronger.*
4. *Fou.*
5. *« Lune du mercredi, femme barbue, tous les cent ans, il y a en a assez d'une. » Lune nouvelle, lorsqu'elle commence le mercredi, est réputée mauvaise.*

– Arrête, l'Augustin, de dire ça, intervint Adeline en mettant la main sur sa bouche. Tu crois qu'on a pas été assez enfachinés comme ça !

– Et la petite ? continua l'homme. Elle se remet un peu ? Et on sait toujours rien de l'autre ?

– Euh, non… hésita-t-elle un très court instant, ce qui n'échappa pas à Augustin.

– Qu'y a-t-il encore ? dit gravement Augustin. Tu as du nouveau ?

– Mais non… répondit rapidement Adeline en détournant le regard et en se dirigeant vers sa cuisine. Toujours rien… et c'est bien malheureux pour cette petite, elle aura jamais la paix… elle portera cette croix toute sa vie !

– Je suis sûr que c'est un de ces chasseurs ! Je les ai vus plus d'une fois regarder notre Claire comme s'ils avaient jamais vu de femmes ! En plus, à Saint-Just, c'est que des ivrognes ! Tous des malades ! Qui sait ce qu'il peut se passer dans leurs têtes ? »

Il se tut et continua à trier les haricots. Sur ces entrefaites, Victor entra, un immense sourire sur le visage, suivi du chien haletant et frétillant encore de l'arrivée récente de sa maîtresse.

Il se pressa pour se mettre près du feu et se frotter les mains, puis il se tourna vers Augustin. Deux ou trois grognements suffirent au maître de maison pour comprendre que le travail dehors était achevé. Le vieil homme s'installa dans son coin, sur sa chaise dépaillée, et parla encore, tout seul, en regardant le feu. Il souffla comme un chameau, se recroquevilla et poussa alors une petite plainte de contentement.

Adeline ne fut pas la même au cours des deux semaines qui suivirent, elle tournait en rond, semblait parler toute seule. Elle était distraite et oubliait de sortir le fourrage, de récupérer son linge ou de saler la soupe. Augustin ne disait rien mais savait qu'elle n'allait pas bien depuis sa visite aux enfants à Saint-Just. « Elle me cache quelque chose, pensait-il. La petite va peut-être plus mal et elle veut pas me le dire. »

Ce fut un 4 mars, exactement trois semaines après qu'Adeline eut appris la vérité sur l'agresseur de Claire, qu'elle le rencontra à nouveau, par hasard, dans une clairière. Il ramassait des rosés-des-prés. Depuis tous ces jours, loin de Saint-Just, elle ne tenait plus en place, souffrait intérieurement de ce secret qu'elle partageait avec la compagne de Gabriel et voyait, elle aussi, le drame se répéter continuellement sous ses yeux, elle sentait le regard et la main de cet homme, imaginait son rictus et sa morgue.

Quand elle le vit, elle s'approcha de lui et, lorsqu'il fit mine de s'en aller, elle lui prit la manche et lui dit :

« Dis… toi… j'ai à te parler…

– Moi, j'ai rien à vous dire… laissez-moi ! » répondit-il.

La carrure de cet homme devait représenter deux fois la taille de la minuscule Adeline mais elle se mit en travers de sa route et sa voix se fit grave et mordante. L'homme s'arrêta net, croisa les bras tout en regardant le sol.

« Je sais tout, Claire m'a tout dit… Je sais que c'est toi, elle t'a reconnu », poursuivit-elle en essayant de fixer son regard, mais il se mit à s'agiter comme un ours sur sa chaîne et tenta de contourner Adeline.

Elle se replaça en face de lui.

« Écoute-moi, je te dis ! » cria-t-elle.

Ce cri sortit de ce bout de femme avec une telle ampleur que l'homme se figea devant elle. Il ne put que répondre les yeux baissés :

« Tu mens, Adeline… C'est impossible… Elle peut pas.

– Claire a vu que c'était toi, tes doigts… elle a senti que c'était toi… mon salaud… Et là, je le sens aussi !

– C'est pas possible ! s'écria à nouveau Antoine. Non, ça se peut pas…

– J'ai honte pour toi, pour Dieu et pour ta famille, ta femme, ta petite fille, le monde entier qui va bientôt le savoir ! » cria-t-elle.

L'homme resta bouche bée un moment, se coucha à même le sol et hurla comme une bête en mordant la terre. Au milieu de sanglots et des cris, il parvint à demander :

« Pourquoi tu me dis tout ça ? Tu veux me tuer ?…

– Pourquoi, hein ? Pourquoi… toi, tu sentirais pas, à ton tour, ce que c'est que la douleur ? La peur ? Et pourquoi tu verrais pas un peu de cette horreur que tu as fait endurer aux autres ? À cette pauvre femme et à sa fillette… Tu es un monstre, Antoine, un pauvre monstre pitoyable, tu as détruit une vie. Eh bien, sois le bienvenu en enfer, mon misérable ami… et que Dieu essaye de pardonner ton vice et la violence qui est en toi ! »

Adeline le regarda encore un instant, à terre, enroulé sur lui-même et gémissant, puis elle s'éloigna. Sur le chemin du retour, elle fut néanmoins prise d'un remords et faillit revenir sur ses pas, mais elle se ravisa et poursuivit sa route, songeuse. Peut-être avait-elle enfreint une loi divine en se vengeant de la sorte, en détruisant ainsi un homme.

Elle avait été l'exécutrice, le bras vengeur de sa Claire, Némésis en personne, pour sauver ce qui pouvait l'être.

Elle regarda le ciel, un faucon pèlerin planait, placide, au-dessus du vallon et il trompeta ironiquement en s'envolant vers la barrière rocheuse. Elle ne put rentrer tout de suite à Cadapuech, il était encore tôt et il lui fallait s'écouter, entendre aussi la nature tranquille tout autour d'elle pour apaiser son trouble profond.

Une brise légère chassait des nuées sur la crête des montagnes, l'air était vif et pénétrait son corps, des effluves de pin et de fleurs sauvages montèrent jusqu'à elle. L'espace, devant elle, s'ouvrait immense, lumineux et sonore. Elle regarda son territoire comme le miroir tendu de sa vie. Tout lui parlait, la terre, le ciel. Elle puisait de la force dans les lois inexorables et l'harmonie de la nature. Cette dernière est souvent crue, féroce. Adeline avait le sentiment qu'elle avait été tout aussi impitoyable mais cette cruauté avait une cohérence avec l'ordre des choses et du monde.

Elle venait de trouver maintenant un sens à son geste et ne regrettait rien. Son bras avait en quelque sorte rendu une justice immanente, en accord avec sa conscience.

Elle reprit son chemin vers Cadapuech. Au loin, le faucon tournoyait encore et son cri grêle et sec emplit le vallon d'un son perçant et ténébreux.

XX

L'ordre du monde

ADELINE RENTRA en fin de journée à Cadapuech. Augustin n'était pas à la maison. Il devait probablement donner à manger au cochon dans le *cortil.* Il faut dire que l'heure fatale de la brave bête approchait et qu'il soignait méticuleusement les futures côtelettes et le jarret du mammifère avec des débris de châtaignes, des épluchures et de la repasse, tout cela dans les eaux grasses de vaisselle. Augustin répétait inutilement à Victor : « *Los porcs s'engraïssan pas end'aigo lindo*[1] », comme pour se persuader lui-même de cette bonne pratique ancestrale. Victor riait sans trop comprendre, non qu'il ne pratiquât pas le patois du pays mais plutôt parce qu'il n'écoutait guère et adorait touiller ce mélange peu engageant sans compter qu'il avait pris pour habitude d'y plonger le doigt pour le goûter.

Elle entra dans sa cuisine, mit son tablier et prépara le repas du soir. Ses doigts tremblaient encore un peu, son esprit se brouillait et elle ne trouva pas tout de suite son écumoire ni sa boîte à épices. Elle se rassurait petit à petit et se réjouissait intérieurement de ne pas avoir

1. *« Les cochons ne s'engraissent pas à l'eau propre. » Il faut bien nourrir son cochon.*

dû affronter, en arrivant, le regard perspicace d'Augustin. Elle avait tant de fois senti ses yeux se poser sur elle et lire dans ses pensées comme dans un livre ouvert qu'elle redoutait la confrontation de ce soir. Elle lui disait souvent : « Tu as un regard qui traverserait les murs ! » Ces quelques moments de solitude dans la maison lui permettraient d'effacer son trouble et de préparer une bonne figure.

Lorsqu'il entra dans la grande pièce, Augustin s'installa près de la cheminée tandis que Victor remettait une bûche et allait se blottir dans le coin.

« Arrête de *t'esquicher*[1] dans ce trou, lança Augustin à Victor, on dirait une *rataplane*[2] ! Sors un peu de là, c'est plein de suie ! »

Il n'obtint pour réponse qu'un vague grognement et un sourire édenté. L'homme, en plus, ne fit aucun mouvement décisif pour sortir de sa niche. Augustin ouvrit sa blague à tabac et se roula une cigarette. Au bout d'un moment, il appela Adeline :

« Adeline, ça sent le *rabiné*[3], non ? »

Une voix sortit de la cuisine :

« T'en fais pas, c'est juste les oignons qui ont un peu roussi, c'est prêt… »

Elle arriva avec une belle tarte et la déposa sur la table.

« Ça, c'est pour le dessert… Allez, on s'assoit… »

Le reste du souper était déjà prêt et ils se mirent à manger la soupe aux choux avec du fromage. Pendant tout le repas, Augustin avait regardé Adeline et avait bien senti sa gêne mais il s'était contenté de remuer la tête ou de jouer à picorer la table avec son laguiole. Victor avait lapé son assiette et mordait maintenant à grosses bouchées bruyantes dans une tranche de pain de seigle et un bout de

1. *Te serrer.*
2. *Chauve-souris.*
3. *Brûlé.*

ventrêche sans se soucier du silence environnant. Augustin se leva et reprit sa place près de la cheminée. Adeline débarrassa la table puis le rejoignit devant le foyer avec un morceau de sa tarte aux oignons.

« J’ai vu Claire, l’autre jour, dit-elle. Elle croit savoir qui est le type qui lui a fait ça... »

Augustin se leva de son fauteuil subitement et jeta sa pipe par terre.

« Oh, nom de Dieu ! s’écria-t-il. Je savais qu’on me cachait quelque chose... Qui c’est cette ordure que je l’*escagasse*[1] ? Dis-moi ! »

Adeline se retourna vers le feu et murmura :

« C’est le menuisier, l’Antoine, celui à qui il manque un doigt, elle l’a reconnu grâce à ce détail quand elle l’a repêché du ruisseau en crue l’autre jour. Il allait se noyer. Elle l’a sauvé, tu te rends compte... Elle est sûre que c’est lui. »

Augustin faillit s’effondrer. Il se cacha le visage comme pour crier, puis il s’assit à nouveau sur son fauteuil, lourdement, et se tint les mains jointes devant les lèvres comme pour une prière. Adeline continua :

« Je l’ai vu, aujourd’hui, et je lui ai dit ce que je pensais de son acte et de lui-même... Il était abattu, ébranlé, je crois qu’il n’y a plus rien à lui faire... Sa conscience le jugera. À quoi bon remuer encore toute cette boue, les gendarmes, tout ça ?... Et puis Claire en a assez de cette histoire. Bien sûr, elle est blessée mais elle ne veut pas aller plus loin. C’est plus entre nos mains...

– Cette *bestiasse* aurait pu te faire mal, te frapper, même te tuer, tu es folle de l’avoir affronté toute seule ! Tu te rends compte, ce malade ! hurla un instant Augustin.

– Il s’est senti trop coupable pour me faire du mal, à moi aussi... répliqua calmement Adeline.

---

1. *Écrase.*

Augustin se radoucit un peu.

« Ah… Je suppose que tu as bien fait… dit Augustin en lui prenant la main. Ne regrette rien, moi, je l'aurais tué d'un coup de manche comme un chien galeux… Il le fallait, il fallait l'achever, cette ordure ! Pour les enfants… »

Adeline continua tranquillement :

« Et tu serais allé en prison, vieux fou… »

* *
*

Ce fut cinq jours après que l'on découvrit le corps sans vie d'Antoine, pendu à la branche d'un gros figuier. Quand il ne rentra pas ce soir-là, sa femme, sa fillette et quelques amis chasseurs se lancèrent à sa recherche dans les environs, les bois et le bord des ruisseaux, mais sans résultat. Les gendarmes et leurs chiens se joignirent au groupe et ils le trouvèrent enfin dans un vallon isolé à quelques kilomètres du village. Il avait dû marcher pieds nus sur une assez longue distance car on ne retrouva pas ses chaussures et la plante de ses pieds était entaillée comme s'il avait marché sur des morceaux de verre. Ses bras ballants le faisaient ressembler à une marionnette accrochée à un clou. Il se balançait par la gorge à une cordelette de vigne, son visage était déjà d'un noir bleuté et des essaims de mouches tournoyaient autour de ses narines et de sa bouche ouverte. L'odeur de la mort rôdait autour de l'arbre et de ce corps mou. Étrangement, pas un seul oiseau ne chantait dans cette combe. On eût dit le silence pesant et recueilli d'une nef d'église, seul s'entendait le gémissement macabre de la branche sous laquelle le cadavre se balançait. Ses yeux exorbités regardaient encore devant eux et ils avaient conservé une dernière expression d'effroi, comme si l'ultime image imprimée avant son dernier souffle avait été celle du diable venu, en personne, réclamer son dû.

À quelques mètres du mort, on trouva un petit morceau de carton sur lequel le mot *pardon* avait été gribouillé. Le désespéré avait dû écrire ces lettres avec son propre sang avant de passer à l'acte. Son ami Étienne se signa plusieurs fois et se fit faire la courte échelle pour décrocher le malheureux. On descendit le corps sur Saint-Just dans une couverture, le cortège était silencieux et suivait le linceul de fortune à distance. Le soir tombait et le ciel s'était obscurci de gros nuages noirs, l'escorte pressa le pas tant par peur de la pluie que par le besoin de hâter l'enfouissement de ces restes dont l'odeur de décomposition avancée prenait à la gorge.

Tout le monde fit rapidement le lien entre le suicide de l'homme et le viol de Claire, et l'affaire fut classée par la gendarmerie de Florac. La femme d'Antoine ne se remit pas du décès de son mari et elle quitta avec sa fille le village pour rejoindre soi-disant une sœur près de Lyon. On ne la revit plus jamais à Saint-Just et la maison resta longtemps fermée. Les gens passaient devant la bâtisse en baissant la tête ou en se signant. Certaines mauvaises langues prétendaient qu'elle était maintenant hantée par l'esprit du pendu qui, banni du monde des vivants et même des morts, s'était vu condamné à errer jusqu'à la fin des temps dans les caves et les recoins de la maison. Cette demeure se vendit néanmoins à des Suisses moins naïfs et plus spéculateurs qui la transformèrent en résidence de vacances un mois par an.

Après le nouvel émoi que provoqua ce suicide dans la communauté du village et alentour, le calme s'installa à Saint-Just en même temps que le printemps. La mort de cet homme soulagea beaucoup de consciences et nombreux furent les gens du village qui tournèrent le dos à ce malheur en même temps qu'ils saluaient le départ d'un hiver particulièrement éprouvant pour les cultures et le moral. Ils avaient tous souffert de ce crime car il avait pesé sur toute la population, comme une famille frappée par un coup du sort, et chacun, selon son camp, était passé par la compassion, la sympathie ou bien même par la rancœur, voire la haine. La disparition de cet homme libérait dans un sens tout le monde d'un immense fardeau et l'on pouvait maintenant revivre après avoir été affranchis de ces sentiments coupables et ambigus. Même le maire sembla retrouver sa bonne humeur et il se montra ostensiblement flatteur envers tout le monde, saluait ses ennemis, souriait aux enfants et avait promis à ses administrés l'organisation d'une fête mémorable avant l'été.

Claire apprit la nouvelle du suicide le lendemain. Elle savait, comme tout le monde, qu'il avait disparu et que la moitié du village le cherchait, mais elle ne se figurait pas qu'il eût pu mettre fin à ses jours. Certes, il avait été profondément troublé par la rencontre avec sa victime, mais Claire pensait que, chez lui, dans son propre village, il saurait se faire oublier et qu'il jouirait ainsi pour toujours de son immunité de mâle. Elle était persuadée qu'il pourrait taire ce drame aussi longtemps qu'il le voudrait. Il lui suffisait de garder ses distances vis-à-vis de Claire, de poursuivre sa vie sans problèmes, de s'occuper de sa menuiserie, de ses sangliers ou de ses grives.

Elle accueillit cette mort avec une sorte de détachement, sans aucune passion. Cet homme et le malheur qu'il avait provoqué étaient devenus, paradoxalement, familiers comme une cicatrice que l'on garde, vestige d'une guerre lointaine. Au fond de son être, il lui arrivait parfois même d'imaginer que cet homme n'avait jamais existé, que tout ceci n'était qu'un vague cauchemar.

Néanmoins, le souvenir de ses mains, de sa bestialité revenait souvent comme une brûlure, une fièvre et elle savait que ce mal ne la quitterait jamais.

Gabriel resta silencieux et ses élèves, ce jour-là, le trouvèrent taciturne, distrait. Les enfants lui posaient des questions auxquelles il ne répondait pas, il regardait sans arrêt par la fenêtre. Quand la journée fut finie, il resta un long moment dans sa salle de classe, seul en face des bancs vides. Le monstre venait de disparaître sans qu'il eût pu le rencontrer, l'affronter. Il en ressentit une rage profonde, le sentiment d'avoir été spolié d'une vengeance légitime.

Il se leva et marcha entre les rangées de pupitres. Sur l'un d'entre eux, une fillette avait oublié un dessin représentant un grand soleil léchant un cornet de glace et, au-dessous, il y avait quelques mots à l'orthographe hésitante : *A Monsieur Larguier, mon maitre prèfèrè.* Il sourit et pensa : « Ma petite Mathilde, tu vas devoir réviser tes accents… »

Après tout, c'était vrai, la vie continuait, il y avait ses petits de la communale. Tous avaient besoin de lui certes, mais surtout Claire qui allait devoir livrer un autre combat, reconstruire une existence, retrouver un peu de soi dans un labyrinthe de vieilles peurs.

XXI

Le sang neuf

Le printemps en ce mois de mars se faisait attendre. Les prés semblaient hésiter encore à se couvrir de cette herbe jeune et tendre dont raffolent les bêtes. La neige était tombée vers le milieu du mois. Cette valse légère de flocons virevoltants avait surpris les bourgeons et les premières pousses mais n'avait duré que quelques heures, le temps de donner aux écoliers, agglutinés aux fenêtres de la salle de classe, l'excitation d'un Noël blanc. Cette fine pellicule de poudreuse recouvrit un instant les champs et les toits puis le ciel d'albâtre se creva et le soleil généreux se glissa dans la brèche. La lumière fut éclatante, elle réfléchissait sur la terre comme sur une banquise et sur cette mer figée, éblouissante, émergeaient des rochers sombres et des mamelons d'une verdure délicate, à croire que ce duvet blanc avait fécondé une nouvelle nature. Le froid avait rendu grâce et relâchait son étreinte argentée sur les aurores précoces. Au petit matin, des vapeurs faisaient encore illusion dans les hautes herbes et le sol exhalait encore les froideurs d'un autre temps, l'hiver agonisait et des bouffées de vie montaient de la terre, brassaient l'air d'effluves odorants et tièdes. Les oiseaux voletaient comme des insectes fous, gazouillaient dans les taillis, se chamaillaient aimablement dans les arbres ou enchantaient le ciel de ballets aériens et de fioritures extravagantes. Les bêtes s'agitaient dans les enclos ou au fond des étables, elles trépignaient d'impatience, secouaient leurs cloches et meuglaient ou bêlaient aux premières chaleurs du printemps.

Les hommes s'éveillaient aussi de la longue léthargie de l'hiver. Partout s'élevaient des voix, des bruits d'outils et de moteurs, des tracteurs et des Mobylettes se croisaient sur les routes, les sabots de quelques mulets et le grincement de carrioles s'entendaient encore sur les pistes rocailleuses et sur la place du village, le timbre clair de la bicyclette du facteur résonnait comme un appel au réveil de toute chose. Les livreurs et transporteurs acheminaient marchandises et matériaux jusqu'à Saint-Just et même plus haut. Il n'était pas rare de voir de lourds chargements suivre certains chemins à peine carrossables pour apporter à des propriétés distantes planches, sable et ciment. L'époque était aux grands travaux, à la construction ou au rafistolage. On occupait son temps libre à remplacer des lauzes sur les toits, à remonter des murettes, réparer des clôtures ou poser de nouvelles claies dans les magnaneries. Les jardins retrouvaient aussi un peu de jouvence après les sévères intempéries hivernales. Les hommes ou les femmes binaient la terre, tiraient des lignes, plantaient leurs semailles. Le sol des potagers ou des champs sentait encore la moiteur des jours pluvieux, mais il transpirait maintenant des odeurs d'humus et de glèbe fraîche.

À Cadapuech, Augustin, Adeline et Victor, eux aussi, étaient sortis de l'assoupissement hivernal pour se consacrer aux tâches journalières du mas. Dès potron-minet, ils rangeaient la remise, s'occupaient des bêtes, luchetaient la terre alentour, plantaient de nouvelles graines.

Ce jour-là, une ou deux pierres s'étaient descellées dans l'escalier en encorbellement d'une faïsse et Augustin s'était mis au travail pour consolider son ouvrage. Plus bas, Victor avait entrepris de nettoyer la *paissieira*. Ce barrage, qui servait à l'irrigation des cultures, avait amassé, depuis le déluge qu'ils avaient connu, des débris énormes de branches et même des troncs d'arbre de sorte que l'eau s'écoulait mal et de la saleté végétale croupissait derrière cette barrière. Adeline déplumait un poulet entre ses jambes et les duvets, barbes et pennes voletaient autour d'elle. Le chien taquinait un canard, faisait des navettes entre son maître et sa maîtresse en aboyant au vent léger ou à l'envol d'un pigeon. Les herbes tendres bruissaient de vie et d'impatience, toute la montagne retenait son souffle avant les premières douceurs d'avril, le pays tout entier était traversé d'une lumière radiante et indéfectible, un sang nouveau courait dans les veines du monde et apportait un regain de vie à tous les êtres et aux choses.

Avec cette renaissance de la terre, les hommes retrouvaient une ardeur renouvelée et sortaient de la somnolence des jours tristes et pluvieux pour toucher le bois, la pierre ou l'argile et récupérer les gestes séculaires de l'activité humaine. Sur la place, les vieux avaient repris leurs habitudes et regagné leurs bancs ou leurs murettes. Le soleil printanier déliait leurs langues, leurs mains se faisaient plus loquaces. Après le gris et l'indifférence de la mauvaise saison, leurs visages s'étaient déridés et avaient reconquis le sourire, la clarté des corps qui respirent à nouveau la vie.

Claire avait, elle aussi, retrouvé un nouvel allant, elle ouvrait les fenêtres et invitait le premier soleil dans la maison. Sa lumière tiède glissait dans la cuisine, pénétrait aussi dans le grand salon où elle effleurait le piano et traînait sur le clavier son faisceau de poussières tourbillonnantes. Claire adorait sentir sur ses mains cette douceur des jours et voir les petits jeux de lumière sur ses doigts tandis qu'elle exécutait une sonate ou quelques accords improvisés. Elle s'était non seulement remise au piano mais avait aussi repris son chevalet, ses brosses et pinceaux pour peindre, dans un endroit ensoleillé du jardin, une petite toile. C'était un paysage stylisé de montagne avec des mûriers et des pierres sèches. Les vieux arbres semblaient abandonnés, torturés par les ans et leurs cloques difformes. L'herbe était presque partout rase, le ciel se colorait à peine d'un bleu acier et tout semblait figé dans une longue attente. Pourtant, dans un coin du tableau, un buisson de bruyère arborescente et un arbousier chargé de fruits apportaient un brin de vie et de lumière. Elle fut heureuse de donner cette toile à Gabriel et, derrière la mélancolie et les demi-teintes du tableau, il y voyait l'espérance de jours meilleurs, un peu de couleur et même un soupçon de gaieté. Il l'emporta le jour suivant à l'école, le plaça au-dessus du tableau noir et en profita pour faire une leçon sur la peinture. « Tous les prétextes sont bons », pensa-t-il, et il parla des couleurs, des pinceaux, des mélanges réunis dans la toile de Claire.

Il raconta ensuite aux enfants des histoires sur Manet, Monet, Turner et l'impressionnisme, leur montra des reproductions de ces grands peintres tout en leur faisant écouter, en fond sonore, de la musique de Debussy. Ils s'extasièrent sur un tableau de Turner.

« Voyez cette tempête de neige, dit-il. Ce bateau à vapeur au milieu de la mer déchaînée, ces immenses vagues... Cette lumière diffuse, c'est la musique du tableau et écoutez ce morceau... alors ? C'est magique, n'est-ce pas ? Si vous vous concentrez très fort, maintenant, vous voyez les notes et entendez les couleurs, non ? »

Il avait exprimé tout cela avec excitation et ses yeux brillaient de bonheur. Il pensait sans arrêt à Claire, elle était avec lui pendant toute cette leçon, elle parlait par sa bouche, c'est elle qui trouvait les mots, c'est encore elle qui jouait de ce piano dont les accords s'élevaient, flottaient, voltigeaient dans cette petite salle de classe de Saint-Just tandis que dehors les branches naissantes des platanes ondulaient sous une brise légère.

Après l'école, il grimpa l'escalier jusqu'à son appartement. Cela faisait longtemps qu'il n'était pas monté chez lui car il partageait désormais sa vie avec Claire. Quand il entra dans son petit salon, il fut pris à la gorge par des odeurs de tabac froid et de renfermé. Claire était bien venue une fois ou deux pour aérer les pièces et faire un peu le ménage, mais cela ne suffit pas à rendre cette maison hospitalière. Il retrouva étalées sur la table basse du salon quelques photographies. Sur l'une d'entre elles, Claire et Suzette descendaient un pré sur un carton en riant aux éclats. Sur une autre, Gabriel et Claire, hilares, faisaient mine de danser un tango près d'un tas de foin. Suzette avait pris la photo et son cadrage approximatif avait coupé les mollets des deux danseurs heureux. Gabriel se mit à sourire, il avait oublié ces photographies et elles lui rappelaient maintenant un temps qui lui semblait bien lointain.

Il ouvrit les fenêtres, un air sec et frais pénétra dans l'appartement, souleva quelques papiers, fit geindre la porte d'entrée qui avait été mal fermée. Gabriel se pencha au-dehors et respira à pleins poumons le souffle suave de cette fin d'après-midi. Il y avait dans cette atmosphère de renouveau, de printemps, des signes d'espérance et il voulait croire que le drame qu'ils avaient vécu pouvait céder du terrain, relâcher prise.

Il se sentait maintenant fort, résolu à se battre pour reconquérir sa compagne et son amour, dût-il y passer le reste de sa vie. Il était capable d'affronter les vieux souvenirs douloureux, d'en chasser tous leurs démons. Les liens qui l'unissaient à Claire semblaient trop forts pour se défaire et il allait récupérer coûte que coûte ce bonheur qu'il croyait perdu. Le destin n'aurait plus rien à dire, Gabriel était désormais son maître.

Il referma la fenêtre et son appartement puis se pressa de rentrer chez lui, chez Claire. Il sautilla sur le chemin, ouvrit sa chemise et, pour la première fois depuis de longues semaines de renoncement, se mit à chanter un petit refrain joyeux. Il avait l'impression de retrouver d'anciennes sensations, de retourner au premier soir merveilleux où il avait rencontré Claire et était tombé fou amoureux d'elle.

Le printemps finit par s'installer à demeure même si le vieil hiver forçait encore les petits matins à se couvrir d'une légère barbaste et à exhumer du sol quelques vapeurs éphémères. Le printemps était là, l'air l'entraînait derrière lui, l'espace résonnait de bruits clairs et une lumière franche traversait toutes les latitudes du pays. Le jardin de Claire, lui aussi, se mit à se transformer. Des fleurs perçaient le sol, quelques crocus parsemaient les parterres encore à l'abandon il y a peu de temps. Ici et là, les premières violettes apparaissaient timidement sur un talus verdissant, des plantes s'ouvraient le long des haies et leurs bourgeons entrebâillaient des tresses de feuillage. L'herbe, longtemps languissante, étouffée par la fadeur de l'hiver, tournait au bronze ou passait, dans un massif, du vert sombre à des teintes fauves puis, au milieu de touffes, s'élevaient des anémones et les premières arborescences de mimosa. Les fleurs des cerisiers et des amandiers du jardin couvraient les branches tandis que bourdonnaient déjà, autour de leurs corolles blanches, des abeilles et quelques bourdons empressés.

Les semaines passèrent lentement jusqu'à Pâques. La nature enfin affranchie de la servitude de froid et de pluies poussait telle une armée en marche ses forces vives de la terre vers le ciel. Une énergie tellurique piaffait, s'agitait, faisait presque trembler le sol. On sentait un souffle puissant sourdre de tous les pores du monde, il se soulevait en ondes encore incertaines, louvoyait entre les rochers et les arbres, puis gagnait les hauteurs des montagnes avant de se fondre dans un azur tout aussi vibrant de vie. La Cévenne revoyait le jour, s'ouvrait comme un immense calice aux premières douceurs d'avril, mille reflets chatoyants venaient d'éclore depuis quelques semaines sur ses massifs rompus aux rudesses d'un long hiver. Le vent se faisait complice, joueur et s'invitait chez les hommes, désinvolte. Il tournait parfois, sans but, autour des maisons, musardait un moment sur la place en soulevant une jupe ou un fichu, imprégnait tout le pays d'arômes d'ambre gris, de musc et de résines.

La Berthe avait sorti des tables devant son estaminet et, au soleil de ces après-midi lumineux de printemps, les clients avaient repris leurs habitudes et discouraient sur le monde de Saint-Just et d'ailleurs. Un vieux aux oreilles comme des *sabatelles*[1] avait relevé le revers de sa casquette et se mit à plaisanter en voyant arriver un camarade :

« Tè, le Jacques, alors ? Où tu étais ? Tu te faisais encore un *récati*[2] ?

– Non... enfin... un petit, fit le nouvel arrivant en s'asseyant. Ce matin, j'ai jeté au moins une demi-douzaine de brouettes de saletés qui traînaient dans ma remise... Je suis crevé !

1. *Champignons de peu de goût, ici, synonymes d'escalopes, de feuilles de chou.*
2. *Sieste.*

– Tu es une vraie *dormirelle*[1] ! ajouta le petit vieux. Enfin, tu vas bien prendre ton café ? »

Et il continua :

« Boudiou, moi, j'ai un peu gratté mon jardin, après, à la maison, j'ai la patronne qui n'a fait que *rouméguer*[2], alors tu comprends ? Moi, je suis parti faire ma belote chez la Berthe…

– Quelle emmerdeuse, ta femme ! répondit en riant son vis-à-vis. Moi, la mienne, j'ai regardé ce qu'elle faisait, elle faisait sa *bugade*[3], alors, tu comprends, j'ai filé à l'anglaise sans demander mon reste… »

Ils se remirent à rire au moment où la Berthe arrivait pour prendre la commande.

« Alors le gavot ? Tu veux un café ? Ta femme t'a laissé quand même partir ? demanda-t-elle en lui tapotant sur l'épaule.

– Laisse-moi tranquille, vieille sorcière, répondit l'homme en ronchonnant un peu. Et apporte-moi plutôt un café avec un petit verre…

– Oh, moi, je suis pour la paix des ménages, poursuivit-elle en riant. Mais, dis-moi, où tu t'es fourré ? Tes cheveux sont pleins de *crèbessacs*[4] ! T'y as été te rouler avec une bergère, dis ?

– Allez, file ! » tonna le vieux en faisant mine de lui donner un coup sur les fesses.

Berthe sautilla comme une jeune danseuse et entra dans son café en sifflotant.

1. Quelqu'un qui dort toujours, un loir.

2. Ronchonner.

3. Lessive.

4. Plante sauvage que l'on appelle familièrement « orge des rats ». Cette graine se pique et se fourre de partout.

Le soleil s'attardait sur les murs, chauffait les pierres et les âmes. Les jours grandissaient et les cris des enfants sur le chemin de l'école se faisaient plus sonores. On voyait les écoliers courir, sauter à cloche-pied, s'attarder sur les talus, rire d'un rien. Dans la classe, le poêle ronronnait au ralenti car le froid reculait tous les jours, l'humidité de la mauvaise saison avait quitté les murs et de larges rayons d'un soleil soyeux s'infiltraient par les ouvertures de la bâtisse communale. Les récréations se prolongeaient plus que d'ordinaire et beaucoup d'enfants rentraient en nage de leurs courses effrénées, de leurs jeux excessifs et il fallait que Gabriel grondât les plus téméraires qui avaient déjà dénudé gorges et bras pour mieux galoper entre les arbres de la cour, monter sur les murs ou escalader la grille de l'école comme des feux follets. L'instituteur avait repris ses classes découverte et les avait amenés guetter les premiers signes de ce changement fantastique de la nature au fond des bois ou en regardant le ciel.

Gabriel se sentait mieux. Il voyait Claire s'épanouir à nouveau et recouvrer sa sérénité. Il parvenait même à la faire sourire de temps à autre par une de ses facéties ou une anecdote d'un de ses élèves. Elle avait repris goût au travail bien fait, aimait se pencher de plus en plus souvent sur ses toiles ou sur son clavier et avait rejoint Suzette dans une complicité joyeuse pour toutes sortes de jeux et de cachotteries.

La maison chantait fréquemment et des échos de sonates, de concertos ou de pastorales parcouraient souvent les couloirs, traversaient les caves et envahissaient le jardin de mille arpèges ou vocalises. Le mas revivait et la musique venait redonner vie et couleur à ses vieilles pierres meurtries de récentes blessures comme si, au cœur de cette maison, après avoir été figée dans la douleur et le désespoir, une respiration nouvelle reprenait force, puisait dans ces mélodies et ces couleurs harmoniques une raison de soulager une mémoire amère et de redonner au petit monde de Gabriel et de Claire l'envie d'exister.

Ils profitèrent de plusieurs dimanches particulièrement lumineux pour monter en Cévennes et arpenter les drailles et les sentiers. Au cours de ces promenades, le pays répondait à leur besoin d'espace et de liberté. Il offrait des couleurs et des odeurs fortes de terre fraîche et de fleurs épanouies. Le printemps illuminait les crêtes du Lozère et le Finiels se couvrait de genêts et d'anémones au milieu des chaos de blocs arrondis de granite. Tout ce territoire qui s'étendait à perte de vue et de souffle ondulait sous la brise printanière et le soleil caressait le pays d'une douceur infinie. Sur le causse Méjean, les clapas et murets engrangeaient déjà les chaleurs diurnes et le calcaire de ces plateaux sauvages réfléchissait la lumière étincelante du ciel. Près des dolines, l'herbe se parsemait d'orchidées et d'ophrys tandis qu'au bord des lavognes une vie vrombissait et vagabondait. À quelque distance de ces petites mares, les trois promeneurs adoraient observer cette agitation animale. Autour de ces points d'eau, toute une faune se croisait, se mêlait librement. Les crapauds bruants ou autres oiseaux de passage chassaient insectes, araignées ou escargots. Les busards cendrés nichaient près de ces points d'eau éphémères et guettaient les petites proies faciles avant de plonger sur elles.

Un jour, Claire, Suzette et Gabriel étaient descendus par un minuscule sentier escarpé dans les gorges profondes du causse. La petite fille menait la marche dans les lacets et, tous les dix mètres, elle manifestait son impatience, revenait sur ses pas comme un jeune chien en exhortant sa mère et Gabriel d'accélérer leur allure. Elle semblait un petit cabri dansant sur les pierres, zigzaguant entre les herbes. Au fond de ces entailles gigantesques creusées dans le calcaire, des cascades et des sources fraîches créaient des brumes légères qu'une lumière rare plongeant à pic irisait de reflets dansants. D'immenses toiles d'araignée tissaient un entrelacs ondulant sous les courants d'air et d'innombrables insectes voletaient au-dessus de l'eau bouillonnante. Sur les rochers luisants, des libellules battaient leurs ailes bleues et des demoiselles au vol transparent tournoyaient dans l'ombre de la falaise. Les martinets, craves à bec rouge, cingles plongeurs et merles bleus pépiaient, sifflaient, souverains, au-dessus de ces rivières ombragées. Au fond des canyons, le bruit sourd de l'eau retentissait comme le roulement d'un tonnerre tandis que, le long de ces corridors vertigineux, les murmures du vent couraient sur les parois et rappelaient le chant envoûtant d'Océanides, nymphes perdues dans les failles cévenoles.

Loin des Causses, plus bas, la végétation, elle aussi, devenait spectaculaire et la forêt de hêtres et de pins abritait une vie bruissante et colorée. Elle demeurait un lieu d'incursion et de découverte pour les balades de Gabriel et de sa famille qui profitaient des jours sans école pour gagner la montagne et s'enfoncer dans les bois et les bosquets.

Quand tous les trois atteignaient ces hauteurs, plaines ou plateaux, Gabriel avait le sentiment de gagner des batailles, Claire était là, avec lui, au milieu des montagnes, le long de ces sentiers, et elle reprenait lentement goût à ces marches. Malgré ses longs silences, Gabriel la voyait s'ouvrir à nouveau aux bruits, aux odeurs et à la lumière de ces journées de renaissance de la terre et du ciel. Elle regardait autour d'elle, se penchait pour cueillir un brin d'herbe ou une fleur, caressait le granite chaud d'un rocher et semblait respirer à pleins poumons les exhalaisons nouvelles du temps. Son visage souriait à nouveau et, derrière ses lunettes, ses yeux brillaient d'un éclat vif en donnant à son jeune regard une ardeur que Gabriel croyait à jamais disparue.

Elle semblait être sortie d'un labyrinthe, d'une forêt épaisse où son chemin s'était longtemps égaré. Elle retrouvait la lumière, recommençait à jouer avec les couleurs, faisait des colliers, des tresses de fleurs avec la petite Suzette. Sa peau qu'elle avait couverte si longtemps, pendant tous les mois d'automne et d'hiver, retrouvait un peu le velours du soleil. Ses pommettes et ses lèvres avaient pris une teinte rose comme si son visage s'était plongé dans une source d'eau fraîche. Claire dévoilait sa nuque et ses épaules et recevait la chaleur du jour comme une douceur divine, une caresse maternelle après les heures noires et profondes de l'hiver. Elle sortait de l'ombre, enfin. Gabriel lui prenait la main et il retrouvait le frisson, la chaleur des premiers émois avec cette femme si proche mais si lointaine encore. Elle le regardait de temps à autre, à distance, puis baissait la tête, se sentant coupable de cette indifférence. Pendant des mois, elle avait couché sur le canapé du salon, près de la cheminée, et n'avait jamais pu gagner la chambre où dormait son compagnon.

Longtemps, elle avait évité son regard de peur de voir naître chez lui un désir de chair. Elle le savait malheureux et désespérément seul mais ne pouvait accepter l'idée même d'être touchée par des mains d'homme, de sentir l'odeur et le poids d'un corps haletant sur sa peau. Elle avait pris l'habitude de ne plus se regarder dans la glace et évitait les miroirs qui auraient pu lui renvoyer son image de femme. Ses seins, son ventre, ses cuisses semblaient ne plus lui appartenir depuis longtemps.

Son corps portait toujours la marque d'une violence sordide, sa chair brûlait encore d'un feu dévastateur. Pendant des semaines entières, elle avait cessé d'être la belle Claire, la magicienne qui plongeait au cœur des choses transformait tout en couleurs, en fantaisies de notes ou en rires éclatants. Pendant des mois, elle avait su étouffer les affres d'un corps torturé sous des airs de tiédeur et d'indifférence. Celui qui avait creusé en elle un abîme avait certes disparu mais son souvenir semblait encore vivre, sous sa peau, au fond de ses yeux. De fait, au cours des derniers mois, Claire semblait uniquement survivre, discrète et silencieuse, et tentait d'apporter à Suzette l'amour d'une mère et à Gabriel quelques soupirs de tendresse.

Cependant, depuis une ou deux semaines, alors que le pays se métamorphosait, Claire éprouvait des sensations qu'elle imaginait à jamais éteintes, son corps palpitait à nouveau. Elle transpirait, un goût de sel tiède couvrait sa peau et, comme la nature autour d'elle, Claire vivait ces jours et ces heures avec une émotion ressuscitée. Ses sens reprenaient vie, enfin.

Au cours d'une promenade non loin du village, Gabriel, Claire et Suzette s'étaient allongés sur un pré verdissant pour une petite pause aux alentours de midi. Ils regardaient le ciel et le ballet incessant des hirondelles, une brise à peine perceptible poussait des nuées diaphanes sur l'azur, des oiseaux pépiaient partout dans les arbres et leur chant devenait comme un appel au renouveau. Gabriel ferma les yeux et soudain il sentit le corps de Claire se presser contre lui. Il rouvrit les paupières. Elle était là, à ses côtés, sa peau sentait bon les fleurs, la violette, le jasmin, le ciste. Elle grimpa sur lui et l'embrassa. Il sentit le bout de ses seins se durcir lorsqu'il la serra délicatement contre lui. Il enfonça son visage dans ses cheveux défaits et respira longuement. Elle frissonna un peu puis se laissa glisser à nouveau sur le côté en poussant, elle aussi, un grand soupir. Elle s'assit, arracha une petite fleur de marguerite et la fit tourner entre ses doigts. Elle se tourna vers Suzette puis vers Gabriel et leur fit un immense sourire. La petite fille se lova entre les deux adultes comme entre deux coussins moelleux et rassurants. Ses yeux firent un va-et-vient entre le regard radieux de Gabriel et celui de sa mère. À son tour, elle ferma les paupières et savoura ce petit instant de bonheur. Décidément, ce printemps était beau. Elle rouvrit les yeux, les plongea dans le ciel lavande. Le dernier nuage, pâle et transparent comme un voile, fila en s'effilochant vers les confins de l'horizon. Un merle bleu, fier sur sa branche, sifflait un scherzo de trilles pour trois spectateurs serrés les uns contre les autres dans une intimité reconquise. D'autres oiseaux gazouillaient, s'ébrouaient longuement.

Au loin, une buse décrivit un large cercle autour d'un énorme piton rocheux. Le calcaire de ses parois réfléchissait le soleil dans un miroitement d'albâtre. L'oiseau poussa un cri grêle et repartit vers le nord. La chaleur de l'après-midi faisait monter du sol des vapeurs à peine perceptibles, porteuses de senteurs fortes de bois et de terre. Suzette prit les mains de Gabriel et de Claire et les fit se rejoindre sur son petit corps.

« Dis Gabriel, on part pas encore ? dit la petite fille.

– Plus jamais… je viens de décider que nous allons prendre racine dans ce pré… si les fourmis rouges ne nous dévorent pas vivants… répondit Gabriel en riant. Tiens, il me semble que j'en sens une qui est en train de me *mastéguer*[1] le croupion ! »

Suzette sauta sur ses jambes en se secouant la jupette comme si une armée de ces hyménoptères avait élu domicile au fond de sa culotte.

1. *Mordre.*

XXII

Soleil et vie

Le printemps fut merveilleux. Il ne restait pas un arpent de terrain qui ne fût touché par la grâce de sa légère fraîcheur matinale puis par l'éclosion totale du jour bourdonnant de mille bruits d'insectes. De minuscules craquements insolites montaient du sol sous les premières chaleurs diurnes. Les amandiers sur les faïsses laissaient éclater au soleil la blancheur aux nuances d'améthyste de leurs fleurs délicates, les mûriers étiraient leurs fines ramures sur leurs boursouflements disgracieux. Les couleurs basculaient dans une radiance spectaculaire et couvraient maintenant les coteaux, le versant des collines et les clairières. On sentait un souffle tiède cyclopéen s'épancher comme un torrent sur la terre, glisser et pénétrer dans chaque vie. Les bêtes s'épuisaient en bêlements, ruades et courses exubérantes tandis que les hommes puisaient, dans cet air riche de mille odeurs palpables, un sens à leur agitation. Les corps s'étiraient en gestes alanguis et les épaules, les nuques se découvraient aux regards, prenaient des teintes cuivrées. Les jupes se relevaient ostensiblement et, au bord des rivières, on trempait les jambes jusqu'aux cuisses et l'eau fraîche des montagnes réveillait des émotions et des désirs que les douces nuits attisaient jusqu'au petit matin.

Les joueurs de boules avaient pris possession de la place du village. La Berthe, avec sa terrasse et ses parasols multicolores, se frottait les mains car son petit commerce travaillait un peu. Des voitures passaient, ralentissaient, parfois s'arrêtaient et des gens venus de la ville achetaient des produits des fermes avoisinantes tout en repérant sur leur carte Michelin les montagnes et les chemins alentour. Certains portaient de gros brodequins et des chaussettes montantes jusqu'aux genoux, des sacs à dos et des lunettes de soleil. Ils faisaient une pause à la fontaine de la place pour se ravitailler en eau, trouvaient un banc pour se restaurer rapidement. Leur allure de promeneurs tyroliens les rendait un peu ridicules et de nombreux calembours circulaient sur le compte de ces Tartarin de Tarascon en quête de grand air et de sensations pures.

Gabriel, Claire et Suzette profitaient de la maison et passaient des heures à gratter, nettoyer, entretenir les recoins du jardin. Ils arrangeaient une bordure, fixaient une haie ou plantaient des fleurs que l'été ferait sans nul doute resplendir. L'abri de jardin se couvrait de fleurs de glycine et de jasmin, l'air embaumait les premières corolles d'adonis et de bouton-d'or, l'herbe restait grasse et épaisse par endroits et les jeunes gens restaient longtemps allongés à regarder le ciel et ses volutes changeantes, imaginaient des êtres fantasques faits de nuages bleus, des histoires éphémères d'anges disparaissant par magie sur l'horizon. Les hautes nuées formaient des fioritures vaporeuses, des voiles fugitifs, puis se distendaient. Des empires de coton et d'opale se bâtissaient sur les circonvolutions des cirrus ou des stratus fuyant vers d'autres théâtres, on suivait le vol d'une buse ou d'un épervier. Pendant tout ce temps, une musique douce sortait du mas et inondait le jardin de notes claires et dansantes, c'était comme si le monde épanoui de lumière de cette fin d'avril avait invité tout naturellement la musique de Bach ou celle de Chopin à son spectacle céleste.

Les semaines passèrent calmement, le pays basculait vers des heures chaudes où les herbes, la terre se doraient sous les assauts d'un soleil franc, déjà implacable pour les Causses ou pour les terrains rocailleux et nus des sommets et des serres. L'été poussait les derniers nuages, chassait les matins encore hésitants de rosée que le printemps avait traînés avec lui un jour ou deux dans le sillage de ses nuits fraîches. Mai, radieux et insouciant, brandissait ses atours de fleurs comme des trophées aux yeux du monde, narguait les quelques coups de tonnerre diffus ou les ondées rares, vagues souvenirs de temps révolus. L'heure était à cette communion, corps et âme avec l'air, le ciel et la terre, les gens se mêlaient à tous les signes gracieux et apaisants de cette saison pleine où bêtes, plantes, rochers et hommes semblaient combiner avec une nature épanouie, caressante, voluptueuse. Une tiédeur dans l'air, des odeurs, la lumière sollicitaient les corps, les traversaient, les enflammaient et la vie se transportait sur les places, les jardins, les espaces ouverts, les sommets où le soleil s'épanchait sans entraves. L'ombre était douce sous les arbres, l'herbe féconde sentait bon l'abondance, la fertilité, la vie. Les oiseaux se sentaient ivres d'espace et de liberté, l'air se chargeait de bourdonnements, de murmures, de cris. Il soupirait, respirait comme un immense poumon à travers la campagne. Le clapotis des eaux des sources ajoutait aux mille bruits son écho cristallin et envoûtant. Des sonnailles s'entendaient sur les hauteurs, les chiens aboyaient. Parfois le bruit indiscret d'un tracteur secouait l'harmonie et le silence incertain d'un vallon.

Sur le flanc d'une colline, sur une faïsse, des coups secs de haches, de masses réveillaient la torpeur d'un berger assoupi sous un arbre.

Dans les maisons, fenêtres et portes s'ouvraient au jour, à l'air mutin et coloré de cette belle saison. L'odeur fraîche et un peu fumée des pièces avait cédé la place à une profusion de senteurs pénétrantes, d'arômes qu'une légère brise poussait jusque dans les alcôves et les recoins sombres des mas. Les toits de lauzes reflétaient des éclats de soleil, la roche blanche renvoyait une lumière éblouissante. Les hommes travaillaient la terre, les femmes aidaient à repiquer les oignons, s'occupaient des bêtes ou préparaient la saison des vers à soie. Elles observaient les bourgeons des mûriers, elles achetaient les graines. C'étaient elles qui contrôlaient toutes les étapes et réparaient les claies des magnaneries. Elles savaient qu'une période de travail intense et fastidieux les attendait. Toute la famille, d'ailleurs, allait aider au ramassage des feuilles tant ces vers goulus dévoraient des tonnes de ce feuillage gras et luisant.

On avait tué le cabri et, le dimanche, les familles se délectaient de côtelettes ou d'un rôti aux herbes sèches et d'un assortiment aux salades sauvages, telles que mâche ou pissenlit.

Claire adorait cuisiner et elle profitait de longues promenades pour cueillir plantes et herbes qui allaient agrémenter les repas de sa famille. Elle faisait des beignets de poireaux de vigne dans l'huile d'olive et, le jour de Pâques, elle avait préparé une blanquette de chevreau aux mousserons. Gabriel s'était régalé et avait sans doute bu plus que de coutume tant ce jour-là lui avait semblé heureux, ensoleillé et bruissant de mille chants d'oiseaux. Après le repas, il avait levé son verre en l'honneur de la plus belle des femmes, de la plus adorable des fillettes et du plus beau jour de l'année. Sa voix bafouillait un peu et les mots glissaient sans trop de contrôle hors de sa bouche, mais il avait son grand sourire d'enfant, ses yeux brillaient d'un bonheur un peu fou que les quelques lampées d'un vin de pays avaient rendu encore plus intenses. La chaleur aidant, ce grand gamin avait fini son café et s'était allongé sous un pêcher dont le baldaquin de fleurs mauves veilla sur son corps reposé pendant les heures chaudes de l'après-midi.

Un petit prélude voletait entre les branches des arbres et papillonnait aussi délicat qu'un duvet autour des trois êtres allongés sur l'herbe du jardin. Le soleil jouait avec les ombres, se faufilait dans le treillis des feuilles, sa lumière, à chaque souffle d'air, miroitait sur les visages tandis que, dans cette salle de concerts impromptue, un bourdonnement familier d'insectes accompagnait la danse des hirondelles, là-haut, dans le bleu du ciel.

L'été fut bientôt là avec ses chaleurs lourdes et accablantes. Ce n'était que tard dans la soirée que les corps pouvaient enfin puiser un peu de fraîcheur dans les rares brises nocturnes, les gens veillaient sur leur terrasse, s'asseyaient sur une murette ou sur un banc et bavardaient tout en regardant de temps à autre filer une étoile brillante dans un firmament d'astres et de soleils inaccessibles. Les enfants jouaient encore un peu avant de se cacher dans le fichu d'une grand-mère ou le gilet d'une sœur pour y trouver le sommeil du juste.

On regagnait sa maison à pas tranquille comme si on eût voulu ne pas déranger le grand ordonnancement de la nuit. Des chauves-souris vous frôlaient, les grillons grésillaient tout autour du village et, au loin, des rainettes discouraient dans un tintamarre de coassements et de cris.

Une nuit où la petite Suzette s'était couchée de bonne heure, Gabriel et Claire étaient restés longuement sous la treille de jasmin et avaient bavardé de petits détails de leur vie quotidienne. Gabriel avait évoqué les espiègleries d'un élève ou les progrès d'un cancre, puis Claire avait parlé de sa journée dans la maison, près de ses toiles ou au clavier de son piano. Un long silence avait suivi. Leur regard fixait le ciel et le spectacle merveilleux des étoiles scintillantes, accrochées au bleu profond de la nuit. Claire se rapprocha ostensiblement de Gabriel et vint se lover entre ses bras. Elle l'embrassa sur le front et lui sourit. Elle ne portait qu'une fine jupe de taffetas et un simple chemisier de soie. Il sentit son corps se frotter lentement au sien et le bout de ses seins se dresser contre sa poitrine. Le souffle de Claire se faisait court et ses mains parcouraient maintenant les reins et le bas du dos de Gabriel. Elle l'embrassa doucement sur la bouche. Elle ne l'avait pas embrassé de la sorte depuis fort longtemps. Il fit mine de reculer un peu. Il ne voulait pas montrer trop d'empressement ou de fébrilité.

« Tout va bien, ma Claire ? demanda-t-il, un peu gêné.

– Oui, mon ange, j'ai envie de toi… Cette nuit, je veux que tu m'aimes… » dit-elle en se faisant encore plus tendre et plus audacieuse.

Tout bascula soudain, il la prit contre lui et la serra fort, la couvrit de baisers, lui caressa les cheveux qui s'emmêlaient déjà avec les herbes délicates du jardin. Il retrouva les gestes d'amant et, sous ses mains devenues douces et intrépides, Claire, à son tour, le rejoignit dans cette joute amoureuse et passionnée. Dans cette nuit de pourpre immaculé, sous le regard des étoiles, ils s'aimèrent et les petits cris de bonheur, les murmures passionnés qui s'échangèrent dans la douceur de l'obscurité et des ombres s'entendirent dans le silence de la nuit comme un chant universel d'amour, un hymne à la terre apaisée et réconciliée avec l'ordre du monde. Quelque part, dans le ciel, une pluie d'étoiles envahit l'espace et on eût dit une fête céleste, un feu d'artifice sidéral. L'air se chargea d'effluves odorants, balaya la terre et le jardin des deux amants jusqu'aux premières lueurs du matin. Une clarté indécise gagnait déjà l'est du pays et certaines étoiles pâlissaient un peu. Gabriel et Claire s'étaient enveloppés dans un plaid et avaient communié dans un même élan de passion avec la joie et la beauté de la nuit. Lorsque l'aurore projeta à l'horizon sa blancheur originelle, Claire et Gabriel sortirent de leur berceau de laine et coururent, à moitié nus, dans l'innocence de leurs petits rires, vers la maison, se glissèrent dans les draps frais du lit. Ils se regardèrent encore une fois puis fermèrent très fort les paupières comme pour conserver à jamais l'empreinte de cette nuit.

Depuis cette nuit-là, Claire retrouva sa joie. Son rire fusait dans la maison, emplissait les pièces, traversait le jardin. Suzette, elle aussi, chantonnait comme un pinson, voletait sur les marches de l'escalier, courait d'un coin du jardin à l'autre, se balançait, tel un petit singe, à une corde à nœuds que Gabriel avait solidement attachée à un arbre.

Le bonheur semblait être revenu dans cette maison longtemps hantée par les mauvais souvenirs. Le deuil pouvait dès lors cesser et la vie reprendre tous ses droits.

Ce fut le matin de la Saint-Jean que Claire, Gabriel et Suzette montèrent à Cadapuech. La journée allait être chaude sans doute car même l'aube avait été douce, sans un frisson ni une goutte de rosée. Ils arrivèrent vers 10 heures et le soleil frappait déjà fort la terre. Augustin réparait une fourche pour la fenaison prochaine de son champ tandis que Victor, assis sur le banc, près de la porte, jouait à tirer la queue du chien en riant aux éclats, au grand dam de la pauvre bête qui hésitait entre joie et peine. Adeline avait entendu le chien gémir et s'était retrouvée sur le seuil de la maison lorsque la petite expédition de Saint-Just arriva, essoufflée et rieuse. Elle embrassa tout son monde puis se hâta vers l'intérieur et rapporta une grande cruche d'eau glacée du puits avec du sirop de fraise.

« Suzette, va dans la cuisine et rapporte-nous des verres ! » s'écria Adeline en faisant mine de pincer les fesses de la petite fille.

Elle poussa le groupe vers l'acacia.

« Ne restez pas à la rage du soleil comme ça, déclara Adeline. Venez vous mettre sous l'arbre ! »

L'ombre grasse de ses feuilles les protégea un peu de la chaleur qui tombait déjà comme une pluie et tous s'assirent, joyeux, autour de la grande table.

« Tè... Il tombe déjà une de ces lunes, pas triste ! Quelle suée ! Ou alors ça grimpe de plus de plus ou alors je me fais vieux ! À la vôtre ! dit Gabriel, rieur, tout en avalant la moitié du verre d'une seule gorgée. Ah, ça fait du bien ! continua-t-il. On aimerait bien avoir de l'eau fraîche comme ça en bas... mais on peut toujours courir !

– Cette source qui approvisionne le puits, je sais pas d'où elle sort, ça a toujours été un mystère », ajouta Adeline.

Elle se tourna vers Victor et Suzette qui jouaient avec le chien. Le vieil homme semblait danser autour de la petite fille. Il riait aux éclats.

« Allez Victor, laisse ce chien et, plutôt que de rire comme un malade, viens boire un verre avec Suzette ! »

Claire était restée muette, à la table, et buvait son sirop tout en regardant un à un les visages.

« Alors, ma droulette, dit Adeline, tu vas bien au moins ? Tu es toute rouge, je vois bien que tu as sué comme un pauvre diable ! »

Claire sourit et se leva.

« Je vais bien, mais il me tardait d'arriver, on aurait dû partir plus tôt… Enfin, on est là maintenant et j'ai quelque chose à vous annoncer, à tous… »

Gabriel la fixa comme s'il venait de voir une apparition. Augustin cessa de mordre sa pipe, même le chien arrêta ses rondes folles et la petite Suzette vint prendre la main de sa mère.

« J'attends un bébé… L'enfant de mon Gabriel, il naîtra au printemps prochain… » dit Claire avec une sorte de sanglot dans la voix et elle s'assit en baissant la tête.

Gabriel, bouche bée, laissa couler un peu de sirop de ses lèvres et resta une demi-seconde interdit, jusqu'à ce qu'une lame de fond montât de ses entrailles et le submergeât d'un flot de mots incohérents. Il se leva et vint la prendre dans ses bras.

Les pleurs s'échangèrent autour de la table en même temps que les accolades et les petits cris de joie. Victor avait pris la cruche et s'en servait comme d'une trompette, Augustin avait relevé sa casquette et s'essuyait les yeux pleins de sueur. Il sortit son mouchoir pour éponger une larme.

« Espèce de cachottière ! murmura Gabriel à l'oreille de Claire. Je suis l'homme le plus fier et le futur père le plus heureux du monde. »

Il fit grimper Suzette à la hauteur de ses bras et ils formèrent tous les trois un cercle magique d'où sortaient plaisanteries et baisers sonores.

L'été vint lentement et installa sur le pays une chaleur et une sécheresse sans pitié. Le soleil, comme une langue de feu, léchait les sols déjà brûlants et des vapeurs tremblantes montaient des chemins comme des spectres. Des mirages apparaissaient au milieu des caillasses et des éboulis dans le concert étourdissant des cigales. L'ombre était rare et, même sous les arbres, la fournaise parvenait à s'infiltrer par vagues et à défier le peu de fraîcheur qui restait. La lumière éreintait les yeux des promeneurs qui s'aventuraient dans cette mer ardente. Seuls les lézards et les couleuvres glissaient sur ce flamboiement de la terre.

Claire prenait quelques rondeurs, ses orbites et ses joues s'étaient creusées un peu mais son sourire et sa joie compensaient largement les lentes transformations de son corps. Elle passait beaucoup de temps dans le jardin, assise dans un fauteuil débordant de coussins, avec sa planche à dessin sur les genoux, et elle traçait croquis, ébauches ou autres fantaisies tout en regardant autour d'elle, radieuse et épanouie. Gabriel l'observait comme il eût veillé sur un nouveau-né et il ne manquait pas un geste pour lui témoigner son affection et ses soins. C'étaient des caresses, des fruits frais ou des lectures de poèmes. Il lui passait ses disques préférés, suivant les différents moments du jour. À l'heure de la sieste, dans l'obscurité de la chambre, elle aimait les *Variations Goldberg* ou le soir, quelques minutes avant la tombée de la nuit, elle se laissait bercer par Debussy ou Ravel. Du matin jusqu'au soir, juillet étalait sa puissance et régnait sur le pays, écrasant de ses feux, de son souffle chaud la vie des montagnes et des plaines. Dans le havre paisible du jardin et de son ombre ou dans la quiétude de la maison, Claire goûtait l'été avec un sentiment de protection et de grâce car Gabriel était là pour subvenir à tous ses besoins et envies.

Si les grosses chaleurs l'insupportaient, surtout au milieu de ces après-midi de plomb, elle trouvait toujours des moments, dans les heures rafraîchies du petit matin, pour arracher quelques mauvaises herbes, couper et sarcler. Dès le soir venu, elle tenait à arroser elle-même ses banquettes de fleurs ou ses petits arbres.

Le bonheur se lisait enfin sur son visage et tout son être, longtemps écrasé par les mauvais songes, était aujourd'hui pacifié. Claire était redevenue Claire, la belle, ensoleillée, joyeuse, la femme que Gabriel, assis sur un banc au fond du jardin, regardait maintenant avec le sourire béat d'un tourtereau suspendu aux moindres gestes de sa dulcinée. Il la voyait tendre lentement les bras vers un massif de marguerites puis autour de bouquets de lis ou de bégonias.

L'été passa enfin en laissant derrière lui des terres longtemps brûlées par le soleil estival. Des incendies avaient éclaté à plusieurs endroits du pays et les pompiers avaient eu beaucoup de mal à les circonscrire. La chaleur avait été très lourde, sans pitié. Les ruisseaux ne couraient plus dans les combes, seules des taches humides, parfois des flaques apparaissaient sous les ombrages des arbres longeant les cours d'eau. Les armoises prospéraient entre des rochers blanchâtres et des racines mortes. Les bêtes avaient souffert comme les hommes de la fournaise de juillet sur le causse ou sur les terres, plus bas, dans les vallées. Les sources coulaient encore mais elles devaient plonger très loin, dans la profondeur des sols pour alimenter les mas et les gorgas. Les hommes demeuraient au fond de leurs maisons aux volets clos et attendaient les premières lueurs du jour ou le crépuscule pour travailler.

Claire avait passé la plupart de ses dernières journées sous les arbres ou barricadée derrière le rempart des murs épais du mas. Sa grossesse avançait et la fatigue se faisait plus pressante. Dans la pénombre de la maison, au cours de ces après-midi, elle jouait quelques airs en fredonnant les sons à la manière de Glenn Gould tandis que dehors s'épanchaient des torrents de chaleur.

L'automne vint remplacer la saison des chaleurs et il amena avec lui les orages, les bourrasques et les premières petites laines car les matins et les soirées avaient perdu l'haleine tiède et traînante de la fin août. Le sol humide revivait et redonnait naissance aux bruits, aux couleurs, aux exhalaisons riches de la terre.

L'hiver bouscula le calendrier et sembla précipiter le mauvais temps dans les activités des hommes. Les sols se gorgeaient d'eau, des brises âpres fendaient l'air et installaient sur le pays la saison froide et repliée des hommes. La neige enferma pendant quelques semaines le village et les montagnes dans un écrin de blancheur et de silence. Claire voyait son ventre s'arrondir et sa joie croître à mesure que les jours et les semaines passaient. Le temps passait et l'amenait lentement au terme d'une douce intimité avec ce petit être dont le cœur battait en elle et qui manifestait souvent sa vie au travers de quelques ruades impromptues. L'hiver passa. Un hiver dur et sans apaisement. Même si certaines journées brillaient sur les terres endormies par le froid, imprégnées par les pluies et étouffées par la neige, tout le pays demeurait en sommeil. Seule une vie éparse, suspendue aux heures sombres, régnait et imposait une attente nécessaire et silencieuse qui tenait de l'ordre des choses. La maison de Claire avait l'aspect d'une forteresse cossue que les intempéries semblaient avoir, de guerre lasse, cessé d'assiéger tant Gabriel l'avait transformée en citadelle inexpugnable. Il avait calfeutré fenêtres et portes, isolé la toiture et réduit l'espace de vie à une pièce bien chauffée où Claire pouvait jouer de ses couleurs, de ses notes en toute quiétude et confort.

Cependant, la jeune femme ne manquait pas d'ouvrir grand les fenêtres pour laisser pénétrer l'air frais et vif dans toute la maison lorsque les jours clairs de certains après-midi de janvier s'ouvraient comme des corolles sur le fond bleu du ciel. Sur la montagne et dans les plaines, le soleil faisait alors étinceler les gouttes de pluie, éclats de perles rares et les barbastes matinales devenaient des champs d'une glace scintillante comme une topaze blanche.

Ce fut le 14 février au matin que Claire ressentit les premières douleurs. Il y avait eu une sorte de pause dans l'agitation coutumière de son enfant, la nuit avait été exceptionnellement calme et, lorsqu'elle perdit les eaux, elle ne s'en étonna point et annonça presque tranquillement la nouvelle à Gabriel. Tout avait été préparé, prévu. Clémence Polge, la vieille sage-femme, l'accoucherait à domicile. Le centre hospitalier de Florac était trop loin et la brave Clémence n'en était pas à son premier accouchement dans le village. Gabriel avait décidé avec Claire que leur enfant naîtrait à la maison, même si cette coutume paraissait un peu désuète.

« Voilà, ça commence... »

Le ton calme de sa voix n'eut aucun effet réellement apaisant sur Gabriel qui bondit sur sa chaise, tourna plusieurs fois en rond en agitant les mains puis finit par aider Claire à se lever pour l'amener jusqu'au lit. Confus au point de chercher la porte d'entrée, il courut vers la cabine téléphonique pour prévenir la sage-femme, qui arriva dix minutes après, pantelante et émue comme à chaque fois qu'elle officiait à la naissance d'un de ses petits. Cette fois-ci, elle semblait d'autant plus attendrie que les accouchements se faisaient de plus en plus rares au village, les couples préférant désormais le confort des cliniques ou des hôpitaux.

Suzette essuya quelques larmes puis attendit devant la porte de la chambre, partagée entre l'inquiétude et la joie. À chaque passage de la vieille Clémence, elle attendait un sourire comme un signe du ciel jusqu'au moment où elle entendit les cris du nouveau-né qui résonnèrent comme une délivrance et lui arrachèrent de nouveaux pleurs et une série de tremblements d'impatience.

Il avait fallu à peine une heure pour faire apparaître le garçon de Claire. Ce gros poupon avait les yeux ouverts et, paisible, il regardait déjà ses admirateurs ébahis avec une sorte de détachement de vedette américaine à la fin d'un spectacle. Ses mains cherchaient à toucher, à agripper ces ombres et ces formes qui dansaient devant lui et qui émettaient des gargouillis tout en se penchant sans cesse sur son visage.

Gabriel annonça la nouvelle à ses parents. Son père, Lucien, avait fini par accepter, au grand soulagement de Gisèle, le strict traitement que lui prescrivait son médecin pour soigner ses problèmes de santé. Il allait mieux mais devait éviter tout effort physique qui l'aurait exposé à une nouvelle attaque cardiaque. Il n'était pas question qu'il se déplace à Saint-Just, aussi ce fut par téléphone qu'il put manifester sa joie et, entre deux sanglots difficilement retenus, il félicita son fils.

« Tu me rends heureux et plus jeune de dix ans, mon droulet. Je suis fier de toi et de ta Claire aussi, bien sûr… »

Gisèle ne fut pas en reste de manifestations de bonheur et pleura tout son soûl entre deux phrases de remerciements en direction de tous les saints et saintes du paradis.

« Dis, vous nous l'amènerez ce petit ! Vous attendrez pas qu'il ait quinze ans, hein ? Parce que nous, on vivra pas éternellement… Et puis je veux voir de près ce Larguier… Boudiou, que je suis heureuse ! Et, dis-moi, mon Gabriel, est-ce qu'il a des cheveux ?

– Écoute, je crois avoir aperçu une petite touffe de cheveux déjà bien dressée, impossible à coiffer, je ne sais pas de qui il tient pour ça… »

Cela faisait longtemps qu'il n'avait pas entendu sa mère se réjouir de la sorte entre sanglots étranglés et éclats de rire.

« Nous te le descendrons dès que nous pourrons, dans deux ou trois semaines, il aura déjà pris de belles couleurs sur ses *gautas*[1]… avec le bon air de nos Cévennes !

– Oh, toi et tes Cévennes… En tout cas, on veut le voir le plus tôt possible ce petit Jésus, cette bénédiction…

– Commence pas avec tes bondieuseries, ce sera un petit mécréant comme moi… »

Et ils se mirent à rire à nouveau. Gabriel entendit la voix de son père crier :

« À bientôt ! »

Il posa le téléphone et sentit de grosses larmes couler sur ses joues.

Prévenus par le facteur de la naissance du bébé, Adeline et Augustin descendirent de Cadapuech deux jours après et arrivèrent à la maison avec un bouquet de fleurs sauvages. Ils frappèrent discrètement à la porte de la chambre et entrèrent. Claire allaitait l'enfant à moitié endormi. Au moment où ils s'approchèrent du lit comme des Rois mages, elle dit :

« Je vous présente P'tit Louis… »

Tous se tournèrent machinalement vers Augustin. Il avait retiré sa casquette et la tenait entre ses mains. Il y eut un moment de silence, puis il déclara :

« Merci, mes enfants… »

Il se pencha ensuite au-dessus de l'enfant qui, pendant un instant, parut lui sourire. Il redressa le corps et, sur son visage, de grosses larmes coulaient. Il s'essuya les yeux d'un revers de sa manche puis un sourire lui vint et il dit :

---

1. Joues.

« Alors, ça se fête, quoi ! On va pas rester plantés comme des santons à attendre que ce soit lui qui nous le propose ! »

Il embrassa tout le monde et sembla s'adresser au bébé :

« Toi, mon petit, il va falloir que tu tiennes ton rang de Larguier et… j'espère… que ce prénom t'apportera un vrai bonheur… »

De sa grosse main, il effleura le menton de P'tit Louis, puis se tourna vers Adeline. Pendant un instant, ces deux êtres, rompus à tous les cahots de la vie, à tous les sacrifices et les peines, échangèrent un regard attendri de délivrance comme si la naissance de ce petit garçon conjurait un sortilège que les lois du destin avaient jeté sur eux. Dans la profondeur de son royaume d'ombre, Augustin voyait poindre une lumière, celle d'un petit ange dont le nom lui rappelait un autre enfant, fantôme égaré dans une mort qui n'aurait jamais dû être la sienne. Il crut entendre la voix de son jeune frère flotter au-dessus des ruisseaux et des collines comme une joyeuse mélodie. Pendant un court instant, il lui sembla entrevoir le visage rieur de ce gamin en culottes courtes. L'homme se mit alors à sourire, baissa la tête et regarda ses mains. Elles tremblaient d'excitation et de joie.

Pour Adeline, ce petit garçon revêtait un peu l'image de l'enfant que le destin, dans son absurde indifférence, lui avait refusé et qui revenait sous les traits innocents d'un fils prodigue.

XXIII

La paix retrouvée

LE LENDEMAIN DE LA VISITE au P'tit Louis, Augustin et Adeline sont remontés à Cadapuech. Augustin a fini le fauchage d'un petit champ de blé. Il quitte le mas vers la fin de l'après-midi et grimpe jusqu'au sommet du serre en hâtant le pas. Sur le sentier étroit, il bute sur une racine ou deux, repousse d'un geste leste quelques ronces, des branches d'aubépine avec son bâton. Il est enfin parvenu sur l'immense éperon de schiste parsemé de bruyère cendrée et de cistes aux fleurs blanches. Il souffle un peu et s'assoit sur une pierre à l'ombre exiguë d'un arbre. Devant lui, la vallée serpente le long de massifs denses de châtaigniers et, plus bas, de chênes verts. La rumeur de l'air glisse dans les combes et gronde comme le souffle d'un mastodonte. À cette heure du jour, la lumière s'incline légèrement et colore le pays de teintes mordorées, orangées. Elle traverse les bois, resplendit sur les clairières et contre la roche blanche, elle éblouit car, dans un ciel à peine filtré par un voile, le soleil rayonne encore puissamment et projette ses feux sur ce coin des Cévennes avec l'incandescence d'un plein été. Sur le promontoire rocheux, au-dessus d'un paysage baigné d'une chaleur lourde et bruissante de mille chants de cigales, Augustin, appuyé sur son bâton, regarde ses montagnes et les vallées comme un seigneur contemplerait ses terres. Il repense à Louis, son jeune frère, et il lui semble entendre dans le murmure qui monte jusqu'à lui le chant de sa jeune voix espiègle. Ces petits cris, ces appels ne l'ont jamais quitté et, aujourd'hui, face à ce monde que hante encore parfois l'âme de son frère, il repense au petit homme d'en bas, le P'tit Louis qui vient de naître après tant de peurs et de mauvais souvenirs pour sa mère. Il imagine la vie de cet enfant, son avenir, le bonheur de Gabriel et de Claire. Il sourit. Entre deux rochers de granite, un peu en contrebas, il aperçoit deux ou trois œillets et, plus loin, le jaune vif d'une belle andryale ou le rose des centaurées sauvages. Augustin sait que son Louis est là, partout, autour de lui, sautillant comme un faune. Des odeurs suaves de genêts courent sur les crêtes, l'air y puise des souffles embaumés et pénétrants tandis que s'étale, au loin sur l'horizon, la magie du soir qui tombe. Des hirondelles trissent, haut dans l'espace immaculé, et leurs vols enchanteurs décrivent des ornements d'un autre langage, d'un autre temps.

L'homme regarde le ciel. Les premiers scintillements des astres annoncent le spectacle à venir, le couronnement de la nuit par des millions d'étoiles. La profondeur de ces mondes plantés dans l'infini le fait frissonner d'aise et il sent son âme tranquille et rassurée. Un peu de sa vie palpite maintenant dans le cœur de P'tit Louis.

Table des matières

Chez le même éditeur

Sagas familiales et destins singuliers sont au cœur des romans De Borée. Découvrez-les sans plus attendre.

CORDOUAN Manuel
La Carte maîtresse
Les Amants d'Alger

CORNAILLE Didier
La Photo de classe
Les Compères
Les Indignés de Montservier

COSEM Michel
L'Aigle de la frontière
Les Soleils de la tourmente

COSSON Jean-Michel
L'Incroyable Énigme d'Anthelme Mangin – l'Amnésique des tranchées

CROIZIER Jean-Pierre
La Bonne Providence

DEBRIFFE Martial
La Fleur de l'ombre
Le Poison de la vengeance
Le Secret de la Villa Marianne
Le Serment de la Saint-Jean
Les Peyrie

DELAGE Alain
L'Étrangère de Collonges
L'Inconnu de la Saint-Blaise
Les Secrets de Fontvives

DELOMME Martine
Un été d'ombre et de lumière

DEMELLIER José
La Toquée

DESFORGES Jean-Louis
La Ferme des Solitudes
Pierre des montagnes
Rivière amère

DOURIAUX Hugues
Les Collines de Jorance

DOYON Marilou et Martine
J'ai survécu au débarquement

DUCLOZ Albert
Julie bon pain
Le Chant d'Aurore
Le Violon d'or
Les Jacinthes sauvages
Les Trois Promesses

DUPORGE Bernard
La Cabane du berger
La Fiancée des sables
Les Amants de la lagune

DUPUY Daniel
Le Pont du diable

ÉCOLE-BOIVIN Catherine
L'Enfant-Loup de Blanche

FABRE Jean-Luc
Le Serment des Justes
Les Semeurs d'espérance

FAINDT Roger
Bleuvent
Le Dernier Soldat

FARNEL Joseph
À l'ombre du Carreau
La Ballade du petit Joseph

GANZ-MULLER Catherine
Anna Pencoat

GAY Marie-Claude
Faustine et le bel amour
Le Secret des Solignac
Le Vallon des sources

GIBERT Sylvie
Fleurs Bleues

GIMBERT Yveline
La Méprise
Le Crépuscule du loup
Le Retour de Rose
Une singulière prédiction

GLATT Gérard
La Chouette Idée d'Alexandre Pluche
Le Destin de Louise
Le Temps de l'oubli

GONZALÈS Daniel
Le Chemin des amandiers
Le Temps des cigales
Les Feux du printemps
Les Terres rouges

GOURÉVITCH Jean-Paul
Villa Maldoror

JEANJEAN Roland
L'Aven de la Dame Noire

JUDENNE Roger
La Petite Suzanne

LABORIE Christian
L'Appel des drailles
Le Brouillard de l'aube
Le Saut-du-Loup
Le Secret des Terres Blanches
Les Bonheurs de Céline
Les Drailles oubliées
Les Hauts de Bellecoste
Les Sarments de la colère
Terres noires

LACOMBE Michel
La Sauvageonne des Maures
La Vagabonde de Saint-Ours
Le Domaine des Rochettes

LEBERT Karine
Le Secret d'Emma
Les Brumes de Vouvray
Les Mystères de Camille
Les Sortilèges du Tremblay
Loin de Margaux
Nina et ses sœurs

LEMAIRE Philippe
Gus
Le Chemin de poussière
Le Crépuscule des chimères

MANSIET-BERTHAUD Madeleine
La Noblesse du cœur

MERCADIÉ Louis
L'Enfant du buron

MOSCA Lyliane
La Dame de Champbrise
La Fille de la Buissonnière
La Malédiction de Bois d'Orville
Les Amants du moulin
Les Gens de Laborde
Un parfum de trahison

MOUCHEL Jean
La Bonne Fortune de Sébastien

MULLER Christine
La Fille du régisseur

NAVARRO Christine
L'Éventail d'ivoire
La Chevelure d'ébène

NEGRI (DE) Gérard
Les Ruisseaux d'ombre

PALET (DE) Marie
Céline, une vie toute simple
La Demoiselle
La Tondue
Le Secret de Miette
Le Vent sur la vallée
Le Village retrouvé
Les Brumes du causse
Les Femmes de Cardabelle
Les Terres bleues
Mademoiselle Fine
Sidonie des Bastides
Un chemin de rocailles

PARAILLOUS Alain
Le Bois des serments

PINCE Jacques
La Colline aux framboises
Le Dernier des Bourdignot

PLUCHARD Mireille
L'Étoffe des jours
La Tresse d'or
Le Mas de la Sarrasine
Le Moulin du Prieuré
Le Petit Bâtard
Les Diamants noirs

Les Sentes buissonnières
Un parfum d'amour éternel

POISSONNIER Bruno
Les Aventures extraordinaires de Gaye-Bordas

PROST Emmanuel
La Descente des anges
Les Enfants de Gayant

RAPET Judith
Le Disparu du bois de la Caillette

ROCHE Florence
Des monts de Résistance
L'Héritage maudit
L'Honneur des Bories
La Bastide du colonel
La Trahison des Combes
Le Dernier des Orsini

ROCHE Gérard
Gévaudan le Roman de la Bête

ROSSET Jean
L'Aube de la liberté
La Limousine d'Hautecombe
Les Derniers Porteurs de terre

ROYER Roger
L'Envol du Choucas
L'Or de Justin
La Bastide rouge
La Colline des Maures
La Dame de la Callune
La Main blanche
Le Médecin de Maurevers

SABOURIN Pierre
Les Fiancés de Saint-Laurent

SAND George
Les Contes d'une grand-mère *

SOYEZ Jean-Marc
Les Galoches de Julia

TAMAIN Louis
L'Encre violette
Le Temps de l'école
Médecin de campagne

THIRAULT Nadine
À l'encre bleue

TOUATI Claude-Rose et Lucien-Guy
L'Ardoise du temps
La Ronde du destin
Quand le vent s'apaisera...

VAISSIÈRE Marie-Louise
Le Temps du pain noir
Les Carnets d'une institutrice 1931-1948
Marie, fille de cocagne

VALADE Corine
Victoire

VALÈRE Katia
Le Destin d'Antoinette

VERRIER Michel
La Maison au bout du chemin
Le Disparu des Grands Bois

VINCENT Claude
Le Pain de lune
Les Roses de l'hiver

WOUTERS Josette
Le Passage à canote

PEFC
PEFC/10-31-2008

Imprimé en U.E.
Dépôt légal : septembre 2015
ISBN : 978-2-8129-1552-9
ISSN : 1769-1788